Scripto

Titre original : *Berserk*
Édition originale publiée en 2007 en Grande-Bretagne par
Scholastic Ltd, Marion Llyod Books,
Euston House, 24 Eversholt Street
Londres, NW1 1DB, Royaume-Uni

Loi n° 49-956 du 16 juillet 1949
sur les publications destinées à la jeunesse
Maquette couverture : Anne Catherine Boudet
PAO. : Françoise Pham
Imprimé en Italie par L.E.G.O. Spa - Lavis (TN)
Dépôt légal : octobre 2008
N° d'édition : 143607
ISBN 978-2-07-057733-0

Ally Kennen

DÉCHAÎNÉ

Traduit de l'anglais par Alice Marchand

Gallimard

Pour mes parents,
Edwin et Jenny Kennen

Merci à
Ian de l'auto-école A1
Dan Amos
Michelle Poulter de chez Bristol Alliance
Dr S. Odum de chez Franchay A&E
Marion Lloyd

PREMIÈRE PARTIE

. 1

C'est Démon qui avait mon doigt. On traînait sous le pont avec la bande habituelle : les jumeaux Farrow, Connor Blacker, la sœur de Démon – Lexi – et sa copine moche, Debbie. C'était le bout de mon majeur de la main gauche. Et sans le majeur, plus moyen de faire des doigts. Pour un mec comme moi, c'est vraiment la honte, t'imagines ? Comment je suis censé m'exprimer ?

Bref, on faisait les cons sur le chemin de halage, au bord du canal. Il y a genre un million de noms tagués sous le pont. Ça me rappelle les monuments aux morts, tu vois, avec tous ces noms de soldats tués à la guerre.

Parmi les noms les plus récents, il y a le mien.

CHARLIE PARSONS

Je suis juste en dessous de Démon, mais il y a d'autres noms dont mes yeux n'arrivent pas à se détacher. Pile de l'autre côté, il y en a un qui est tracé à la bombe en grosses lettres roses.

SELBY P.

Juste à côté, en lettres blanches tarabiscotées, mais bien nettes, ça dit LE GLAÇON, et il y a un poing dessiné autour des deux noms.

C'est les tags de mes frères. Ils ne sont pas dans le coin.

Les autres tags que je regarde sont en plein milieu de l'arche, à peu près à mi-hauteur. Ils sont couverts de mousse et pas mal délavés, mais on ne laisse personne repeindre par-dessus.

J. JUBY C'est le père de Démon.

NAPPY PARSON Et ça, c'est mon vieux.

C'est une tradition familiale…

Bon, assez avec la leçon d'histoire. C'était un soir de semaine, la nuit tombait et on faisait les cons avec le couteau de Démon tout en menant des conversations intellectuelles du genre :

DÉMON : Hé, Debbie, tu nous montres ton soutif ?

DEBBIE : Hi hi hi !

LEXI : La ferme, espèce de pervers !

J'aurais préféré voir le soutif de Lexi (ou même ce qu'il y a dedans). Mais Lexi est la fille de Juby le Tueur. Juby habite dans notre lotissement et sa fille est aussi intouchable que la culotte de ta maîtresse d'école.

On jouait au « jeu du couteau » : tu poses la main sur le skate de quelqu'un et ton pote plante le couteau entre chacun de tes doigts, d'abord lentement, puis de plus en plus vite. Connor Blacker avait déjà égratigné le petit doigt de Démon, alors je suppose que Démon voulait faire couler le sang à son tour. En tout cas, les filles étaient horrifiées. Elles faisaient genre : « Arrête, quelqu'un va finir par être blessé ! » C'est comme ça, les filles. Mais plus elles protestent, plus on le fait.

Je sens des mauvaises ondes quand mon tour arrive. Je suis déjà énervé parce que mes baskets toutes neuves (je viens de les sortir de leur boîte) sont couvertes de vase du canal. Démon n'arrête pas de lécher son doigt sanguinolent et de lancer des œillades furtives à Debbie (il n'a aucun goût, ce mec, c'est à peine si Debbie a l'air d'une fille). Mais Lexi nous regarde, alors je pose la main sur la planche et je tends le couteau à Démon. Je décide de donner la main gauche, au cas où.

À croire que je savais qu'il allait se passer quelque chose d'affreux.

Connor est censé tenir la planche pour l'empêcher de bouger, mais il n'est pas concentré. Il fait :

– Si les chiens se rappellent que leurs ancêtres étaient des loups, est-ce que les fours se rappellent que leurs ancêtres étaient des feux ?

Il balance toujours des conneries de ce genre, comme ça, sans raison.

– La ferme, je dis. Concentre-toi.

Après tout, c'est ma main qui est en danger, là.

C'est très dur de trancher un doigt. Ça ne se coupe pas comme du beurre. Il faut scier. Mais Démon veille à ce que son couteau soit toujours hyper aiguisé et il se croit bon à ce jeu. Alors il va de plus en plus vite ; il ne fait pas assez attention à mon goût.

TCHAC-TCHAC-TCHAC-TCHAC ! Le couteau saute entre mes doigts.

– Arrêtez ! crient les filles.

Les jumeaux Farrow se mettent à frapper dans les mains au rythme des coups de couteau.

Ils frappent de plus en plus vite. Et je n'aime vraiment pas la tête de Démon (qui n'est déjà pas jolie en temps normal). Il tape de toutes ses forces entre mes doigts, maintenant, et Connor a du mal à tenir le skate en place.

– Ça suffit, dit Lexi. Vous êtes de vrais gamins.

Mais c'est trop tard. Connor perd prise et le skate valse contre le mur. Je sens comme un pincement et tchac ! la première phalange de mon majeur a disparu.

– Merde, dit Démon.

Debbie pousse un hurlement.

Je ne sens rien. « C'est pas si terrible », je me dis. Tout le monde a l'air un peu paniqué, alors je lève la main et je remue sous leur nez les doigts qui me restent.

Quelqu'un marmonne un truc à propos de jouer du piano, mais personne ne rit.

Puis le sang se met à couler à flots.

– Espèce de salaud, dis-je à Démon quand la douleur commence à se faire sentir.

J'ai l'impression qu'on vient de me coincer le doigt dans une portière de voiture. Je meurs de chaud, puis je grelotte de froid. Il me fait mal alors qu'il n'est plus là. Ça me fait comme quand on met le doigt dans un four brûlant.

– Aaaaaah ! je hurle, et le monde se brouille autour de moi, comme la télé quand l'antenne est mal réglée.

– Charlie ! crie Debbie.

– C'est rien, je dis, alors qu'en fait c'est insupportable.

Je pense que je ne vais pas tenir le coup.

Je ne sais pas quoi faire.

Je tombe dans les pommes.

Quand je me réveille, je suis toujours sous le pont. Personne n'a appelé les secours. Personne n'est allé me chercher un sachet de petits pois surgelés à mettre sur mon moignon. En fait, il n'y a carrément pas un chat, ici. Je me redresse. J'ai le tournis et mon doigt me fait TRÈS mal. Je n'ai qu'une envie : rentrer chez moi et prendre des calmants. J'ai l'impression qu'on est en train de me retourner la peau du doigt comme un gant. Je halète comme un chien.

– Aïe, je dis.

J'essaie de respirer plus lentement.

Il fait presque nuit, maintenant, et il commence à bruiner. Le chemin de halage est désert, il y a juste un vieux et son chien qui pisse contre une bouée de sauvetage. Où est l'autre bout de mon doigt ?

– Démon ! je hurle. T'es où ?

Ma voix se brise.

Le vieux regarde dans ma direction, puis il tire brutalement sur la laisse de son chien, qu'il dérange en plein pipi, et s'éloigne précipitamment. Du sang épais comme une sauce suinte de mon moignon. Je n'ai pas de mouchoir alors j'enlève ma casquette, je la plie plusieurs fois et je l'appuie contre la blessure.

La douleur, curieusement, part de mon ventre et remonte le long de mes côtes, puis descend dans mon bras et se termine par une explosion dans le doigt. Mais je ne pleure pas. C'est pas mon genre.

Je tâte l'herbe autour de moi avec ma main indemne pour chercher mon doigt, mais tout d'un coup, j'ai peur de tomber sur une crotte de chien. Il faut que je le retrouve, sinon ils ne pourront pas le recoudre, à l'hôpital.

À mon grand soulagement, je vois la lumière clignotante d'un gyrophare bleu dans la rue, au-dessus. Je parie que c'est Lexi qui a appelé les secours pour moi. Peut-être qu'elle sera avec eux et me tiendra la main (celle qui fait peur) sur tout le chemin jusqu'à l'hôpital. Ils auront tout ce qu'il faut comme calmants, là-bas, ce sera le pied.

Mais là, quelque chose qui se cachait derrière le pont me tombe dessus et m'empoigne par la peau du cou.

Démon.

Je lui balance des injures et je lui dis que je vais le tuer. Mais je parle comme un vieillard qui suffoque.

– Cours, dit-il, ignorant mes menaces de mort. Il y a une mémé qui a vu le couteau et qui a appelé les flics.

C'est donc pour ça que tout le monde a mis les bouts ! Polly le Poulet nous a donné un avertissement au sujet des couteaux il y a environ un mois. Et aujourd'hui, en plus, on a picolé ; nos cannettes et nos bouteilles traînent partout autour de nous.

– Je ne peux pas courir, je dis. Je suis trop faible.

– Je t'ai pas tranché les pieds, si ? réplique Démon, et il me traîne à sa suite.

Il n'est pas fute-fute, Démon. Mais de temps en temps, il balance une bonne vanne dans ce genre-là.

– Attends ! Et mon doigt ? je souffle pendant qu'on court dans l'herbe.

– Oublie-le, me répond Démon. Il est perdu.

C'est un vrai dilemme pour moi. Est-ce que je retourne chercher mon doigt, au risque de rencontrer le gentil policier adorable qui va s'intéresser à toutes les vilaines choses qu'on a laissées derrière nous (sales gosses !), ou est-ce que je garde ma liberté, quitte à abandonner mon doigt au chien galeux d'un clodo ?

– T'en as pas besoin, de toute façon ! continue Démon. T'en as neuf autres.

– Sept, je lui rappelle.

Et tout d'un coup, j'ai super envie de vomir et j'ai l'impression que je vais retomber dans les pommes.

– Il faut que tu m'emmènes à l'hôpital, Démon.

– Sûrement pas ! Je veux pas qu'ils m'attrapent.

On galope sur le chemin de halage. Quand on arrive au milieu des arbres, Démon me prend brutalement la main et me cogne le doigt sans le faire exprès.

Je ne peux pas m'empêcher de hurler très fort :

– Aaaaaïe !

– Voyons ça, fait Démon.

Il soulève ma main et arrache la casquette ensanglantée. Je suis trop faible pour l'en empêcher.

– C'est rien, dit-il en lâchant ma main. T'as pas besoin d'aller à l'hôpital. Avec ces docteurs fouille-merde et tout ça.

Démon déteste tous ceux qui portent un uniforme. Pour les flics et les pervenches, je comprends, mais il déteste aussi les pompiers, les infirmières, les facteurs, les vendeuses et même les gamins qui vont à l'école.

– Il fait nuit, je proteste. Tu ne vois rien. J'ai perdu un doigt, Démon.

– Quelle chochotte ! Je vais te ramener chez toi sur le porte-bagages de mon vélo, dit-il.

Je me sens super mal, maintenant, alors je suis obligé de me laisser faire. Je dépends totalement de lui. Démon est plus ou moins mon meilleur pote. Mais il est franchement tordu. Il peut être hyper agressif et il n'a pas peur de se servir de ses poings. Il s'énerve facilement et quand il se met en colère, il se défoule sur les plus faibles, qui que ce soit.

C'est pour ça que je joue les durs quand je suis avec lui.

Quelques heures plus tard, j'ai enveloppé mon doigt dans du PQ et j'ai l'impression qu'il a enfin cessé de saigner. J'ai trouvé de l'ibuprofen dans l'armoire à pharmacie et j'en ai pris deux. La douleur est à peu près supportable, du moment que je ne touche pas la blessure. D'un côté, j'ai envie de courir au rez-de-chaussée et de montrer ça à mamie pour qu'elle appelle une ambulance, mais d'un autre côté, je préfère que personne ne le sache. C'est vraiment bizarre, ce que ça me fait.

C'est le genre de truc qui ferait gravement flipper maman. Elle a des problèmes. Elle en a toujours eu. Mais en ce moment, elle va plutôt bien et je ne veux pas la perturber. Et puis à vrai dire, je n'arrive pas trop à y croire moi-même, de toute façon. J'ai perdu un doigt ! Et connaissant mamie, elle découvrirait qui m'a fait ça grâce à son réseau de grands-mères et elle irait essayer d'en coller une à Démon. Je ne veux pas que mamie aille chez lui. Non pas à cause de Démon, bien qu'il soit dangereux entre les mauvaises mains (et il est dangereux avec toutes les mains, en particulier les miennes), mais à cause de son père.

Est-ce que j'ai déjà parlé de Juby ?

Le père de Démon et de Lexi fait à peu près un mètre soixante-quinze, comme moi, mais c'est notre seul point commun. Il n'a rien d'humain. C'est un vrai Terminator. On croirait qu'il est en métal. Il est fait tout d'un bloc et il n'a pas de cou. Il a le mot « HAINE » tatoué sur les articulations des doigts. Il est caractériel et, d'après Démon, il peut être très, très méchant. Il n'est pas souvent là ; Démon et Lexi sont pratiquement tout le temps seuls à la maison. Je crois que ça ne les dérange pas trop. Juby est livreur de voitures, mais Démon m'a dit que c'est une couverture et qu'en vérité, il fait partie d'un gang qui cambriole les manoirs et les hôtels particuliers. Il sert d'intermédiaire. Il n'est pas exactement régulier, mais c'est pas non plus un grand criminel. Je ne vais pas chez Démon quand je sais que Juby est là. Apparemment, il connaît mon père depuis leur enfance, mais mon père s'est débrouillé pour devenir interdit de séjour dans notre lotissement. Quand je rencontre quelqu'un et qu'il découvre que je suis le fils de Nappy Parsons, il me renvoie à la fois de la pitié et du dégoût. C'est tout le temps pareil. Mon père est un gros loser alcoolique qui serait prêt à piquer les chaussures de sa grand-mère. Visiblement, personne ne le regrette. Bref, pour revenir à Juby : il y a deux ans, Démon, Connor et moi, on faisait les cons à côté de l'arrêt de bus. Avec Démon, on a pensé que ce serait marrant d'attacher Connor à l'abri, la tête en bas. Connor n'était pas content, mais on faisait ça pour rigoler. Juby a débarqué et il a pété les plombs.

– Alors comme ça vous vous prenez pour des petites frappes, hein ?

Il a mis une claque sur la tête de Démon, et moi, il m'a poussé tellement fort que j'ai trébuché sur le trottoir et atterri sur les fesses. Puis il a sorti un couteau pour libérer Connor (en bousillant nos cravates du collège par la même occasion) et il l'a remis par terre. Il a pointé son couteau vers moi et il a dit que si jamais on recommençait, il nous donnerait une leçon qu'on ne serait pas près d'oublier. On voulait juste rigoler. En tout cas, après ça, Connor a dit qu'il avait plus peur de Juby que de se faire pendre par les pieds. Bref : maintenant, j'évite soigneusement Juby et je ne veux pas que ma grand-mère aille chez lui pour gueuler.

Il faut que je mange, alors je suis obligé d'aller en bas. Je descends de mon lit en ayant l'impression d'être un vieillard. Mon bras me fait mal parce que je garde la main tournée bizarrement pour ne pas me cogner le doigt. Et j'ai l'épaule engourdie. Je vais jusqu'à l'escalier, puis je fais une pause pour souffler. J'ai la tête qui tourne. Je ne sais pas si c'est à cause de mon doigt ou parce que j'ai un peu abusé avec les calmants.

Pas de bol: maman et mamie sont toutes les deux dans la cuisine.

Je cache ma main blessée dans la poche flottante de mon grand sweat à capuche. C'est sans doute inutile: mamie est complètement bigleuse et trop fière pour porter des lunettes, et maman ne verrait rien même s'il me manquait un bras entier, alors un petit bout de doigt...

Le placard à réserves est ouvert. Je repère un paquet de gâteaux rouge et blanc.

– On ne t'a pas beaucoup vu aujourd'hui, jeune homme, observe mamie en retirant son tablier et en le pliant pour le ranger.

Je réponds par un grognement. Rien ne m'empêchera d'attraper les gâteaux.

– On dirait des poches de voleur, commente mamie en regardant mon sweat à capuche d'un œil torve.

Elle fait un pas vers moi.

– Et toi, on dirait que tu es drogué.

Ça, je ne peux pas le nier.

– Oh, laisse-le tranquille, dit maman depuis l'évier de la cuisine, où elle suce un glaçon au citron en grattant le plat à four pour enlever des frites brûlées.

– Tant qu'il habitera chez moi, réplique mamie, je ne le laisserai jamais tranquille.

Son haleine sent le pain. Je me sens faible et nauséeux. C'est sans doute parce que j'ai perdu beaucoup de sang.

– Tu ne devrais pas critiquer mes fringues, dis-je, je suis à un âge sensible.

Mamie se penche vers moi.

– Qu'est-ce que tu mijotes ?

Je jette un regard suppliant à ma mère et elle cogne le plat à four dans l'évier pour manifester son soutien.

– Si tu recommences tes bêtises, je te mets dehors, tu m'entends ? ajoute mamie.

Je lève les yeux au ciel.

– J'AI DIT : TU M'ENTENDS ?

– Oui, mamie, tout le lotissement t'entend.

– Sale petit insolent !

Et elle me donne une claque sur la tête. Elle tape fort pour une femme de plus de soixante ans. Mon instinct veut que je lève les mains pour me protéger, mais pour les raisons évidentes, je n'en lève qu'une.

– Hé, c'est pas bien de maltraiter un enfant ! je proteste.

– Tu as besoin qu'on te remette dans le droit chemin, dit mamie.

Et elle jette un regard noir à maman.

Je profite de cet instant de répit pour attraper les gâteaux et sortir de la cuisine.

Mamie ne me jetterait jamais dehors. Enfin je ne pense pas. Après tout, elle m'a enfin repris aux services sociaux il y a quatre ans. Elle veut que j'habite ici. Elle m'aime. Elle ne m'a pas viré de la maison, l'hiver dernier, quand j'ai été arrêté pour vol. Et quand je me suis fait prendre en train de descendre en rappel le pont du canal, au printemps, elle m'a juste dit : « C'est ta dernière chance, mon petit pote. » Il y a trois semaines, les flics sont venus sonner chez nous au sujet de la Toyota brûlée dans la rue d'à côté; vu comme elle les a reçus, ils se sont barrés plus vite que vos doigts quand Démon sort son couteau.

Ah oui, mon doigt.

Je ne sais toujours pas si je dois aller aux urgences ou non. Je suis le genre de mec qui préfère éviter de faire des vagues. Ils me poseraient forcément des tas de questions, à l'hôpital. Ça finirait peut-être marqué dans mon casier judiciaire. Je serais instantanément identifiable pour le restant de ma vie, comme les abrutis qui ont des tatouages. Mais mon doigt me fait toujours mal et j'ai peur que ça s'aggrave ou qu'il attrape la gangrène ou je ne sais quoi. Je pourrais carrément perdre mon bras, au bout du compte!

Mais bon, j'ai d'autres chats à fouetter, comme le prochain coup qu'on prévoit, Démon et moi. Il sera plus important et plus réussi que le dernier. On a fixé la date: lundi prochain. D'ici là, je serai allé au lycée tous les jours pendant un mois, alors j'aurai mérité une journée de congé.

Le lycée. Je préfère ne pas y penser.

Il est huit heures du soir, il n'y a rien à la télé et je suis allongé sur mon lit en train d'examiner le morceau de peau dégueu auquel mon doigt était attaché, avant, quand on frappe à la porte.

– Qu'est-ce que tu fabriques, là-dedans? gueule mamie.

– Un truc privé, mamie; les hommes ont des besoins, tu sais.

Elle s'énerve:

– Fais tes bagages. Je ne tolérerai pas ce genre de propos. Je veux que tu sois parti demain matin.

– C'est ça, mamie.

Je l'entends marmonner toute seule et tourner les talons.

– Mamie ?

– Quoi ?

– Pourquoi tu es montée ?

Il y a un silence pendant qu'elle essaie de se le rappeler. Puis la poignée de la porte tourne lentement, comme dans un film d'horreur.

– Pourquoi la porte est fermée à clé, Charlie ?

– Je te l'ai déjà dit, mamie.

Elle claque la langue contre ses (fausses) dents. J'entends son pas traînant et son vieux dos qui craque quand elle glisse quelque chose sous ma porte.

Je pose les pieds par terre et je me redresse. Je me frotte les yeux, mais avec une seule main. Si tu avais perdu un doigt il y a quelques heures, tu ne te frotterais sans doute pas les yeux avec cette main-là, toi non plus.

Il y a une enveloppe jaune sur la moquette.

Je la ramasse.

Elle n'a pas de timbre, mais elle a reçu un coup de tampon : *Louisiana, USA*.

L'enveloppe dans la main, je me mords la lèvre. Je n'aurais jamais cru qu'elle arriverait aussi vite. Pour être honnête, je pensais même qu'elle n'arriverait pas du tout. Et maintenant, je regrette qu'elle soit là.

– Oh là là ! je murmure.

Dans quoi je me suis encore fourré ?

. 2

Je ne voulais pas écrire à une femme. Je voulais un vrai tueur et, de préférence, un qui avait dégommé des observateurs innocents avec une mitraillette, à la Rambo. Quelqu'un qui resterait dans l'histoire ; un tueur en série avec des cadavres dans son sous-sol. Il n'y a pas beaucoup de mecs de quinze ans qui peuvent se vanter de correspondre avec un assassin... À part moi, Charlie Parsons. Peut-être qu'en apparence, je suis juste un ado maigrichon du lotissement qui est encore au lycée et dont le rêve le plus fou, c'est de rouler une grosse pelle à la fille du gros dur du quartier, mais j'ai quelques petits secrets, et cette lettre en est un.

J'ai de drôles d'idées, parfois. Comme le jour où je suis allé au lycée en faisant croire que j'avais perdu la mémoire. (Les profs ne l'ont pas remarqué.) Ou le jour où j'ai fait flipper les gamins qui traînent au bord du canal en répétant toujours le même mot : « mort, mort ». Mais tout ça, c'est des broutilles. Il y a aussi les trucs qu'on fait avec Démon, bien sûr. D'après mes profs, je suis un « meneur ». Mais je préfère travailler en solo, ou à deux. Ça ne veut pas dire que je n'ai pas de copains, j'en ai des tonnes, mais Démon est le seul à faire partie du cercle restreint et à pouvoir m'accompagner dans mes virées au pays des merveilles. Il n'y a que lui qui connaisse la vérité derrière les asticots de la cantine du commissariat ou le mouton du supermarché. Prenez Connor Blacker, tiens, il est sympa, on traîne souvent ensemble, mais il est un peu, je ne sais pas, un peu tapé. Il n'arrête pas de parler de choses dont on n'a rien à foutre, comme les Pygmées qui vivent à l'hôtel ou les comptes en banque pour enfants, etc. Démon peut être assez imprévisible, mais il a son utilité :

1. Il est TOUJOURS partant pour faire un truc marrant. Même si c'est illégal.
2. Il est costaud et il n'a peur de rien, à part de son père.

Mais je n'ai raconté à personne, même pas à Démon, que je me cherchais un copain tueur.

Ça fait un moment que j'ai découvert l'association de correspondants, même si je viens seulement de les contacter. Je surfais sur Internet pour passer le temps quand j'ai tapé « assassins » pour rigoler, et des tas de trucs effrayants se sont affichés : des histoires de meurtres ignobles (qui m'ont foutu les boules), mais aussi des infos saoulantes et des noms de groupes de rock bizarres. Et là, j'ai trouvé un site qui vous invitait à écrire à des gens qui sont dans le couloir de la mort, aux États-Unis. Hyper cool, ce truc ! J'ai décidé de le faire, même si je n'avais jamais écrit une lettre de ma vie.

J'imaginais que mon nouveau copain me raconterait sa vie. Les émeutes et tout le bataclan, les matons qui ont peur des détenus. Je m'y intéressais aussi d'un point de vue professionnel. (Non pas que je sois un assassin, mais bon.) J'ai échappé deux fois au centre de détention pour jeunes délinquants. Une fois pour cambriolage et une autre fois pour toute une série de trucs qui se sont terminés par des graffitis sur les murs du commissariat, que j'ai bombés avec de la peinture pour carrosserie rose bonbon. (Les flics étaient vraiment furax, sur ce coup-là... Ouille, ouille, ouille !)

Le site Internet parlait d'« ouvrir une fenêtre sur le monde extérieur » et d'être « un ami dans ces moments souvent sombres ». Je n'ai pas pensé à ça. J'aimais simplement l'idée d'être copain avec un tueur. Et à quoi ressemblerait son écriture ? Il allait peut-être écrire avec du sang ? J'étais super impatient de le savoir. L'association demandait de s'engager à écrire pendant au moins un an. Bon. Ça, je n'en étais pas trop sûr, mais ils ne risquaient pas trop de me poursuivre, hein ?

J'avais deux problèmes. Premièrement, il fallait avoir plus de dix-huit ans pour s'inscrire. Et deuxièmement, il fallait vraiment *écrire* quelque chose. Attention, je sais écrire. Je suis le seul de ma famille à être allé à l'école. Mes frères avaient d'autres centres d'intérêt. Mamie répète tout le temps que je suis le seul des trois qui arrivera à quelque chose. Selby, mon frère aîné, est mort et Stephen, qui a vingt ans, s'est brusquement barré en Écosse il y a deux ans. Il devait avoir quelque chose à cacher. Je pense qu'il ne reviendra pas avant un bout de temps.

Non, mon problème, c'est que je ne savais pas de quoi parler dans ma lettre.

De mes amis ?

Cher Assassin,

Quel beau temps il fait, aujourd'hui ! Mon copain Démon (Simon Juby de son vrai nom) est un mec formidable. Il vient de pisser pendant trois minutes non-stop... et il a rempli deux verres à bière d'un demi-litre.

De ma famille ?

Cher Monsieur le Tueur,

Comment allez-vous aujourd'hui ? (Si vous êtes toujours parmi nous, du moins ?) J'aimerais vous parler de ma famille. Ma grand-mère est en train d'installer un piège pour empêcher le chat des voisins d'aller chier dans son parterre de fleurs. Elle dit qu'elle ne veut pas le tuer, juste lui casser les pattes arrière. Et ma mère est de merveilleuse humeur parce qu'un papillon blanc a failli se noyer dans ses corn flakes, ce matin. Apparemment, c'est « un signe ».

Je ne pouvais pas parler du lycée, puisque j'étais censé avoir plus de dix-huit ans. Et je ne pouvais pas parler de mes copains, parce qu'on passait presque tout notre temps à déconner, à traîner près du pont ou à faire les imbéciles dans les jardins communaux, à draguer les filles (oh, Lexi !), à dormir, à manger et peut-être, de temps en temps, à aller en classe. Aucun intérêt pour mon tueur, tout ça.

Bref, je suis trop jeune et je n'ai rien à mettre dans ma lettre. Quelle est la solution qui s'impose ? Se faire passer pour quelqu'un d'autre. Alors, ça te paraîtra peut-être un peu tordu, mais j'ai décidé de me faire passer pour ma mère. Ça me permettait de résoudre le problème de l'âge, et puis comme ça, je pouvais parler de tout comme un adulte, je n'étais plus obligé de me cantonner à des sujets de gamin comme l'astronomie et la chasse. Je ne me suis pas fait passer pour mon père parce que je me suis dit que c'était plutôt un truc de femme, d'écrire des lettres. Et puis je ne veux pas penser à mon père, de toute façon. Il est nul et je ne l'ai pas vu depuis environ cinq ans. Je ne sais pas où il est. Personne ne le sait. Et personne n'a l'air de s'en soucier, par-dessus le marché.

Je me suis dégoté une nouvelle adresse e-mail, j'ai rempli le formulaire d'inscription en ligne en me faisant passer pour ma mère, j'ai envoyé le tout et j'ai attendu.

J'ai reçu une réponse par e-mail super rapidement. Ils devaient être désespérés, ces gens. Ils avaient accepté mon dossier et ils disaient que je ferais une bonne correspondante, vu que je menais une vie active et si bien remplie, avec ma formidable famille nombreuse. (Je m'étais un peu lâché sur le formulaire d'inscription.) Ils m'ont donné le choix entre trois assassins.

1. Gordon McBurn
2. Lenny Sherry
3. Aneka Haden

Comme je l'ai dit, je ne voulais pas écrire à une femme, alors Aneka était hors jeu. J'ai donc cherché les deux autres sur Internet. Gordon McBurn avait assassiné sa femme. Et, même moi, j'ai trouvé les détails du meurtre un peu durs. C'était flippant de voir ce que ce type avait fait. Ça devenait un peu trop concret. J'ai commencé à me demander si je faisais bien de m'investir là-dedans. L'exécution de ce type était prévue pour bientôt et l'association voulait absolument des lettres encourageantes. C'était beaucoup trop lourd pour moi, ça. Je ne voulais pas le faire. Ça me semblait mal. Alors j'ai tapé « Lenny Sherry » dans le moteur de recherche. Ce nom avait quelque chose de familier. J'avais dû le voir dans le journal.

Lenny Sherry, quarante ans, touriste britannique, avait assassiné un garçon de quinze ans en le tenant sous l'eau pendant la marée montante, sur la côte de Floride, neuf ans plus tôt. Il avait été condamné à mort, mais n'avait pas encore reçu sa date d'exécution à cause d'une série de procès en appel qui étaient toujours en cours.

J'ai eu un gros choc quand j'ai lu la suite.

Lenny Sherry venait de Londres, mais il avait passé la majeure partie de son enfance à Harrington, qui n'est qu'à six kilomètres d'ici. C'est dingue, non ? J'ai décidé que c'était à lui que j'allais écrire. Il serait peut-être content d'entendre parler de ce qui se passait chez lui, et ça me donnerait un sujet à aborder. Alors j'ai arraché une page de mon cahier d'anglais (j'ai pensé que c'était approprié, vu que je m'apprêtais à rédiger une œuvre de fiction) et j'ai commencé...

Cher Lenny,

Salut, j'espère que ça ne vous dérange pas que je vous écrive.

Est-ce qu'une femme écrirait comme ça ? Je crois. Les femmes sont plus polies que les mecs.

Je m'appelle Caroline Parsons, mais on me surnomme Charlie. Appelez-moi par mon surnom quand vous me répondrez, s'il vous plaît. J'ai 37 ans et je vis avec mon fils, Mark.

Mark, c'est mon deuxième prénom, alors c'est à peu près réglo. Et ma mère s'appelle vraiment Caroline.

J'ai lu dans votre fiche que vous êtes originaire de Harrington. C'est une drôle de coïncidence, parce que je vis à Bexton, la ville d'à côté, comme vous vous le rappelez sans doute. Vous ne ratez pas grand-chose, croyez-moi. Harrington est devenu un vrai trou paumé, de nos jours.

Lenny a à peu près le même âge que mon père – il est vieux, donc. En mâchonnant mon stylo, j'essaie de penser à ce qui peut intéresser les vieux croûtons.

Mark fait de la musculation et vient de gagner une compétition nationale dans sa tranche d'âge. Il est aussi le capitaine de l'équipe de foot de son lycée. Nous pensons qu'il fera des études universitaires et deviendra médecin. Il est grand et très beau. Il sort avec une jeune fille adorable qui s'appelle Lexi Juby. Je me demande un peu ce qu'ils font, tous les deux, mais il faut bien que jeunesse se passe, pas vrai ?

Je parle trop de ma famille.

Ce doit être dur d'être dans le couloir de la mort. Aviez-vous l'intention d'assassiner ce garçon ? Je peux comprendre qu'on ait des envies de meurtre, parfois. Ma mère est terriblement agaçante. (Mais je n'essaierais quand même pas de la supprimer !)

J'espère que vous allez me répondre.

Sincères salutations,

(C'est comme ça qu'on dit, non ? « Sincères salutations » ?)

Charlie Parsons

OK, c'était de la merde. Mais je ne voulais pas tout recommencer. Et mamie, devant ma porte, devenait soupçonneuse et me demandait pourquoi j'étais tellement silencieux. Est-ce que je manigançais quelque chose ?

J'en avais super marre, à la fin. C'est dur d'inventer des choses. Quoi qu'il en soit, c'était une lettre, non ?

Ensuite, il a fallu aller à la poste. C'était vraiment la honte d'entrer là-dedans. J'espérais que ce n'était plus les mêmes qu'il y a trois ans (Démon et moi, on a essayé de voler tous les bonbons et on s'est fait choper par quatre vieilles biques, mais je ne m'étendrai pas là-dessus maintenant). Le type du guichet m'a regardé un peu méchamment, mais personne n'a rien dit. Il a pris ma lettre et l'a jetée dans un sac marron.

Ensuite, ça m'est complètement sorti de la tête. J'avais d'autres préoccupations : mater Lexi, aller au lycée, sécher les cours. Monter des coups pour me marrer. Ça m'est sorti de la tête jusqu'au moment où mamie a glissé la lettre sous ma porte.

Pénitencier de l'État de Louisiane

Chère Charlie,

Tu as un surnom surprenant pour une femme. Une femme d'aujourd'hui peut se faire appeler comme elle veut, cela dit. Mon moral était au plus bas jusqu'au jour où j'ai reçu ta lettre, mais son arrivée m'a considérablement requinqué. En principe, je ne dois pas t'écrire avant d'avoir reçu au moins deux lettres, pour avoir la preuve que tu es prête à t'investir. Pourtant, j'ai tellement besoin d'entendre une voix amicale que je passe outre cette règle et que je te réponds tout de suite. Rêver, c'est tout ce qui me reste pour oublier. En prison, j'oscille entre l'abattement et le désespoir, et ta charmante lettre a réveillé mon intérêt pour le monde que j'ai perdu. Ne me laisse pas dans le noir. D'après mes calculs, tu me dois désormais deux lettres pour sacrifier à la règle des deux lettres, alors raconte-moi tout !

Sors une feuille et un stylo, ma chère Charlie, et parle-moi de ta vie et de tout ce qui en fait partie. Parle-moi encore de ta famille, ce que tu m'en as dit m'a beaucoup amusé. On dirait que Mark est un enfant modèle. Une rareté, de nos jours, malheureusement ! Rappelle-toi que les jeunes filles sont des êtres faibles, alors garde un œil sur eux, même si Mark a l'air heureux avec sa copine. Une question : tu as dit que son nom de famille était Tuby ou Juby ? Non, je n'arrive pas à déchiffrer ton écriture et j'ai connu quelqu'un de ton coin qui s'appelait Tuby. Charmé de recevoir une lettre d'Angleterre. Oh, ce que je regrette d'être venu aux États-Unis ! Non, je n'aurais jamais dû venir. Je rêve de rentrer chez moi un jour. Et pourtant, ce rêve est mort, à présent. Tic, tac, à chaque minute qui passe, ma mort se rapproche. Et le temps passe à la fois trop vite et trop lentement. Voix chaleureuse, donne-moi encore des nouvelles de toi, j'en ai vraiment besoin. Ouvre-toi, Charlie, parle-moi de ta vie. Invite-moi dans ton monde.

« Sincères salutations », ça me plaît bien comme expression, même si c'est inhabituel, alors je la reprends à mon tour.

Sincères salutations,

Lenny Sherry

P.-S. Pour répondre à ta question, j'essaie toujours de prouver mon innocence.

Est-ce qu'il drague ma mère? (Même si, techniquement, ce n'est pas à elle qu'il écrit?) Est-ce que ça veut dire qu'en fait il me drague, moi? Je lui ai plu à travers ce que j'écris. Est-ce que ça fait de moi un homo? Ou peut-être que je suis juste un acteur génial. Comment il m'a appelé, déjà? *Voix chaleureuse…*

Beurk. Je ne sais pas si je vais répondre. Mais bon, je me sentirai peut-être un peu salaud si je ne réponds pas. À l'entendre, on dirait que c'est dur, ce qu'il traverse. Si j'étais à sa place, j'essaierais de trouver un moyen de me faire la malle. J'ai déjà été enfermé et j'ai réussi à m'évader. Bien sûr, ce n'était pas le secteur de haute sécurité d'une prison américaine. J'avais seulement sept ou huit ans et je vivais chez un couple, Midge et Guy, et leurs quatre enfants. C'était des vrais petits saints, ces deux-là: ils donnaient leurs pots de confiture à recycler et ils nous emmenaient chez Pizza Express au lieu de chez McDo. Quand un des gamins faisait une bêtise, ils l'enfermaient dans le grenier. Pareil avec moi. Les services sociaux leur avaient dit de me traiter comme leurs enfants à eux. Alors c'est ce qu'ils ont fait. J'aurais préféré qu'ils me traitent comme un invité de longue durée, plutôt. J'étais tout le temps dans ce foutu grenier. Même en hiver. Il fait froid dans les greniers, l'hiver.

Il n'y avait qu'une seule lumière, une ampoule nue qui pendait au plafond par un fil, et pas vraiment de plancher, alors on ne pouvait pas marcher. Guy, le père, avait cloué du contreplaqué pour former une plate-forme étroite. Une tonne de valises, de raquettes de tennis pourries, de télés cassées et de bazar était fourrée dessus. Il y avait juste assez de place pour mes petites fesses de gringalet. Je me souviens de m'être dressé sur la pointe des pieds sur une valise pour guetter les avions par la minuscule lucarne. Il n'y avait rien d'autre à faire. Mais je ne voyais jamais que des pigeons. Par ennui, j'avais ouvert les valises et je n'y avais rien trouvé, à part des vieux vêtements d'homme. J'avais fouillé les poches mais je n'y avais déniché que des pièces jaunes, un ancien billet d'une livre (bizarre!) et un tas de vieux mouchoirs crados.

On m'envoyait très souvent là-haut. Parfois pour une heure entière, ce qui est long quand on n'a que huit ans et qu'on est un être sociable comme moi. Pas cool, hein? Bref, comme je le disais: un jour, je me suis échappé. Charlie Houdini. Sauf que je n'ai pas été très discret. J'étais de mauvaise humeur parce que je trouvais que je n'avais pas mérité d'être là-haut. Ce jour-là, je n'avais pas fait grand-chose, à part:

1. Voler toutes les chips du placard.
2. Boucher les chiottes avec trois rouleaux de PQ.
3. Mettre le feu à la moquette du salon pour voir si elle brûlerait vite.

4. Faire pleurer ma grande sœur adoptive (je lui avais dit qu'elle était moche).

C'est pas si terrible, hein? J'étais encore petit. Je faisais des expérimentations. J'avais fait bien pire à d'autres moments.

La trappe était verrouillée de l'extérieur. Je n'arrêtais pas de me dire: « Et si le feu de la moquette n'a pas été bien éteint, et couve encore? Et s'il se rallume pendant qu'il n'y a plus personne dans la pièce et que tout le monde est occupé ailleurs? Il pourrait gagner les murs, monter jusqu'au grenier et me brûler vif... Je serais pris au piège, je serais sûr de rôtir. » Il fallait que je fasse mon possible pour sortir. La peur m'a rendu plus fort que Juby le Tueur.

J'ai regardé la lucarne, mais je savais bien que je ne pourrais jamais passer par là et que, si je tombais du toit, la chute serait mortelle. Plus j'essayais de trouver une solution, plus je voyais que j'étais coincé et plus je paniquais. J'ai quitté la plate-forme et je me suis avancé sur les poutres comme un équilibriste. Je me suis arrêté au-dessus du lit de mes parents adoptifs. (Ne me demandez pas comment je savais où était leur lit; je ne veux pas entrer dans les détails, mais à mon avis, ils m'enfermaient parfois là-haut sous un prétexte futile pour pouvoir faire des trucs en privé tous les deux, si tu vois ce que je veux dire.) Et voici ce que j'ai fait. J'ai sauté de la poutre et j'ai atterri lourdement sur le plafond d'en dessous. Il s'est un peu enfoncé et j'ai fait une énorme fissure. Un morceau de plâtre est tombé, je voyais carrément le patchwork du couvre-lit, plus bas. Et c'est là que j'ai été malin. J'ai pensé que ça risquait de me faire un peu mal de passer à travers le plafond en égratignant ma jeune peau toute tendre sur ces planches pleines d'échardes et ces couches de plâtre. Alors je suis retourné vers les valises en gardant l'équilibre et je me suis forcé à me calmer le temps d'enfiler deux pantalons d'homme et deux gros pulls qui grattaient et qui sentaient mauvais. Les pantalons étaient beaucoup trop longs, alors j'ai dû rouler le bas. J'ai même trouvé un chapeau qui ressemblait au couvre-théière de mamie et que je me suis enfoncé sur la tête. Je devais avoir l'air d'un fou. Puis je suis retourné au bord du trou.

J'ai sauté entre les poutres, les yeux fermés, en tapant de toutes mes forces avec les pieds et en imaginant que j'étais un boulet de démolition. J'ai entendu des craquements de bois et de placoplâtre. Ça sentait le chaud, comme si quelque chose avait roussi. Quelque chose a cédé sous mes pieds. Un gros nuage de poussière m'a volé dans les narines et je suis tombé en éternuant sur le lit de la chambre d'en dessous.

J'ai atterri à plat ventre et presque entièrement sur le lit. J'étais là, le même Charlie Parsons en plus petit, allongé aux trois quarts sur le lit de mes parents adoptifs, couvert de placo, de papier peint et de plaques en polystyrène pour plafonds.

C'est comme ça que je me suis fait expulser. En m'échappant du grenier, je me suis échappé de cette maison.

Le plus jeune enfant de Midge et Guy, Alex, était un bébé. J'ai quinze ans, alors il doit avoir dans les huit ans, maintenant. Peut-être qu'il est enfermé dans le grenier, en ce moment même, et qu'il attend qu'un avion passe devant la lucarne. Je parie qu'il ne voit que des pigeons, lui aussi.

3.

Comme tous les samedis matin, c'est le bruit de l'aspirateur que mamie passe sur le lino qui me réveille. La première chose que je fais, c'est prendre deux paracétamols, puis je m'enferme dans la salle de bains et je déroule les couches de PQ et de sparadrap que j'ai autour du doigt. Je ne veux pas le toucher, mais je crois que je devrais le laver. Il est boursouflé comme une saucisse et d'une couleur inquiétante – rougeâtre. C'est aussi gore qu'un accident de la route. Au bout, il y a un truc jaune qui suinte. Je me force à regarder une deuxième fois. Au moins, je ne vois pas d'os ; il y a juste du sang, de la chair et des petits trucs filandreux. Je dois m'asseoir sur le siège des toilettes parce que j'ai la tête qui tourne. En me déplaçant, je me cogne la main contre le mur et une goutte de sang tombe sur le couvre-W.-C. en dentelle blanche de mamie. Je remplis le lavabo d'eau chaude, je fouille dans l'armoire pour trouver du désinfectant et j'en verse dedans. Puis je trempe mon doigt. Ça pique, mais c'est loin d'être aussi horrible qu'hier – les calmants de mamie sont drôlement puissants. Je tamponne mon doigt avec du PQ pour l'essuyer et je l'enveloppe de nouveau. Il me faut de quoi faire un pansement convenable, de la crème antiseptique et du sparadrap. De retour dans ma chambre, j'attache le PQ avec du scotch. Puis je suis encore obligé de m'asseoir. Il est bientôt midi et j'ai déjà faim. Je vais encore devoir descendre et affronter les folles avec lesquelles je vis.

En bas, mamie a fini de faire le ménage et regarde la télé dans le salon, qui est relié à la cuisine par une petite ouverture arrondie.

Mamie a horreur de faire la cuisine. Elle dit qu'elle refuse d'acheter des légumes frais parce qu'ils n'ont pas été stérilisés. Elle achète des plats tout prêts et les fourre au congélo. Ils sont délicieux, j'y suis complètement accro. Je choisis une moussaka au hachis d'agneau et je règle le micro-ondes sur trois minutes et demie.

– T'as entendu ça ? s'écrie mamie. Quarante livres par semaine pour les filles-mères. Ils devraient les faire travailler en échange.

Je passe sous l'arche pour gagner le salon, mais je ne dis rien. Ça ne sert à rien de discuter ; avec mamie, personne n'a jamais le dernier mot.

– Je considère que c'est du travail de s'occuper d'un bébé, moi, intervient maman en levant les yeux de son petit miroir argenté.

Elle est en train de se maquiller les paupières avec un fard à paillettes, un truc de gamine qui va bien avec le brillant à lèvres rose qu'elle a trouvé à la pharmacie. Elle doit penser qu'elle ressemble à une fée.

Maman est obsédée par les fées. Elle a des torchons avec des fées, des chaussettes, des T-shirts et des tasses avec des fées, des bibelots en forme de fée. Elle achète tout ce qui a le moindre rapport avec les fées, même des produits ménagers La Fée Bio. Elle dit que tout ce qui touche aux fées est un peu magique et qu'elle a besoin de toute la magie qu'elle peut trouver. Ce n'est pas vraiment étonnant ; elle vit au pays des fées depuis la mort de Selby.

– Si c'est pour élever des gamins comme les tiens, Caroline, il vaudrait mieux ne pas les payer du tout, dit mamie, les yeux brillants à la perspective d'une engueulade. La nouvelle génération ? Tu parles ! C'est la nouvelle génération de parasites et de voleurs, plutôt.

– Tu parles de moi, mamie ?

Je lui pique un caramel Werther's Original dans le bocal à bonbons en verre rose, sur la table basse.

– Laisse ça, sale petit voleur ! dit mamie en me donnant une tape sur le poignet.

Je le fourre dans ma bouche, puis je le recrache et je le remets dans le bocal, en souriant à ma grand-mère.

– Hors de ma vue, gros dégoûtant ! crie mamie en fouillant dans le bocal à bonbons pour récupérer celui qui est baveux.

Quand elle le trouve, elle le met dans sa bouche.

Maman m'adresse un de ces sourires dont elle a le secret. C'est comme la bruine par un jour de soleil.

Parfois j'aimerais bien qu'elle arrête les cachetons euphorisants. On dirait qu'elle porte un masque.

Mamie se tourne vers la télé. Au bout de quelques secondes, elle se met à insulter l'écran. Maman profite du cessez-le-feu pour s'essayer au rôle de mère.

– Bonjour, Charlie, dit-elle.

– Bonjour.

Dans la cuisine, le micro-ondes fait « ping! ». J'y retourne et je m'empiffre. Ensuite, je reviens avec l'intention de piquer un nouveau caramel. Je m'apprête à plonger la main dans le bocal en verre quand je remarque quelque chose.

– Maman, qu'est-ce que c'est que ces fringues?

– De l'argent jeté par les fenêtres, voilà ce que c'est! siffle mamie.

Maman porte une jupe rouge foncé et un chemisier noir avec des manches à frous-frous qui cache son ventre flasque. Elle est un peu mieux que d'habitude.

– Comment tu me trouves? demande-t-elle.

Elle voudrait tant que je réponde quelque chose de gentil.

Mamie émet un petit bruit de gorge. Elle voudrait tant que je réponde quelque chose de méchant.

– Maman, tu es belle comme une reine, je dis.

Mamie soupire et monte le volume de la télé.

Maman sourit.

– Merci, Charlie.

– Ne l'encourage pas, grogne mamie. Ça va mal finir.

Mamie est tout le temps convaincue que les choses vont mal finir. Elle pensait que le nouveau terrain de jeux pour les gamins deviendrait un centre du crime organisé (sur ce point, elle avait à moitié raison) et, avec sa meilleure copine/pire ennemie Dolores-du-bout-de-la-rue, elle a lancé une pétition contre le nouveau dispensaire parce que, d'après elles, il va attirer tous les toxicos dans le quartier. (Ils sont déjà là.)

– Elle a un rendez-vous, m'annonce mamie.

– Un rendez-vous avec un membre du sexe opposé, tu veux dire ?

J'ai posé la question d'un ton dégagé, mais en fait je suis hyper étonné. Le seul type que ma mère ait jamais fréquenté, à ma connaissance, c'est mon père.

– Se faire draguer, grommelle mamie. À son âge.

– Je n'ai que trente-sept ans, proteste maman.

– Justement, dit mamie. Tu as encore le temps de te retrouver enceinte.

– Qu'est-ce qui se passe ? je demande, un peu inquiet.

Maman n'a pas franchement démontré qu'elle avait bon goût en matière de mecs, jusqu'à présent.

Elle soupire.

– J'ai bien le droit de rencontrer quelqu'un, non ?

– Non, répond mamie. Tu es trop timbrée, Caroline. Les hommes ne veulent pas d'une folle.

Maman prend un air affreusement triste et baisse les yeux vers la moquette. Il faut que je dise quelque chose.

– Les hommes pensent que toutes les femmes sont folles de toute façon, maman, je dis pour la rassurer.

– Elle se fait des illusions, dit mamie. Comme d'habitude.

– Tu es jalouse, je riposte. Comme d'habitude.

Faisant mine de me gifler, mamie met une claque dans le vide.

– Ne recommence pas à faire l'insolent.

Mais elle ne peut pas rester fâchée contre moi trop longtemps, parce qu'elle voudrait qu'on s'y mette à deux pour tourmenter maman. Elle se lève, ouvre le tiroir de la table basse et en sort une brochure en papier glacé.

Maman est tout agitée.

– Tu as pris ça dans ma chambre ! s'indigne-t-elle.

– Tu es chez moi, réplique mamie, alors c'est *ma* chambre.

– Tu devrais mettre un verrou, comme moi, je dis à maman. Ça empêcherait Mme Touche-à-Tout de venir fureter.

Mais je prends la brochure que me tend mamie et je lis.

TOMBÉS DU CIEL, AGENCE DE RENCONTRES

Vous aimeriez trouver l'homme idéal ? Pour cela, il suffit de vous inscrire et nous vous proposerons de nombreux candidats. Le formulaire est à la fois facile et rapide à remplir, et nous avons beaucoup de cœurs à prendre dans notre fichier. Rejoignez-nous dès aujourd'hui et donnez-vous la chance de vivre le grand amour !

– Oh, maman ! je m'écrie. Et si tu tombes sur un dingue ?

– Il s'appelle Jonathan, dit mamie.

– Il est jardinier paysagiste, dit maman.

– Il doit avoir les ongles sales, alors !

– Où est-ce que tu dois le retrouver, maman ?

– Au Holiday Inn, j'imagine, vu comme elle est attifée, grince mamie.

Je lui demande innocemment :

– Tu parles d'expérience, mamie ?

– Bon, je ferais mieux d'y aller, dit maman en prenant son sac à main.

– Tu vas où ? je répète.

– T'occupe, dit maman. Je ne veux pas que tu viennes m'espionner.

– J'ai mieux à faire de mon temps !

Maman montre mamie du doigt.

– Pas elle.

– Sympa, grommelle mamie. Je donne un toit à tes enfants et c'est comme ça que tu me remercies.

C'est bizarre, ce qui se passe avec maman. Pendant des années, elle était malade et incapable de faire quoi que ce soit, c'est pour ça que j'ai été placé en famille d'accueil. Et qu'on a emménagé avec mamie. C'est peut-être aussi pour ça que papa nous a laissés tomber. Maman a fait une dépression nerveuse. Je croyais que ça voulait dire qu'elle était folle, mais une assistante sociale m'a expliqué que ça signifiait juste qu'elle ne pourrait pas s'occuper de nous pendant quelque temps. Comme quand une tonne de trucs te tombe dessus et que tu es complètement débordé. Mais depuis peu, comme je le disais, maman va beaucoup mieux. C'est pas une mère normale, quand même pas, elle ne lave pas mes fringues et elle ne me fait pas à manger. C'est mamie qui s'occupe de tout ça, même si, comme je l'ai dit, elle a horreur de faire la cuisine. Maintenant que j'y pense, elle ne laisserait sans doute pas maman s'en charger, de toute façon. Mais maman fréquente un club pour les gens comme elle et elle a commencé à postuler pour divers boulots. Il y en a un où ils avaient besoin d'une opératrice de machine à coudre (dans l'usine de soutiens-gorge où mamie travaille), mais elle ne l'a pas eu. Ils ont dit qu'elle était surqualifiée. Maman a toujours fait ses vêtements elle-même. Avant de tomber malade, elle se fabriquait des jupes longues et des espèces de hauts hyper flottants. Récemment, elle s'est remise à acheter du tissu pour se faire des robes et des jupes comme celles qu'elle porte sur les vieilles photos.

Ça veut dire qu'elle va mieux, je suppose.

Je ferme la porte du jardin et je sors dans la rue. Les gens sont dehors, en vadrouille. Il fait beau, alors tout le monde est de bonne humeur. Les adultes lavent leur voiture et partent faire des courses. Les petits mômes foncent sur leurs vélos. Une abeille passe sous mon nez en bourdonnant et se pose sur une fleur. Il y en a des tas, par ici. C'est les abeilles de Michael, le mari de Dolores (la meilleure copine/pire ennemie de mamie). Il a des ruches sur sa parcelle des jardins communaux. Il donne tout le temps à mamie des pots en plastique remplis de miel, mais elle refuse d'en manger parce que, d'après elle, c'est du « caca d'abeilles ».

Je décide d'aller à la pharmacie, en ville, pour acheter de la gaze et du désinfectant.

Je me demande qui c'est, ce type, là, ce Jonathan. Si c'est un mec bien, peut-être qu'il aidera maman à s'en sortir. Peut-être qu'il est riche. Peut-être qu'il m'achètera une moto.

Mais… et si c'était encore un cinglé comme mon père ?

. 4

Environ une semaine après m'être fait couper le doigt, je fais dix bornes en stop avec Démon pour rejoindre le restaurant pour camionneurs à la sortie de l'autoroute. Il pleut comme vache qui pisse. On s'abrite sous un bout de carton qui ne nous tient pas au sec. On est cachés derrière un camion plein de papier. Voilà qui aurait beaucoup intéressé Stephen, mon frère. Il paraît qu'il avait un certain goût pour les allumettes, si tu vois ce que je veux dire. Mais moi, je ne m'intéresse pas à ce genre de choses.

On n'entre pas dans le restau. Pas question. Il est trop glauque. On est là pour choper un camion. Un gros.

Quand je suis sur un coup, j'ai l'impression d'avoir du feu dans les veines, mais au sens positif, tu sais. C'est comme une méga poussée d'adrénaline. J'ai mal au cœur et je me sens vif comme une mouche. Tu vois ce que je veux dire ? Je me sens super malin. Genre, s'il y a un problème, je peux le résoudre hyper vite. Je n'ai pas pris la grosse tête. C'est vrai.

– Ça va pas marcher, dit Démon.

Pendant une minute, je crois qu'il va laisser tomber.

– Allez, Démon, c'est juste un peu de pluie ! dis-je pour l'encourager.

Mais ensuite, un énorme poids lourd s'arrête sur le parking – un engin monumental avec des photos de pommes vertes agrandies sur les flancs.

– C'est celui-là, dis-je à Démon.

Il sourit.

Dans des moments pareils, je me rends compte qu'il vaut toutes les peines du monde. C'est un vrai bandit, le Démon. Il a du bon sang de voleur dans les veines qui se transmet depuis des générations.

Le conducteur se gare à côté d'un camion-citerne et saute de la cabine. Il fait des éclaboussures en courant jusqu'au restau sous la pluie, sans nous voir. Il a des petites lunettes rondes avec des verres miroir, et une moustache grisonnante. Côté fringues, il a un pull bleu marine, un pantalon bleu et des baskets ringardes. Et il a des rouflaquettes ignobles. Si tu veux mon avis, il mérite ce qui va lui arriver pour crimes contre la mode.

Démon me lance son sourire diabolique. Il pleut toujours, on est trempés et on s'apprête à voler un poids lourd de quarante tonnes. Je suis un vilain garçon, hein ? Putain, j'adore ça.

Démon plante le tournevis dans la serrure – avec tout le raffut que fait la pluie, ils n'entendront rien dans le restoroute. Et il n'y a personne dehors. Pas un chat. La serrure fait « clic! » et on ouvre la portière. Fastoche. On échange un regard et on éclate de rire. Puis Démon essaie de monter. Mais moi aussi. C'est là que ça commence à mal tourner. On fait les cons, chacun essaie d'arriver le premier sur le siège du conducteur. On est plus ou moins en train de se bagarrer, de repousser l'autre. On pense tous les deux être la bonne personne pour conduire cette belle machine et rejoindre la route.

– Charlie, râle Démon. Tu t'intéresses pas aux voitures, t'y connais rien.

– Je m'intéresse aux camions, dis-je en le faisant descendre du marchepied et en empoignant la portière. Ôte-toi de mon chemin.

– Dégage.

Démon me tire dessus et vlan, je m'écrase contre le macadam mouillé. Alors je lui donne un coup de poing dans les jambes. Ce n'est plus vraiment une bagarre pour rigoler. Démon est plus costaud que moi et j'ai un doigt blessé, mais je suis survolté, c'est *mon* jouet et je veux conduire. Alors je me lève, je grimpe sur le marchepied à côté de lui (il est sur le siège, maintenant) et je lui plaque la tête très fort contre le machin en plastique qui est entre les sièges. Le reste de son corps suit sa tête.

Démon n'aime pas se faire malmener, mais il ne se défend pas tout de suite. Je finis par comprendre que c'est parce que je lui ai vraiment fait mal. Je suis tellement étonné que je l'aurais presque laissé conduire. Mais quand même pas, bien sûr.

– Je vais le dire à mon père, grogne Démon en se glissant sur le siège passager.

Il a une petite voix de gamin. Je me marre.

– Oh, papa, Charlie n'a pas voulu me laisser conduire le camion qu'on a volé! je fais.

Ça lui ferme son clapet. Juby a beau enfreindre la loi lui-même, il ne le tolère pas chez ses gosses. Donc il a horreur qu'on fasse des bêtises, Démon et moi. Vraiment horreur.

J'arrache le plastique qui entoure la colonne de direction avec l'outil pour scouts que mamie m'a offert à Noël il y a quelques années. Il est très utile. C'est un tube en métal rempli de lames pliantes, avec un tire-bouchon, un tournevis et toutes sortes de trucs dont un mec dans mon genre peut avoir besoin. Je trifouille les fils d'allumage. Démon trouve que je mets trop longtemps et décide de démarrer le moteur à l'ancienne mode. Il enfonce le tournevis dans le contact et le tourne en force. On démarre en douceur, sans problème. Le moteur paraît bruyant, mais lointain, bien qu'il soit juste en dessous de nous. Ensuite, j'essaie de passer la première. Mais je n'y arrive pas et le moteur cale. L'embrayage, le frein et l'accélérateur sont tous au bon endroit, comme dans une voiture, mais le schéma qui explique la boîte de vitesses me fait penser à un exercice de maths niveau S. Il y a huit vitesses et deux relais différents. Je ne comprends pas. Plus par chance que par habileté, je réussis à passer en seconde, enfin je crois, et on tourne lentement sur le macadam trempé. Mes doigts n'arrêtent pas de glisser sur le volant graisseux.

Le conducteur devait avoir les mains moites. Je n'avais jamais conduit d'engin de ce genre. Ça me fait penser à la sensation qu'on a quand on marche avec des paquets de boue collés aux semelles. Je sens le poids qu'on déplace. Je ne vois pas ce qui se passe juste derrière parce qu'on n'a pas de rétroviseur, à part sur les côtés. J'atteins tout juste les différentes manettes, mais j'ai l'impression d'être un nain en conduisant ce machin. Heureusement, je n'ai pas besoin de faire une marche arrière pour sortir du parking. Le schéma de la boîte de vitesses montre où est la marche arrière, mais je ne sais pas si je serais capable de la trouver. On sort du parking. Je ne veux pas rouler vite, parce que ça ne ferait qu'attirer l'attention sur nous. Il pleut vraiment fort, maintenant, mais je ne trouve pas comment actionner les essuie-glaces.

Je freine brutalement. Un mec en imper rouge avec un petit chien vient de débouler devant moi. Je suis obligé de m'arrêter, sinon je vais l'écrabouiller. Il me repère. Un gamin de quinze ans qui conduit un camion-remorque de quarante tonnes.

– Ça y est, dit Démon. T'aurais pas dû t'arrêter, il nous a vus.

– Je l'aurais tué, sinon.

– Il faudrait qu'on le tue de toute façon, maintenant, répond Démon.

Il ne plaisante qu'à moitié. Je pense qu'il serait capable de tuer quelqu'un, s'il s'y sentait obligé.

Mais on laisse le type traverser. Le chien est un petit terrier hirsute. J'aimerais bien avoir un chien.

Peut-être qu'on devrait tuer le type. Comme ça je pourrais récupérer son chien. Je plaisante ! Je ne suis pas Simon Juby. Je lâche l'embrayage et j'arrive à ne pas caler en repartant. Bon, on entre sur la bretelle d'accès et le moteur gronde. Il faut que je change de vitesse. Je vise la troisième mais je rate mon coup et je finis en quatrième, je crois, mais ça n'a pas l'air de poser problème, on roule toujours. J'ai un peu les boules de rejoindre l'autoroute à deux voies, mais heureusement, il n'y a pas beaucoup de circulation. Je ne sais même pas où est le clignotant, sur ce machin. Par contre, en essayant tous les boutons, j'actionne les essuie-glaces alors au moins on y voit clair.

On quitte la bretelle d'accès et une bagnole nous dépasse à toute vitesse en faisant des appels de phare et en klaxonnant. Démon fait un doigt au mec. Je croyais que j'avais le temps de m'engager sur l'autoroute, mais cet engin est tellement long que c'est difficile de juger.

J'appuie sur le champignon et je hurle :

– OUAIIIIS !

On roule à fond la caisse. Je n'arrête pas de regarder dans mes rétros si quelqu'un nous poursuit, mais je ne vois pas grand-chose parce qu'on projette des tas d'éclaboussures. Je pense que notre camionneur est en train d'attaquer ses œufs au plat et ses pommes de terre sautées, et qu'il n'a même pas remarqué qu'on avait fichu le camp. C'est vraiment le pied de conduire cet engin. Le camionneur a une foule de rats en peluche sur le tableau de bord. Il y a aussi la photo fripée d'un petit garçon accrochée à l'autoradio, au-dessus de ma tête. Mon siège doit avoir un coussin d'air, parce que tous les chocs sont amortis pendant qu'on monte et descend avec la route. Démon, lui, n'arrête pas de sauter dans tous les sens. Je change de vitesse, ou du moins je crois le faire, et j'accélère. On fait du cent quarante environ et Démon répète: « Plus vite, plus vite! », mais le camion n'est pas d'accord. Je n'ai pas dû mettre la bonne vitesse. Je suis content d'être au volant. La route est mouillée et la visibilité est mauvaise. Si cet engin refuse d'aller plus vite, ça ne me dérange pas.

Je me sens trop bien dans cet engin. Je devrais faire ça plus souvent. J'aime penser que c'est mon style. Je ne suis pas un petit voleur de voitures minable, moi, je pique des poids lourds. La classe, quoi.

– C'est génial, commente Démon. Si seulement j'étais au volant!

Une voiture de police passe en trombe dans le sens inverse. Ils n'ont pas allumé le gyrophare ni rien, mais le compte à rebours a commencé.

Heureusement, notre sortie approche, elle n'est qu'à quelques kilomètres. J'appuie sur le champignon et je me retrouve juste derrière une petite Fiat, que je colle au cul.

Je n'arrête pas de croiser le regard du petit garçon de la photo.

– Ton papa va être de très mauvaise humeur, je lui dis.

Je jette un coup d'œil à Démon. Il arrache le caoutchouc qui borde la vitre avec son couteau.

Je crois tout le temps voir la lumière bleue d'un gyrophare à l'horizon. Ah, voilà notre sortie. On déboule tellement vite sur la bretelle de sortie que même Démon s'agrippe aux bords de son siège. On fait le tour du rond-point à toute blinde et on déboîte vers la gauche. Cet engin est vachement rapide.

Maintenant, on est sur une route de campagne. Elle est pratiquement toute droite, alors je continue d'appuyer sur le champignon.

Et là, on entend des sirènes.

J'accélère encore un peu. Les arbres et les haies défilent à toute allure. On se croirait en pleine cambrousse, ici, alors qu'on n'est qu'à quelques kilomètres de Bexton. Je ralentis. Il va bientôt y avoir un croisement et je ne veux pas le rater. Avec Démon, on a décidé de ce trajet à l'avance, la semaine dernière. Je sais que le tournant est là, quelque part. Près d'un arbre... Le voilà. J'essaie de tourner, mais je ne prends pas le bon angle et je manque verser dans le fossé. Maintenant, je dois reculer. Démon a l'air intéressé, tout d'un coup.

– Tu veux que je conduise ?

– Je peux le faire, Démon, je dis.

Et je me demande comment je vais me débrouiller pour passer la marche arrière sur cet engin. J'examine le schéma ; le R de « reculer » est dans le coin du haut à gauche. Je mets le levier de vitesse au point mort et je le pousse vers le haut. Je vais me retrouver ou bien en marche arrière, ou bien en cinquième. Je lâche doucement le levier et le camion recule lentement, en faisant « bip-bip ». Je dois tourner le volant vers la gauche pour que l'arrière aille vers la droite. C'est pas facile. Je transpire.

TÛÛÛÛÛÛT !

Un connard en Maestro nous colle au cul. Il ne pourrait pas avoir un peu plus d'égards pour nous, les conducteurs de poids lourds ? Quand je pense avoir assez de marge de manœuvre, je passe ce que je crois être la seconde et je nous fais tourner dans le virage.

Ça y est ! La Maestro nous dépasse à toute vitesse, sans cesser de klaxonner.

– Il y a beaucoup de chauffards sur la route aujourd'hui, monsieur Juby, dis-je de ma voix la plus BCBG.

– Ouais, franchement, ça se fait pas, répond Démon.

On occupe toute la route. Si on croise quelqu'un, on est foutus. Ça monte, maintenant, alors je dois rétrograder parce que le moteur râle. Je deviens doué à ce petit jeu.

Je m'arrête juste devant un portail et je fais signe à Démon de l'ouvrir.

– Nan, fait-il en se grattant la nuque.

Quand Démon se gratte la nuque de cette façon, ça veut dire qu'il mijote quelque chose. Je suis certain qu'il n'ira pas m'ouvrir le portail, alors je mets le camion au point mort et je tire le frein à main avant de sauter dehors.

Quand je relève les yeux du portail, Démon est sur le siège du conducteur. Je m'y attendais, ça ne me gêne pas trop. Démon appuie sur l'accélérateur et fait tourner le poids lourd pour entrer dans le pré. La remorque percute un montant du portail, mais il est passé, il est dans le pré, et il projette des paquets de boue. Dès que l'arrière du camion a franchi l'entrée, Démon se lâche. De la boue vole dans tous les sens. Pas moyen de m'écarter à temps. Mes pompes sont foutues. Je vais être obligé de les jeter. Il y a peut-être une cargaison de chaussures de sport à l'arrière du camion ? Je me traite mentalement d'imbécile. C'est un camion de supermarché. S'il y a des chaussures dedans, ce sera des chaussures de merde, sans marque.

Démon fait gronder le moteur et les roues tourbillonnent, mais il n'avance pas, il ne fait que s'enfoncer de plus en plus profondément dans la gadoue. Je pense qu'il voulait faire une virée dans le pré, mais c'est raté. Le pré est humide et il n'y pousse que de l'herbe. Je laisse Démon retourner la bouillasse et je marche jusqu'au fond du pré. Je reste près du bord, même si ce serait plus rapide pour moi de couper à travers l'herbe humide. Mais je ne fais pas confiance à Démon. Il aimerait sans doute beaucoup me pourchasser un peu, s'il arrive à se dégager du portail. Au coin du pré, dans un fossé, je trouve une bâche verte. Je la tire sur le côté. En dessous, il y a la mobylette de Connor Blacker et, attention, *deux casques*. Impressionnant, hein ? La mob a l'air un peu humide, mais je pense qu'elle démarrera quand même. J'ai les clés dans la poche. Démon et moi, on l'a déposée ici tout à l'heure, juste avant d'aller au restoroute en stop.

Démon fait gronder le moteur autant que possible. Les pommes des flancs du camion paraissent moisies à cause de toute la boue qui a giclé dessus.

Je pousse la mob sur l'herbe et je la cale contre la haie, près du portail. On devra peut-être filer en vitesse. Quiconque passera sur le chemin verra l'arrière du camion coincé dans l'entrée.

J'entends des jurons étouffés qui viennent de la cabine, dans les silences entre les grondements de moteur.

– Laisse tomber, Démon ! je lance.

Il sort la tête par la fenêtre et hurle :

– Des planches ! Il nous faut des planches.

– Fait chier, dis-je. Allons regarder ce qu'il y a dedans.

Là, Démon arrête de faire sa tête d'enragé pour prendre l'air intéressé. Il coupe le moteur. Je commence à trifouiller la serrure des portes de l'arrière. Je suis un peu lent parce que mon doigt me pique, sous les couches de gaze et de sparadrap. C'est un sacré verrou, je ne suis pas sûr d'arriver à l'ouvrir. Je fais le tour du camion pour gagner l'un des côtés et je vois qu'ils sont faits de plastique épais, attaché par des sangles et des tas de pinces métalliques. Je tire sur la première pince quand Démon vient m'aider ; il jette un coup d'œil à ce que je fais, claque bruyamment la langue et sort mon couteau de scout. Il scie le plastique et, bientôt, il a découpé un trou assez grand pour nous laisser passer. Je lui fais la courte échelle, puis il me tire à sa suite.

Une fois à l'intérieur, Démon tranche encore un peu le flanc du camion pour qu'on y voie plus clair. Il y a de hautes colonnes de palettes empilées, et enveloppées dans une sorte de film transparent. Démon ressort le couteau, attaque la palette la plus proche et en extrait paquet après paquet de biscuits. J'espérais qu'il y aurait des télés et des trucs comme ça, mais un camion rempli de nourriture, c'est un spectacle réjouissant. On fait le tour, en arrachant et en tailladant le plastique d'emballage, et on trouve des boîtes de gâteaux, des barres de chocolat, des caisses de légumes en conserve, des paquets de céréales, des pâtes et tout. J'escalade une pile, j'enfonce un carton de chips et je termine deux sachets en trois minutes. Je suis un véritable animal. Démon s'est trouvé un gâteau au chocolat de luxe et s'en fourre d'énormes morceaux dans la bouche.

– Donne-m'en un peu, dis-je, mais Démon se détourne vivement.

– Tu peux en avoir un entier pour toi tout seul, toi aussi, réplique-t-il en envoyant un carton plein de gâteaux vers moi d'un coup de pied.

Les dix minutes qui suivent, c'est un peu la honte parce qu'on devient fous, Démon et moi, on déchire des cartons et on mange, on mange, on mange, on s'empiffre de bonbons, de gâteaux, de cacahuètes, de céréales croustillantes au miel, de biscuits, de coca, tout.

– Et ça, ça va? demande Démon, la bouche pleine de quelque chose de rose, en désignant ma main.

Il parle de mon doigt.

– Mieux, dis-je.

Je le regarde dans les yeux.

– T'es sûr que tu n'as pas vu le bout qui manque?

– Ouais, répond-il un peu trop vite.

Je hausse les épaules. Je sais que c'est un peu nunuche, mais il manque une partie de moi et je veux la retrouver. Je suis sûr que Démon a quelque chose à voir dans l'affaire. Mais ce n'est pas le moment de l'attaquer sur la question.

On continue à manger.

Je suis en train de décider ce que je vais emporter à la maison, quand je me rends compte que j'ai oublié d'apporter des sacs.

– MERDE !

Je suis vraiment furieux. J'ai un camion rempli de bouffe. Comment la rapporter chez moi ? Pendant un instant, je me demande si je peux retourner au lotissement avec le camion – au milieu de la nuit, peut-être. J'oublie vite l'idée. C'est trop risqué et le camion est enlisé dans la boue, de toute façon. Je mange un peu plus, puis je m'arrête pour souffler. Démon a trouvé une caisse de vodka et s'est mis à boire. J'en attrape une bouteille et j'avale une goulée à mon tour. Mauvaise idée. Je crois que je vais être...

Je vomis sur mes chaussures.

Mes pauvres chaussures.

Démon claque la langue et me tend la vodka.

– Tu veux te rincer la bouche ?

Je secoue la tête et je m'essuie les lèvres.

Le plancher du camion est couvert de vomi et d'alcool, de morceaux de biscuits et de miettes de gâteaux, d'emballages et de cannettes vides.

– On reviendra cette nuit, dit Démon.

Je hoche la tête, mais je sais qu'on ne reviendra pas. C'est trop risqué. Frustrant, vraiment. Il y a des cartons de jus d'orange de luxe, des boîtes de chocolats, des sauces pour les pâtes, du riz, des noisettes, des fruits secs, des soupes en conserve etc., et on est obligés d'abandonner presque tout. Je fourre des barres de chocolat et des bouteilles de whisky miniatures dans mes poches, mais il n'y a pas beaucoup de place.

– Je prends ça, dit Démon en hissant la caisse de vodka sur son dos.

– Ça ne tiendra pas sur la mobylette.

– Mais si.

Je m'apprête à sauter du camion quand je remarque un carton plein de paquets de Choco BN. J'ai mal au cœur, mais je ne peux pas me résoudre à les laisser derrière moi.

On finit donc par abandonner le camion dans le pré. On a foutu le bazar, mais la plupart des cartons sont intacts. Je suis vraiment dégoûté qu'on ait oublié d'apporter des sacs. On sort la mobylette du fossé et on la pousse sur la route. Démon me laisse conduire. Il s'assied derrière moi, en buvant de la vodka, le cageot avec les bouteilles restantes en équilibre sur un genou. Le plastique me cogne le dos. Mes Choco BN sont attachés à l'arrière. J'espère qu'ils ne vont pas tomber. Je suis vert d'abandonner ce merveilleux camion. Avec tout ce qu'il y a dedans, je pourrais nourrir ma famille pendant des années.

On rentre chez nous sur les routes mouillées. On est de bonne humeur, on gueule et on rigole. Quel coup ! Je n'arrive pas à croire que tout se soit si bien passé. (À part qu'on s'est enlisés dans la boue et qu'on a oublié d'apporter des sacs avec nous.)

Quand j'arrive à la maison, je laisse trois paquets de Choco BN dans la cuisine pour mamie.

Et je dépose une barre de chocolat sur le lit de maman.

T'as vu, je suis sympa, comme mec !

La soirée passe et personne ne vient frapper à ma porte.

J'ai cru qu'on s'en était tirés sans problème.

5.

Cette nuit-là, je suis malade. Je ne vomis que deux ou trois fois, mais j'ai mal au ventre et j'ai la nausée. Je ne veux pas bouger. Pourquoi est-ce que j'ai mangé toutes ces saloperies ? Est-ce qu'on peut mourir d'une indigestion de sucre ? Mais quand je me réveille, le lendemain matin, je me sens bien. Je me dis que je vais peut-être même aller au lycée. Aucun risque de tomber sur des flics, là-bas. Et puis je ne veux pas prendre de retard...

J'ouvre ma porte à sept heures et demie du matin et je prends le tas de vêtements fraîchement repassés qui m'attendent sur la moquette, comme toujours : blazer, chemise, pantalon, chaussettes noires, chaussures noires vernies pour le lycée et caleçon écossais. Mamie fait ça tous les matins dans l'espoir que j'aille en classe. Le caleçon, je préfère m'en passer. Je mets mon boxer noir Calvin Klein à la place. Les chaussures, je ne les ai jamais portées, jamais. Mamie a débarqué avec il y a deux ans et je n'ai même pas pris la peine de les essayer. Elles sont trois pointures trop petites, maintenant. Mamie le sait. Elle aime penser qu'elle fait tout ce qu'elle peut pour me tenir dans le droit chemin, j'imagine, mais c'est pas la peine de gaspiller de l'argent pour des chaussures que je ne mettrai jamais. Je les ai mises dehors avec les poubelles, il y a environ un an, mais le lendemain, elles sont réapparues à côté de ma pile de vêtements pour le lycée. J'y vais toujours en baskets. Les profs ne disent rien. Mais elles sont foutues à cause d'hier, alors je dois me contenter d'une vieille paire.

Mon doigt a une sale gueule ce matin. Il y a des poches de truc jaune et blanc dessus et du pus qui en suinte. Je le renifle un coup, mais il ne sent pas mauvais. Je le lave soigneusement dans de l'eau tiède avec du désinfectant et je me fais un nouveau pansement. Ça me fait moins mal et je commence à prendre l'habitude de ne pas m'en servir. J'arrive à m'en sortir avec seulement deux paracétamols par jour, maintenant. Tant pis si mamie découvre qu'ils disparaissent, ça ne m'inquiète pas, elle pensera juste que c'est maman qui les a pris.

Je m'assieds sur le tabouret de la cuisine et je fais mon sourire le plus charmant à mamie, parce que je voudrais qu'elle me prépare un petit déj.

– Tu as besoin d'une douche, dit-elle. Tu empestes.

Je fais comme si de rien n'était.

– Tu es superbe aujourd'hui, mamie.

Elle essaie de s'empêcher de sourire.

– Va te doucher.

– Je me laverai si tu me prépares le petit déj, dis-je. Je prendrai un bain ce soir.

– Les bains, ça gaspille les ressources de la planète, réplique ma grand-mère en jouant les écolos.

Elle me tourne le dos et, pendant un moment, je crois que c'est raté. Pas de chance. Puis elle se baisse et ouvre le placard.

– Un œuf ou deux ? demande-t-elle.

Je me suis lavé les dents et je m'apprête à partir quand mamie me fourre quelque chose dans la poche.

– C'est arrivé la semaine dernière, dit-elle. J'avais décidé de te la donner quand tu commencerais à te comporter correctement.

C'est une lettre.

– Tu ne peux pas faire ça, mamie. C'est à moi.

– Tu ne vas pas l'ouvrir ?

Ai-je déjà dit que ça ne sert absolument à rien de discuter avec ma grand-mère ?

– J'imagine que tu l'as déjà ouverte à la vapeur, te connaissant, je réplique.

– Ça vient d'Amérique, dit-elle.

De toute évidence, elle meurt d'envie de savoir ce qu'il y a dedans.

– Mamie, je marmonne en sortant dans l'allée du jardin. Je ne veux pas être en retard au lycée.

Mon condamné m'a encore écrit. J'espère qu'il ne m'envoie pas des menaces de mort pour ne pas lui avoir encore répondu.

– Ne va pas t'amouracher d'une Ricaine ! lance mamie depuis le seuil. C'est une jeune Anglaise bien élevée qu'il te faut.

– À plus tard, mamie.

Rien que penser à la lettre que j'ai dans la poche me donne un peu mal au cœur. Je regrette de m'être lancé dans cette affaire. Je pensais que ce serait marrant, mais j'ai déjà le sentiment que je dois quelque chose à ce type et je n'aime pas ça.

Il y a des tas de gens dehors, ce matin ; des gamins qui vont à l'école, des mamans avec des poussettes. Je marche sur la route pour ne pas les avoir sur mon chemin.

Je regarde Lexi Juby qui sort de chez elle. Elle est canon avec son uniforme scolaire, toute maquillée. Quand elle me voit, elle sourit.

– LEXI !

Et là, en plein jour, Juby le Tueur apparaît sur le seuil.

– N'oublie pas mes clopes.

Il me remarque et me jette un coup d'œil tellement flippant que je me remets à marcher. Je ne veux pas que Juby me regarde. Avec lui, il vaut mieux rester invisible et éviter de se faire repérer. Surtout si on s'intéresse à sa fille.

Lexi a un an de moins que moi et j'ai peut-être déjà mentionné qu'elle est super bien foutue. Je me suis tapé la honte, l'autre jour. J'étais chez Démon (à un moment où son père était sorti), en caleçon parce qu'il avait versé du ketchup dans mon pantalon pour rigoler, quand Lexi est arrivée. Elle a vu mes jambes grêles. J'ai failli sauter par la fenêtre. Je déteste mes jambes. On dirait des cannes de gamin.

– Salut, Charlie.

Je me retourne et je fais comme si je venais seulement de la remarquer. Je jette un coup d'œil vers sa maison, mais Juby a disparu à l'intérieur.

– Où est Démon ? je demande, parce que je ne sais pas quoi dire d'autre.

Lexi hausse les épaules, un mouvement qui soulève ses seins fabuleux.

– Au fond de son lit.

Je parie qu'elle pense que je ne peux rien faire sans mon acolyte. Elle regarde mon uniforme.

– Tu vas au lycée ou c'est juste pour embobiner ta grand-mère ?

– Ma grand-mère est impossible à embobiner, dis-je en me mettant à marcher au même rythme qu'elle.

Elle enlève son blazer et me surprend à la mater.

– Fait chaud, hein ? je marmonne, le visage en feu.

– Je peux voir ta main ? demande Lexi.

Ça pourrait la dégoûter pour de bon, mais si elle veut la voir, je ne peux pas refuser. Je lui tends ma main, content d'avoir mis un beau bandage tout propre ce matin. Très délicatement, Lexi la prend et l'approche de son visage.

– Comment ça se fait que ça ne se soit pas infecté ? demande-t-elle.

Je hausse les épaules. Elle est en train de me toucher ! Elle me tient la main ! Malgré tout, je suis nerveux. Et si Juby le Tueur nous voyait ?

J'écarte vivement ma main.

– Je crois que c'est Simon qui a ton doigt, dit Lexi. Il fabriquait je ne sais quoi avec du vinaigre, l'autre soir. J'ai aperçu un petit truc répugnant dans un pot de confiture. Je lui ai demandé ce que c'était, mais il l'a caché.

Elle me regarde d'un air soupçonneux.

– Il était bourré, hier soir.

Je hoche la tête. Je savais bien que c'était Démon qui l'avait. C'est bien son genre de faire un truc aussi tordu. Je ne suis pas étonné. Mais je ne suis pas content que Lexi Juby m'ait dit que mon doigt est répugnant. Après tout, c'est un doigt qui a été coupé. Dans les mêmes conditions, le doigt de n'importe qui serait répugnant, même celui de Lexi Juby. Je suis fâché contre Démon. S'il me l'avait rendu sur le coup, j'aurais pu me le faire recoudre à l'hôpital. Maintenant je vais avoir une phalange en moins pour le reste de ma vie.

On arrive au portail du lycée à neuf heures moins cinq. Plusieurs personnes qui traînent à côté me regardent jalousement entrer avec Lexi. Il y a plein de filles qui deviennent plutôt moches quand on les regarde de près, mais Lexi a une peau incroyablement nette, à part un minuscule bouton sur la joue – mais il ressemble à un grain de beauté, de toute façon. Elle a de longs cheveux noirs qui se balancent autour de son visage comme un rideau. Ils sont brillants et ils sentent le parfum. Lexi a de belles jambes et un petit cul ferme. En plus, elle est intelligente, et sympa. Le fait que je sois un copain de son frère ne la dégoûte pas d'arriver au lycée avec moi.

– Alors, qu'est-ce qui se passe de spécial aujourd'hui ? demande-t-elle de sa voix sexy.

– De quoi tu parles ?

– De ça.

Elle désigne le bâtiment du lycée.

– Comment ça se fait que tu sois là aujourd'hui ?

Je hoche la tête et je souris.

– Je suis là pour apprendre, jeune fille. Quoi d'autre ?

Parfois, je me demande comment ce serait d'être l'un de ceux qui viennent tous les jours, à l'heure, propres et bien coiffés, avec des chaussures convenables. Quelqu'un comme Connor Blacker, qui va au club d'échecs et qui prend des cours de maths supplémentaires à l'heure du déjeuner. Cela dit, je me montre pratiquement toutes les semaines parce que je voudrais réussir quelques exams. L'idée d'aller à la fac me plaît bien. Je ne veux pas lâcher le lycée un jour et signer pour l'armée le lendemain.

En première heure, j'ai un cours de dessin. J'aime bien le dessin, même si ça se termine généralement par une bataille de peinture. Aujourd'hui, on nous donne deux pots de gouache – je reçois du bleu et du rouge – et on nous dit de peindre la chose la plus simple à laquelle on puisse penser. Je pense à un cercle. Mais c'est dur. Je couvre ma feuille de ronds bleus et de ronds rouges. C'est marrant. J'aime bien l'odeur sucrée de la peinture. J'aime bien la façon dont elle quitte mon pinceau. Et j'aime bien mes ronds tremblés, même. Ils sont déglingués… comme moi. Et, comme le prof ne fait pas de réflexions et qu'aucun élève n'essaie de me repeindre la figure, je continue à faire des cercles imparfaits. J'espère que je ne suis pas en train de me transformer en hippie.

Je décide de sécher le cours suivant. C'est un cours de géo. La seule géographie qui pourrait m'intéresser, c'est une carte de l'anatomie de Lexi Juby. Je n'ai pas l'intention de sécher la journée entière, mais je veux lire ma lettre tranquillement, alors je vais dans les toilettes des filles et je m'enferme dans une cabine. C'est bien, ici. Il y a des fleurs peintes sur les murs et, contrairement aux chiottes des mecs, les verrous des portes sont en état de marche. Elles ont même du PQ normal, ici, épais et doux. Dans les chiottes des mecs, on n'a droit qu'à du papier-calque pour s'essuyer le cul. C'est de la discrimination sexuelle, ça. Je m'installe sur la cuvette rose et violette et je sors ma lettre.

Pénitencier de l'État de Louisiane

Chère Caroline, ou plutôt Charlie,

Là, j'ai l'impression que tu ne vas plus m'écrire. À chaque fois que le gardien arrive, le matin, voilà la première chose que je me dis: « Est-ce qu'il y aura une lettre? » Il n'y en a jamais, évidemment. Si ça continue comme ça, il va falloir que j'arrête d'espérer. Sans nouvelles de toi, je ne t'écrirai plus. Et cette lettre sera donc ma dernière.

Même si tu trouves ça dur d'écrire à un condamné à mort, parle-moi de toi. Ouvre-toi. Inspirée comme tu l'es, tu devrais trouver quelque chose à me raconter. Tout m'intéresse, surtout ce qui concerne les vrais gens qui vivent dans la vraie vie. Rien ne me paraît trivial. Allez, Charlie, écoute ton cœur et montre-moi que quelqu'un se soucie de moi sur cette terre, sinon je suis foutu. Nul besoin d'y passer trop de temps. Quelques mots. Une ligne ou deux.

Il faut que je te laisse, maintenant. La supplique s'arrête ici. Lenny sort de ta vie, Charlie. Éclate-toi bien.

Sincères salutations,

Lenny Sherry

J'ai l'impression d'être un vrai salaud. C'est pas que je n'avais pas l'intention de lui écrire. J'étais juste occupé à m'inquiéter pour mon doigt, à piquer des poids lourds articulés et à traîner avec Démon et sa ravissante frangine. Et aussi à essayer de ne pas m'inquiéter parce que ma mère s'est mise à porter du rouge à lèvres. Mais j'aurais dû répondre.

Il me reste une demi-heure avant la récré, alors j'arrache une page à la fin de mon cahier d'anglais et je commence à écrire.

Cher Lenny,

Je n'ai pas écrit parce que j'étais occupée. (J'imagine que le temps passe plus lentement pour vous que pour moi !) Ma mère a besoin de beaucoup d'attention. Elle a soixante-huit ans et elle est très diminuée.

(Si mamie savait que j'ai dit ça sur elle, elle me tuerait.)

Mon fils aussi a accaparé une grande partie de mon temps. Il aime bien m'emmener au cinéma.

(Maman a peur du cinéma. Elle dit que l'obscurité et les lumières tremblotantes interfèrent avec ses médicaments.)

Mark réussit très bien au lycée. On l'a élu délégué de sa classe.

(Mon cahier d'anglais doit m'inspirer.)

Il s'est aussi inscrit à une compétition de body-building. Il n'arrête pas de faire de la musculation et de l'exercice. J'imagine que vous n'avez pas tellement l'occasion de faire du sport, en prison. Vous devez être drôlement contrarié si vous estimez être innocent et que vous êtes enfermé depuis dix ans. Quelle poisse ! Vous pensez qu'ils vont vraiment procéder à... vous savez quoi ?

Je pense qu'il vaut mieux ne pas le dire trop clairement, sinon ça pourrait le blesser.

J'espère que vous avez un bon avocat. Est-ce que l'aide juridictionnelle existe aux États-Unis ?

Je connais l'aide juridictionnelle parce que j'en ai eu besoin plusieurs fois moi-même, et je pense que ça me fait paraître plus adulte d'en parler.

Aviez-vous une voiture avant de vous retrouver en prison ? Moi, je roule en Jag type E. Elle attire les regards aux feux rouges et elle consomme beaucoup, mais elle est très agréable à conduire.

Ça sonne. La récré du matin est terminée, alors je décide que ça suffira. Je termine et je signe, mais ensuite, quelque chose d'autre me revient à l'esprit.

P.-S. La petite amie de Mark s'appelle Juby, pas Tuby, alors ce n'est pas le nom dont vous vous souvenez.

Je plie la lettre. Je la posterai pendant la récré de midi.

Je vais à mon cours de maths parce que je ne sais pas quoi faire d'autre.

– Est-ce que j'ai la berlue ?

Le prof, M. Fuller, est d'humeur blagueuse.

– C'est vraiment toi, Charlie Parsons ?

– Non, monsieur, c'est mon jumeau malfaisant, dis-je.

Fuller fait comme s'il ne m'avait pas entendu.

– Est-ce qu'il y a une lune bleue ?

Il remonte le store et regarde dehors.

– Est-ce que le vent vient de l'espace ? Y a-t-il une double éclipse du soleil ?

– Ha, ha, ha, je fais. Et si vous faisiez votre boulot, plutôt, histoire de nous apprendre quelque chose, monsieur ?

Deux filles rigolent.

– Monsieur Parsons, je suis honoré que vous ayez pu vous joindre à nous pour la première fois en...

Fuller consulte le cahier d'appel.

– ... quatre jours.

Il vient se planter à côté de moi.

– Il faut suivre, ajoute-t-il. Surtout avec les examens qui approchent.

– Eh bien commencez le cours, alors ! je rétorque.

Toute cette attention me met mal à l'aise. En temps normal, j'aurais fait le con avec lui pour essayer de faire rigoler tout le monde. Mais aujourd'hui, tout ce que je veux, c'est qu'il me laisse tranquille. Je me demande si c'est à cause de la lettre que j'ai dans la poche.

Écoute ton cœur et montre-moi que quelqu'un se soucie de moi.

C'est drôlement triste. Je ne peux pas m'empêcher d'y penser.

– Qu'est-ce qui t'est arrivé au doigt ? demande Fuller en remarquant mon pansement.

C'est la première personne à s'en apercevoir.

– Je l'ai usé en faisant mes devoirs, je dis.

– Tu l'as montré à un médecin ?

Bon sang ! Quand est-ce qu'il va me laisser tranquille ?

– C'est juste une égratignure.

Et j'ajoute :

– Je ne suis pas une fille, monsieur.

Connor Blacker ricane et Fuller lâche une sorte de « Tss » mais, à mon grand soulagement, il s'éloigne et se met à distribuer des feuilles de révision. Je regarde la mienne. Ça a l'air dur, mais pas infaisable. Si je suis un peu sympa avec Connor Blacker pendant quelque temps, que je lui donne des clopes et que je lui pique un T-shirt, il m'aidera à me remettre à niveau. T'as vu ? Je suis un vrai bûcheur, en fait !

Je suis donc en train de réviser sagement les maths, en élaborant des moyens de rattraper mon retard – avec l'intention de revenir en cours cet après-midi – quand je remarque une tache bleutée qui clignote au plafond. Je la regarde fuser dans tous les sens. Une tache de lumière tremblote juste au-dessus de Fuller. Je tourne la tête pour regarder par la fenêtre.

Une voiture de police noire et blanche s'est garée dans le parking des profs. Le gyrophare est allumé alors qu'il n'y a même pas de circulation à cette heure-ci. Je regarde autour de moi dans la classe pour voir si quelqu'un d'autre a remarqué. Connor Blacker me fait un sourire et Daryl Peabody a l'air terrorisé. Mais je me rends bientôt compte que c'est parce que Fuller nous donne nos notes de devoir.

Je regarde les flics sortir de leur voiture. Ils sont deux. Merde ! C'est Polly le Poulet et son pote. Le Furtif. J'essaie de me détendre. Si c'est moi qu'ils cherchent, ils ne risquent guère de commencer par fouiller le lycée, pas vrai ? C'est pas comme si j'étais là tous les jours.

Polly le Poulet est l'agent de police qui a l'honneur d'être la toute première personne à m'avoir jamais chopé. (J'avais quatre ans et j'étais en train de piquer une figurine de Hulk dans la boutique du coin de la rue.) Je l'ai tout le temps sur le dos, depuis. Elle et son partenaire, le Furtif.

Je les regarde se diriger vers la réception du lycée.

Maintenant, les autres les ont repérés. Maggie Allen et Emily Dogwood courent à la fenêtre.

– Ça va, ça va, marmonne Fuller. Vous ne me ferez pas croire que vous n'avez jamais vu de policier.

Je pourrais jurer qu'il m'a regardé.

– Rasseyez-vous. Parlons des courbes exponentielles.

Mais les filles ne bougent pas.

– Ils sont là pour expliquer aux sixièmes les dangers de parler avec un inconnu, dit Fuller. Alors retournez à vos places.

Maggie et Emily retournent s'asseoir et le cours continue. Au bout de dix minutes, je commence à m'ennuyer. Je ne suis plus très sûr de rester au lycée cet après-midi. Mais il y a le cours de théâtre après le déjeuner, et c'est toujours une bonne occasion de se marrer. C'est pas vraiment du travail. Le prof nous fait juste jouer des mini-pièces et prétendre qu'on est des gens opprimés et...

Polly le Poulet et le Furtif entrent dans la salle.

Je regarde autour de moi pour voir si quelqu'un paraît effrayé. Mais personne n'a l'air de se faire le moindre souci. En fait, tout le monde a l'air content, parce que ça veut dire que le cours va être interrompu pendant quelques minutes.

Putain, ils sont là pour moi. Ils ont trouvé le camion.

Polly le Poulet s'approche de Fuller pour lui glisser quelque chose à l'oreille.

– Est-ce que c'est vraiment nécessaire ? demande Fuller. Ça ne peut pas attendre ? J'essaie d'instruire ces jeunes.

Connor Blacker me fait un clin d'œil. Toute la classe sait que c'est pour moi que la police est là. Je tripote mon crayon et je fais semblant de me passionner pour ma feuille de révision. Oh, oui, je suis un garçon studieux, qui adore les maths et ne fait jamais de bêti…

– Parsons, appelle Fuller – et je pourrais jurer qu'il a l'air désolé pour moi. Ces agents de police aimeraient te parler.

Je ne bouge pas.

– Allez-y, les gars, dis-je.

Le Furtif ferme les yeux. Je l'ai déjà vu faire ça. Ça veut dire qu'il essaie de ne pas s'énerver. Comment ils ont su ? Personne ne nous a vus, à part le type au chien. Ils ne savent pas que c'est moi. Il suffit que je reste calme.

– Dehors, tout de suite, dit le Furtif.

– Tu ferais mieux d'emporter tes affaires, ajoute Polly le Poulet.

C'est pas bon signe.

– Je suis en classe ! je proteste. Quand je n'y suis pas, vous m'y ramenez, et maintenant que j'y suis, vous m'en sortez. Pas étonnant que les jeunes d'aujourd'hui n'aient plus de repères.

Je joue les grandes gueules, mais je me chie dessus. Je fourre mes affaires dans mon sac, je plie ma feuille de révision pour que les bords se recouvrent parfaitement. Et s'il était arrivé quelque chose à mamie ? Ou à maman ? Ou même à Stephen, mon frère ? Il travaille sur les bateaux de pêche à Aberdeen. Peut-être qu'il est tombé et qu'il s'est noyé.

– Active, dit le Furtif.

Non, il ne me parlerait pas comme ça s'il avait de mauvaises nouvelles.

Pour une fois, il y a le silence dans la classe. Je lance avec un sourire :

– Ravi de vous avoir connus !

Les flics m'entraînent dehors.

– C'est quoi, toute cette… ?

– Tais-toi, me coupe le Furtif.

Ce serait sage que je la boucle, mais je n'arrive pas.

– Salut, ma belle ! dis-je à Polly le Poulet. T'es libre, ce soir ?

Elle me fusille du regard. Elle est toute petite, mais c'est une vraie dure.

– Ne commence pas, Charlie.

Je m'apprête à répondre quelque chose de spirituel, puis je ferme la bouche. Je ne commence pas. Ils m'entraînent dans le couloir du lycée. Par les portes vitrées, j'ai de brefs aperçus des autres élèves en train de déconner et de faire tourner leurs profs en bourrique. Je vois même Lexi Juby et Debbie le boudin en cours d'histoire. Lexi semble dormir, la tête posée sur la main.

Ce qu'elle est belle quand elle dort.

Dans le parking, le Furtif se dresse devant moi.

– Charlie Parsons, tu es en état d'arrestation pour vol de véhicule et de marchandises. Tu as le droit de garder le silence…

Je vois plein de jeunes s'aligner devant les fenêtres de leurs classes. Je leur fais signe comme si j'étais Elvis et j'entends des acclamations. Mais le Furtif me pousse à l'arrière de la voiture.

Mamie va vraiment me jeter dehors, cette fois.

– Vous avez un truc à manger ? je demande, juste pour demander quelque chose.

D'après mon expérience, la plupart des flics ont tout un stock de chocolat et de chips dans leur flic-mobile. Ils passent beaucoup de temps à attendre. Tu sais, les vieilles mémés qui font : « Pourquoi n'y a-t-il jamais de policier dans les parages quand on en cherche un ? » Eh bien c'est pas parce que la police manque de moyens ou je ne sais quoi, c'est parce qu'ils sont tous assis dans leurs chouettes bagnoles climatisées à bouffer des bonbecs. Comment expliquer qu'ils soient tellement hyperactifs, sinon ?

Mais le Furtif ne me donne rien. Il fait une embardée pour éviter une camionnette de livraison du supermarché.

– Vous voulez que je conduise ? je demande. J'ai l'impression que vous avez besoin d'un coup de main.

Malgré mes airs bravaches, je suis terrifié. Je fais l'innocent :

– C'est quoi, cette histoire ?

J'ai mal au doigt. Je l'ai gratté sous le pansement.

– À toi de nous le dire, répond Polly le Poulet.

Elle se tourne sur son siège pour me regarder.

– Tu te tenais tellement bien, Charlie, et maintenant voilà que tu as tout fichu en l'air une fois de plus. Un camion ! Mais qu'est-ce qui t'a pris ?

Je décide d'utiliser mon droit de garder le silence.

DEUXIÈME PARTIE

6.

J'obtiens une vue sur la mer. À travers le verre renforcé de la fenêtre de ma cellule, je regarde les vagues fouetter les galets.

On est une semaine plus tard et je suis en détention provisoire dans un centre pour jeunes délinquants. Il n'y avait pas de place dans une vraie prison pour mineurs, alors je me suis retrouvé ici. Personne ne m'a dit ce qu'il en est pour Démon. Il n'était pas au tribunal, alors impossible de savoir ce qu'il est devenu. Je pense que je vais rester ici longtemps, parce qu'ils ne m'ont pas donné de date pour mon procès et que mamie refuse de lâcher l'argent de la caution. Elle ne m'a pas adressé la parole depuis mon arrestation et elle n'est pas venue au tribunal pour ma première audience. J'ai parlé à maman au téléphone et elle m'a dit que mamie se bouche les oreilles chaque fois que mon nom est mentionné. Mamie n'aime pas que je fasse des bêtises. Elle essaie de l'ignorer, alors que maman, à mon avis, ne voit rien d'étonnant à ce que je déconne.

Je suis dans un centre d'éducation surveillée parce que j'ai des antécédents. Pour être honnête, j'ai eu tellement de problèmes que je suis surpris de ne pas avoir été enfermé jusqu'à maintenant. Voilà ce qui arrive quand on va au lycée. J'aurais dû rester à la maison ; mamie ne laisse jamais entrer la police. J'ai donné à Polly le Poulet ma lettre pour Lenny Sherry et je lui ai demandé de la poster pour moi. Elle m'a regardé bizarrement quand elle a vu l'adresse, mais elle n'a rien dit. J'espère qu'elle va vraiment la poster. Mais on ne peut pas faire confiance à une femme flic... ni à une femme tout court.

Un policier m'a conduit ici et j'avoue que j'avais plutôt la trouille quand on a franchi le portail électronique et roulé dans l'allée vers cet immense bâtiment hideux. À la réception, un autre type a pris mon nom et m'a fait entrer dans une pièce aux murs marron, avec une minuscule fenêtre à barreaux et une moquette verte pleine de taches. Il y avait trois chaises. J'ai choisi celle qui n'était pas cassée et je l'ai traînée dans un coin de la pièce. Puis je me suis assis et j'ai attendu. Je n'avais rien à manger, rien à boire et rien à faire. J'ai approché ma chaise de la fenêtre et j'ai essayé de regarder dehors, mais le verre était couvert de givre et de crasse. Je suis redescendu et je me suis rassis sur ma chaise.

Il y avait une affiche collée sur le mur.

HARCÈLEMENT : **TOLÉRANCE ZÉRO** À BEVANPORT
SI VOUS ÊTES VICTIME DE HARCÈLEMENT
SIGNALEZ-LE À VOTRE SURVEILLANT OU
TOUTE PERSONNE EN QUI VOUS AVEZ CONFIANCE
SI VOUS HARCELEZ QUELQU'UN
VOUS NE VOUS EN TIREREZ PAS IMPUNÉMENT
SI VOUS PENSEZ AU SUICIDE
N'AGISSEZ PAS
PARLEZ-EN À QUELQU'UN
NOUS SOMMES LÀ POUR VOUS AIDER

Tout ça ne s'annonçait pas très bien.

J'ai dû lire cette affiche mille fois avant de décider de chercher à savoir s'ils m'avaient oublié. J'ai ouvert la porte, mais avant même que j'aie posé un pied dehors, le type de la réception a hurlé :

– RETOURNE À L'INTÉRIEUR !

J'ai reculé et choisi une autre chaise pour changer un peu. Est-ce que c'était ma cellule, ici ? je me suis demandé. Il n'y avait même pas de lit. Est-ce que quelqu'un allait venir un jour ?

Au bout d'une heure interminable, j'ai rouvert la porte.

– J'AI DIT RETOURNE...

– J'ai envie de pisser, j'ai dit en passant très lentement la tête dehors, comme si je redoutais qu'on me tire dessus.

– TU AS ENVIE DE PISSER... *QUOI ?*

C'était facile, ça. Je pouvais le faire.

– J'ai envie de pisser, monsieur, j'ai dit.

Au moins, ça sert à quelque chose d'aller en classe.

– À GAUCHE ET À GAUCHE, QUATRE MINUTES, a tonné le type.

J'ai hésité. Est-ce qu'il voulait dire que c'était à quatre minutes d'ici ou que j'avais seulement quatre... ?

– MAINTENANT, il a gueulé.

Alors je suis parti. Je me demandais pourquoi il me criait dessus. Après tout, je n'étais qu'en détention provisoire. J'étais innocent tant qu'on n'aurait pas prouvé ma culpabilité. Peut-être qu'il me confondait avec quelqu'un d'autre.

Après trois minutes et quarante-huit secondes, j'étais revenu dans cette pièce. J'ai fait les cent pas et j'ai écouté mon estomac gargouiller. J'avais tellement faim que je me sentais prêt à tomber dans les pommes. J'aurais donné n'importe quoi pour un hamburger ou une barre de chocolat, ou même (c'est dire !) une des assiettes de pâtes chauffées au micro-ondes de mamie.

Je ne sais pas à quel moment je me suis endormi, mais je me souviens d'avoir rêvé que je buvais de la limonade dans un énorme bol. Bref, j'ai ouvert les yeux et j'ai regardé ma montre ; elle affichait dix-sept heures quarante-cinq.

J'ai encore ouvert la porte.

– Je peux t'aider ?

Cette fois, il y avait un vieux type avec une moustache argentée derrière le bureau de la réception. Il avait l'air un peu plus sympa que l'autre.

– Oui, j'ai dit en cherchant l'autre, le type effrayant. Je suis Charlie Parsons, j'attends depuis trois heures et je meurs de faim.

L'homme à la moustache a consulté sa liste, m'a donné une tasse de thé et un sachet de chips, et m'a renvoyé dans la salle d'attente. J'ai avalé le thé et dévoré les chips. J'ai même retourné le sachet pour récupérer les dernières miettes, puis je l'ai chiffonné et je l'ai jeté par la fenêtre. J'ai examiné mon doigt. Il était assez ignoble et la peau était toute blanche sous le pansement . J'avais une espèce d'énorme croûte au bout. Mais il ne produisait plus de pus et il n'était plus gonflé. Les vilaines poches de liquide avaient séché et je ne voyais plus les machins filandreux. J'ai fermé les yeux et j'ai essayé de me rendormir.

J'ai passé cinq heures dans cette pièce.

Quand on est enfin venu me chercher, j'étais vraiment énervé. J'avais chaud, j'avais peur, j'étais fatigué et je mourais de faim. Le gardien de prison m'a fait passer par une série de portes et un tas de couloirs, et il avait un paquet de clés qui pendait de sa ceinture, comme dans les films. Il m'a emmené dans une autre salle où on m'a interrogé. L'une des questions était : « Avez-vous déjà tenté de vous suicider ? »

Putain. C'était l'angoisse, cet endroit. Le gardien m'a pris ma montre, mon argent, mes clés, tout ce qui me restait.

Mais ce n'était pas le pire.

Ensuite, j'ai été fouillé.

Je ne veux pas y repenser, en fait. Mais il y avait deux types, un qui faisait la fouille et l'autre qui restait juste planté là. Ils ont essayé de tourner ça à la plaisanterie, mais je ne rigolais pas. Je ne me suis jamais senti aussi mal de toute ma vie. Ils ont même enlevé le pansement de mon doigt et tout. Après, le sparadrap ne collait plus, alors je devais tout le temps le remettre. Quand tout a été terminé, j'étais tellement soulagé, je l'avoue, que j'en aurais chialé. Mais je ne l'ai pas fait.

Ils m'ont donné des vêtements de prison à enfiler. C'est un pantalon, un T-shirt et un sweat gris. J'ai même eu des chaussures, des chaussettes et un caleçon de la prison. C'est immonde. J'ai vraiment l'air d'une tapette. J'espère que Lexi ne me verra jamais comme ça.

Ensuite, j'ai dû passer un examen médical. Il était environ huit heures du soir et j'étais claqué.

MÉDECIN *(en regardant ma main)*: Qu'est-ce que c'est que ça?

MOI: Rien.

MÉDECIN: Enlève-le.

(J'enlève le pansement.)

MÉDECIN: Arg!

MOI: Merci.

MÉDECIN: C'est arrivé quand?

MOI: Chaipas, il y a trois ou quatre semaines.

MÉDECIN: Comment?

MOI: C'est mon hamster qui l'a croqué.

SILENCE.

MÉDECIN: Tu trouves ça drôle?

MOI: Oui.

MÉDECIN: Tu as tort.

Il a dit que j'avais beaucoup de chance que ça ne se soit pas infecté. Il m'a demandé si ça faisait encore mal et j'ai dit oui, même si c'est loin d'être aussi horrible qu'au début. Là-dessus, il a dit qu'il ne pouvait pas me donner de paracétamol au cas où j'en ferais des réserves pour les prendre tous d'un coup et faire une overdose. Puis il m'a dit de le prévenir immédiatement si ça devient rouge ou brûlant, si ça fait très mal ou si ça se met à suinter, ou encore si j'ai des vertiges. J'étais étonné qu'il prenne ça avec autant de calme. Je croyais qu'il allait m'envoyer d'urgence à l'hôpital et demander à des chirurgiens esthétiques de me fabriquer un nouveau doigt électronique ou un truc comme ça. Mais non, il l'a lavé, il a refait un pansement et m'a donné une boîte de compresses, du désinfectant et du sparadrap en me disant de continuer à le surveiller comme je l'avais fait jusque-là et que tout irait bien. Je suppose qu'un médecin de prison, ça a vu pire que mon doigt manquant.

Je pensais qu'après tout ça on me conduirait enfin à ma cellule, mais un autre gardien m'a emmené dans une autre pièce avec des casiers et des armoires sur tous les murs. Avec sa tronche, il aurait pu être le grand frère de Juby, ce type-là. Il avait la même carrure et le même regard qui dit « Faut pas me chercher ». Il m'a demandé si je fumais. J'ai dit non, parce que je ne voulais pas de sermon. Il est allé fouiller dans une armoire et m'a donné un sac.

– Voilà ton pack de bienvenue, il a dit. Fais-le durer.

Dedans, il y avait un Mars, un Snickers, 2,50 £, une carte téléphonique d'une valeur de 2 £, une brosse à dents, un petit pain de savon et des sachets de dentifrice et de shampoing.

J'ai appris plus tard que si j'avais dit que j'étais fumeur, il m'aurait donné des clopes à la place du chocolat. J'avais très faim, alors j'ai commencé à déballer le Mars.

– Range ça ou je le jette à la poubelle, a grondé le gardien.

Vu la façon dont il l'a dit, je l'ai remis aussitôt dans le sac.

Il m'a conduit dehors dans une cour entourée sur les quatre côtés de bâtiments de cinq étages, avec rangée après rangée des fenêtres à barreaux. Ça m'a fait du bien de sentir un peu d'air frais sur la figure après tout le temps que j'avais passé dans cette salle d'attente. C'était une soirée chaude et le soleil commençait tout juste à décliner. Toute la bande devait traîner au bord du canal. Il faisait tellement bon que les filles devaient être en tenue légère.

– T'ES ICI POUR QUOI ?

J'ai levé les yeux et j'ai vu un bras qui me faisait signe depuis une fenêtre en hauteur.

– T'ES QUI ?

Une autre main me faisait signe depuis une fenêtre au coin du bâtiment.

Puis quelque chose m'est tombé dessus et d'énormes cris de joie ont retenti. Ensuite, des gens se sont mis à gueuler depuis toutes les fenêtres, aurait-on dit.

– TU T'APPELLES COMMENT ?

– T'ES PÉDÉ ?

J'ai baissé les yeux et j'ai vu que c'était une cannette de coca qui m'avait frappé.

Il y avait des acclamations, des railleries et des cris tout autour de moi. Des mains qui s'agitaient par les fenêtres, qui tapaient sur les barreaux.

– T'AS DES CLOPES ?

– IL SE LA RACONTE, ÇUI-LÀ !

J'ai accéléré le pas derrière le gardien et j'ai évité un autre missile. Cette fois, c'était un rouleau de PQ.

– CHANTE-NOUS UNE CHANSON !

Avec tous ces regards braqués sur moi, j'ai senti mes joues devenir rouge tomate.

C'était comme ce film, *Gladiator,* quand le type est dans l'arène et que la foule réclame du sang.

– D'OÙ TU VIENS ?

J'ai été content de retourner à l'intérieur.

Et on m'a enfin conduit à ma cellule. À mon grand soulagement, il n'y avait personne d'autre dedans.

La porte s'est refermée à clé derrière moi et je me suis écroulé par terre. Je suis resté assis là pendant trois plombes. Je me sentais tout drôle, tout décalé, mes bras et mes jambes me paraissaient lourds. Je me suis mis la tête entre les genoux et j'ai fermé les yeux.

Charlie Parsons n'a pas passé une bonne nuit cette fois-là, je peux te le dire.

Je m'éloigne de la fenêtre et je m'assieds sur le lit, qui est boulonné au mur. Il a un matelas mince et plein de bosses. Ma chambre contient : des chiottes en métal sans siège, un lavabo avec un seul robinet (eau froide uniquement), une table et une chaise, un néon qui fait mal aux yeux et deux étagères pour mes affaires. J'ai deux pantalons de prison, trois T-shirts et trois caleçons de prison, idem pour les chaussettes, une veste de prison et une carte postale (en forme de macareux) fixée au mur avec de la Patafix.

J'ai aussi un gobelet en plastique et une assiette en carton avec un biscuit au gingembre. Il n'y a pas de télé ni de chaîne hi-fi. Plein de mecs ont une radio, mais pas moi. Ils la mettent tous à fond, alors je n'en ai pas besoin, de toute façon. J'ai aussi un stylo et du papier, un paquet de compresses et du désinfectant. Voilà tout ce que j'ai ici à part les trucs de mon « pack de bienvenue ». Je suis dans le « Cotswold », l'un des quatre bâtiments qui entourent la cour. On y est une cinquantaine de mecs, âgés de quatorze à dix-huit ans. Certains sont en détention provisoire, comme moi, mais la plupart purgent une peine de prison. Je m'ennuie tellement que je pète les plombs. Ça fait une semaine que je suis ici et, jusqu'à maintenant, j'ai réussi à garder un profil bas. J'ai essayé de me rendre invisible. Je ne veux pas d'ennuis. Tout ce que j'ai à faire, c'est survivre. Ça me fait mal de l'admettre, mais j'ai peur. Je ne sais pas comment les choses fonctionnent, ici. Les autres savent que je suis nouveau, mais personne n'a rien tenté. Pour le moment. Je ne suis pas aussi déprimé que le premier soir, mais j'ai l'impression de n'avoir aucune énergie et je ne trouve rien à dire aux autres. On dirait que mon sens de l'humour s'est tari. Je n'ai qu'une envie : dormir. Je confonds le jour et la nuit, parce que je passe une si grande partie de mes journées à dormir dans ma cellule que la nuit, je suis parfaitement réveillé, je fais les cent pas dans ma cellule et je regarde les navires de l'armée sortir du port.

Je pensais que j'allais juste récolter une énième injonction du tribunal pour enfants ou des petites séances avec un type réglo qui m'apprendrait à être quelqu'un de bien pendant qu'on réparerait ensemble des vélos volés. Au lieu de quoi je suis coffré ici, à Bevanport, qui a la réputation d'être l'un des pires centres pour jeunes délinquants du pays. L'un des potes de Démon a été envoyé ici il y a un an et, apparemment, il y a vraiment eu la vie dure. Je n'ai toujours pas reçu de date pour ma comparution au tribunal. Les prisonniers en détention provisoire sont censés être mieux traités que ceux qui ont été condamnés. Mais je n'ai rien observé de tel pour le moment.

Je n'arrête pas de penser à Démon. D'après mon avocat, il s'en tirerait sans doute avec une peine moins lourde que moi parce qu'il n'a pas conduit le camion sur l'autoroute, lui. C'est vraiment injuste : il mourait d'envie de le conduire. C'est juste que je ne l'ai pas laissé faire. Voilà ma récompense pour m'être un peu imposé, pour une fois.

Dans trois heures, c'est le temps partagé, ce qui signifie que je peux prendre une douche ou aller à la salle de sport, faire un tour à la bibliothèque ou passer un coup de fil.

J'opte pour le coup de fil. Tu dois croire que c'est facile, non ? Tu mets ta carte dedans, tu composes le numéro et hop, c'est parti. Mais non. En prison, c'est pas comme ça.

Quand la cloche sonne le début du temps partagé, ma porte s'ouvre. Je sors en trombe de ma cellule et je cavale dans le couloir. Il y a trois téléphones dans mon bâtiment et ils sont dans mon couloir, mais il n'y en a que deux qui marchent. Il y a déjà une queue de huit mecs quand j'arrive.

Je regarde derrière moi et je vois d'autres personnes qui se ramènent, alors je me place dans la queue. On ne dit pas grand-chose. On est tous trop occupés à écouter les conversations des mecs qui sont au téléphone; elles ne sont pas très intéressantes, mais il n'y a rien d'autre à faire.

Ce matin, j'ai eu mon contrôle anti-drogue, que j'ai plutôt apprécié parce que ça m'a permis de rencontrer Snoopy, le chien policier. C'est un bâtard marron avec des yeux immenses. Les matons racontaient qu'il est capable de flairer de la coke à trois cents mètres, mais il a juste passé son temps à me lécher la main pendant que je lui grattouillais le ventre. J'étais drôlement triste quand ils l'ont emmené avec eux, en repartant. J'ai dû leur donner un échantillon de pisse pour qu'ils puissent le vérifier. Je me demande si tout le paracétamol que j'ai avalé pour mon doigt va se voir. Le contrôle ne m'inquiétait pas trop parce que ce genre de trucs, ça ne me branche pas tellement. Mon grand frère, Selby, avait la main leste avec les drogues douces comme les drogues dures, et regarde où ça l'a mené.

Il n'y a plus que deux personnes dans la queue pour téléphoner et il nous reste encore dix minutes de temps partagé. Je devrais y arriver.

– T'as eu tes quatre minutes, dit un mec au petit gars qui est au téléphone.

Le petit gars colle le combiné contre son oreille et se bouche l'autre avec un doigt.

– Je t'aime, bébé, dit-il.

Et nous, on ricane. Tu imagines, si c'était moi en train de parler à Lexi ?

Tu vas me rester fidèle, Lexi, hein?

Oh oui, Charlie, mon chéri, tu seras bientôt libéré.

À cet instant, un garçon passe en force devant moi.

– Hé ! dis-je.

Il se retourne ; je me mords la lèvre. C'est Frank Avery. Il est cinglé et c'est un pote de Kieran Greedy, le caïd du coin. Je les ai déjà vus pendant la promenade, ces deux-là. Ils se tiennent les coudes. Ils font des embrouilles. Ils sont dangereux. Kieran est ici pour vol (comme moi) avec violence agravée (vraiment pas comme moi). Il a attaqué une maîtresse d'école pour lui piquer sa carte de crédit. Sympa. Frank est ici pour complicité dans une attaque à main armée. Son cousin est entré dans une salle de jeux vidéo avec un flingue et Frank faisait le guet. J'ai obtenu des tas d'informations, en une semaine. J'étais obligé. C'est nécessaire pour ma survie. Personne n'aime se faire mal voir de Kieran. Mais ça, c'est Frank, et il vient de me doubler, et tout le monde attend de voir comment je vais réagir, moi, le nouveau. Tout le monde va se faire une opinion de moi en fonction ce que je vais faire maintenant. Si je le laisse passer devant moi dans la queue, je serai une cible pour tout le monde et je ne sortirai pas d'ici vivant.

En plus, je veux parler à ma grand-mère.

– Tu t'es emmêlé les pinceaux? je demande poliment. C'est pas la fin de la queue, là.

Tout le monde se tait. Même les gars qui sont au téléphone regardent. Je jette un coup d'œil aux poches de Frank. Je ne vois pas de couteau, pas encore.

– Va te faire foutre, dit Frank, et il me tourne le dos.

Je lui tape sur l'épaule.

Il se retourne vers moi avec les poings fermés, mais je suis trop rapide. Un avantage d'être copain avec Démon, c'est qu'on apprend à se battre. Simon n'arrête pas de se retrouver dans des bastons en ville. Et puis il a dû se défendre contre son vieux quand il était bourré et qu'il cherchait la bagarre. Et moi, j'étais souvent avec lui. Je ne suis pas le genre de mec qui se sauve en courant. Je déteste courir. Alors je mets un gros uppercut dans le nez de Frank (avec le poing dont tous les doigts sont intacts). Son visage n'apprécie pas et se met à saigner avant même que Frank tombe à la renverse.

Je me demande s'il va me réduire en bouillie. Comme je m'attends à ce qu'il revienne à la charge, je rentre la tête dans les épaules. Tout le monde fait de la place autour de moi et attend. Mais Frank ne m'attaque pas. Il tousse, se redresse et me regarde.

– T'es un homme mort.

Là-dessus, il s'en va.

Silence.

– Respect, dit le costaud qui est devant moi, en me donnant une tape dans le dos. Il l'avait cherché.

Il me regarde une seconde.

– Cela dit, je ne voudrais pas être à ta place.

Au début, je me sens trop bien. Je m'en suis bien tiré et maintenant les gens vont y réfléchir à deux fois avant de m'emmerder. Mais mon euphorie passe vite. Je sais que les retombées vont être moches. Ronald le maton passe par là pour nous surveiller ; on se tient tous bien droits, sages comme des jeannettes à la fête de la paroisse.

Je peux enfin passer mon coup de fil.

– Salut, mamie, c'est moi.

– Qui ça, « moi » ?

– Charlie.

SILENCE.

– C'est toi, Charlie ?

– Oui, mamie.

– Où es-tu ?

– En taule, mamie.

SILENCE.

– Tu m'as déçue, Charlie.

– Je sais, mamie. Comment va maman ?

– Elle a rompu avec le jardinier parce qu'elle est trop gênée à cause de toi. Et moi, j'ai trop honte pour continuer à aller au club. Si tu entendais Dolores ! Ça ne s'arrêtera jamais. Je ne t'ai pas élevé pour que tu te comportes comme ça.

– OK, mamie.

– Pas la peine de rentrer à la maison, Charlie. Je ne

veux pas d'un petit-fils qui a fait de la prison.

– D'accord, mamie.

– Tu es un voleur de camion, voilà ce que Dolores a dit.

– Mais tu as quand même mangé les Choco BN, mamie.

– Quoi ?

– Les Choco... Oh, t'inquiète pas.

– Ça non, je ne m'inquiéterai pas.

– Tu as vu Démon ?

– Porte bien son nom, çui-là. Un vrai diable. C'est lui qui t'a mis dans ce pétrin. Je suis sérieuse, Charlie ; je ne t'accepterai plus chez moi après ça.

– D'accord, mamie, je ne reviendrai pas. Au revoir.

– Charlie ?

Je raccroche le téléphone et je retourne dans ma cellule.

C'était pas la peine de me fatiguer.

7.

C'est l'heure de la promenade, mais après le dîner, je suis retourné directement dans ma cellule. Pas envie de rejoindre les autres dans la salle de jeux. Il y a une télé, une table de ping-pong et un baby-foot, mais elle est toujours archibondée et tout le monde parle tellement fort qu'on n'entend pas la télé, de toute façon. En plus, je ne me suis pas encore fait de potes, tout le monde en est encore à essayer de me jauger, et je préfère éviter un certain duo. Je commence à m'habituer à cette routine. Après le petit déjeuner dans le réfectoire, on a vingt minutes de temps partagé avant d'être enfermés pour deux heures, puis c'est sport ou études pendant une heure, puis le déjeuner. Ensuite, le long enfermement de l'après-midi, qui est le plus dur. Le dîner est à cinq heures, suivi d'une heure et demie de promenade, puis on nous enferme pour la nuit à sept heures et demie. Comme je suis nouveau, j'ai droit à des sorties supplémentaires pour tous les tests qu'ils font passer aux nouveaux détenus. Mon évaluation scolaire, c'était une vraie blague. Les questions étaient tellement faciles que j'ai failli ne pas y répondre du tout. Mais la plupart du temps, je dors. J'ouvre les yeux et je ne sais pas s'il s'est passé trois heures ou deux minutes tant que je ne me suis pas forcé à me retourner pour regarder l'horloge. En général, je ne prends pas cette peine. Je me contente de refermer les yeux et de me rendormir.

Aujourd'hui, pourtant, je suis plus vif que d'habitude. Je pense qu'il va se passer quelque chose. Ça va pas être joli. J'entends des cris qui viennent de la salle de jeux. Quelqu'un a dû chourer les balles de ping-pong. Si j'ai appris une chose, c'est que les matons, ici, ont encore moins d'humour que les flics de chez moi. On doit les appeler monsieur (ou madame) et ils tiennent absolument à ce qu'on ait une cellule bien rangée et des pompes propres, ce genre de trucs. C'est un peu comme si on était dans l'armée, mais sans la rigolade.

J'ai soif. J'essaie de trouver le courage de me tirer du lit et d'aller chercher à boire quand on pousse ma porte.

Ça fait deux jours que j'attends ça.

Kieran et Frank entrent. Le moment est arrivé.

Je lève les yeux de mon magazine en faisant semblant d'être hyper relax.

– Bonjour, messieurs. Je vais sonner pour qu'on nous apporte du thé.

– T'as une clope ? demande Kieran, ignorant mon humour ravageur.

– Nan, dis-je en posant les pieds par terre.

– Il a pas de clopes, dit Kieran à Frank.

Il enfonce les mains dans ses poches et il se met à regarder dans ma cellule. D'après l'horloge, il est sept heures dix. Dans vingt minutes, la cloche va sonner et ce sera la fin de la promenade. Après ça, on sera enfermés dans nos cellules pendant une heure jusqu'au dîner. Il faut que je reste en vie jusque-là.

– T'as pas beaucoup d'affaires, commente Kieran.

– Non.

Frank s'assied sur mon lit et pose les pieds sur mon oreiller.

– T'as une copine ?

Je lui réponds oui, mais je le regrette aussitôt.

– S'appelle comment ?

– Lexi. (Tu parles. Dans mes rêves !)

– C'est une salope ?

Je souris.

– Parfois.

Oh là là, Juby me tuerait s'il m'entendait.

– Lexi comment ? demande Frank.

Je me lève et je lui dis gentiment :

– Enlève tes pieds sales de mon lit.

Tu entends ça ? En vrai, je suis terrifié, mais on peut pas faire la tapette avec des cinglés dans leur genre.

– Quoi ?

Frank n'en croit pas ses oreilles.

– Tu veux que je le répète ?

Si seulement j'étais plus costaud ! Je ne suis pas petit, mais je suis beaucoup trop maigre. Ces deux-là vont me réduire en bouillie.

– Il m'a manqué de respect, dit Frank en levant les yeux vers Kieran, qui faisait mine de regarder par la fenêtre.

Kieran soupire et se retourne. Il m'étudie et je me demande si ses yeux de fou sont la dernière chose que je verrai.

Je quitte lentement le lit. Je ne voulais pas que ça se termine comme ça. Je contracte les abdos, comme si je pouvais les empêcher d'y planter leur couteau, quand ils voudront me poignarder, si je les contracte assez fort. Je devrais peut-être balancer une nouvelle blague pour les détendre. Pour qu'ils se rendent compte que je suis juste un mec comme les autres et...

Ce que j'allais dire d'hilarant disparaît dans l'espace quand un gros poing dur m'enfonce les lèvres dans la bouche.

Je sens le goût du sang avant de sentir la douleur. J'ai des rectangles blancs devant les yeux. Il me faut une minute ou deux avant de pouvoir seulement commencer à penser à me défendre. AÏE ! Nouveau coup de poing. Dans le ventre, cette fois. J'ai le souffle coupé. Je halète, mais je ne peux pas me permettre de m'écrouler par terre. Ensuite, Kieran me donne des coups de pied dans les jambes. Il me fout par terre. Je souffre. Je me roule en boule pour me protéger.

– On se reverra, dit Kieran, et il sort de ma cellule.

Frank me fixe.

– Tu te prends pour un dur, hein ? La prochaine fois, t'es mort.

Il se racle la gorge et s'apprête à cracher sur mon oreiller.

Mais je ne le laisse pas faire.

Je me lève d'un bond et je le pousse.

– SORS D'ICI! je hurle en crachant plein de sang. DEHORS, DEHORS!

C'est là que le maton, Ronnie, vient voir pourquoi je gueule. Il nous voit plantés là: moi avec le visage en sang et Frank avec les poings brandis, alors il donne un coup de sifflet.

En quelques secondes, ma cellule se remplit de matons et je suis plaqué au sol, les bras tordus dans le dos, et immobilisé par des menottes. Dans le feu de l'action, ils me cognent le doigt et ça me fait beaucoup plus mal que les coups de poing de Kieran. Le sol en béton me mord la figure. Ils appellent ça nous « neutraliser ». Je suis horrifié de me sentir aussi impuissant. Et surpris par la violence avec laquelle les matons réagissent.

Je suis donc par terre à côté de Frank. On se regarde.

– Qu'est-ce qui s'est passé? demande Ronnie.

– Il a trébuché, dit Frank.

Mon doigt malade me fait mal. Je voudrais y jeter un œil. J'ai l'impression qu'il s'est remis à saigner.

On m'assied sans douceur.

– Alors comme ça tu as trébuché? Sur quoi? De l'air?

En temps normal, face à une question de ce genre, j'aurais répondu quelque chose d'insolent, mais je ne peux pas. C'est comme s'il n'y avait rien dans ma tête. Je pousse un gros soupir.

– J'ai trébuché, je dis.

C'est la nuit. On est tous enfermés et il n'y a pas un bruit, à part Ronnie qui écoute sa musique pourrie dans la salle des surveillants. Il a des goûts épouvantables. Il ne passe que des trucs nuls. Genre Des O'Connor ou je ne sais quoi. Des trucs que même ma grand-mère n'aimerait pas. C'est fou. Ça me rend dingue d'entendre ça. Et puis il y a cette chanson que Ronnie n'arrête pas de mettre. Avec cette phrase dedans :

Et peut-être qu'un jour, je reviendrai dans tes rêves.

Ça finit dans les aigus, sur le mot « rêves ». Je la fredonne tout le temps malgré moi, surtout la nuit quand j'arrive pas à dormir. J'ai cette phrase dans la tête, rien que cette phrase.

Et peut-être qu'un jour, je reviendrai dans tes rêves.

Et peut-être qu'un jour, je reviendrai dans tes rêves.

Ensuite je l'inverse, pour varier un peu.

Et peut-être qu'un jour, tu reviendras dans mes rêves.

Et peut-être qu'un jour, tu reviendras dans mes rêves.

J'essaie de m'empêcher d'y penser et de me la chanter, mais il n'y a pas moyen. Et même si Ronnie n'est pas en train de passer cette chanson-là en ce moment, j'entends cette phrase dans ma tête en permanence. Je me demande si ça fait partie de la punition. Ils essaient de nous faire craquer. Je serai aussi dingue que ma mère quand je sortirai d'ici.

Je n'aime pas la prison. Il n'y a rien à faire, nulle part où aller, et pas de Lexi Juby. Je suis là depuis trois semaines et j'ai une lèvre enflée, des bleus sur le ventre et une quantité inimaginable de boutons. C'est la bouffe. Elle est encore pire que la cuisine de mamie. J'ai déjà perdu plus de cinq kilos, je vous jure. Je n'arrête pas de penser à mamie et à ce qu'elle m'a dit : qu'elle ne voulait pas que je rentre à la maison. Je sais qu'elle ne le pensait pas, mais j'en avais tellement marre, après ce que je venais d'endurer, et elle n'a pas trouvé un seul mot gentil à me dire. Ça lui ferait les pieds si je ne rentrais pas. Mais peut-être qu'elle s'en fout de toute façon. Elle ne m'a pas écrit, personne ne m'a écrit. Et personne n'est venu me rendre visite non plus. J'ai l'air d'un asocial. C'est dur de se faire des copains, ici, parce qu'on reste enfermés presque toute la journée. Je m'entends pas trop mal avec Marshall, le mec de la queue pour le téléphone, mais on n'est pas exactement des potes. C'est juste quelqu'un avec qui taper dans le ballon, au gymnase.

Quand tu es coincé dans un endroit comme ici, tu as vraiment besoin d'une preuve que quelqu'un du monde extérieur en a quelque chose à foutre. Depuis que je suis en taule, la seule chose que j'aie reçue, c'est cette carte postale en forme de macareux – qui sent le poisson, je te jure – de la part de Stephen, en Écosse, qui dit : *Ne reste pas pendu là où tu es*. Ha ha ha. Je suppose que c'est une allusion aux suicides qui ont eu lieu ici cette année. Stephen a toujours eu un sens de l'humour assez malsain. Je m'en souviens bien, et pourtant je ne l'ai connu que quand j'étais petit. Le plus jeune à se suicider avait quinze ans, comme moi. D'après la rumeur, il ne s'est pas pendu lui-même. Ce sont les matons qui ont fait ça, parce que c'était un petit insolent – comme moi, là encore.

J'aimerais bien voir quelqu'un. Même maman. Elle parlerait de ses rencards avec des inconnus et des sales réflexions de mamie. Elle parlerait de Stephen comme s'il était juste à côté et de Selby comme s'il était encore vivant. Elle ne dirait pas un mot sur papa et elle ne demanderait pas quels sont mes projets pour quand je sortirai. Elle oublierait de m'apporter de l'argent, de la bouffe et des clopes. Mais je serais quand même content de la voir. C'est pas sa faute si elle est nulle. Ce qui me ferait vraiment plaisir, c'est une visite de mon frère, Stephen, mais il ne reviendra pas. Je suis tout seul.

Un maton ouvre le judas, crouic, et me regarde. Je devine que c'est Ronnie à sa façon de respirer. Le volet se referme en claquant. Je me retourne. On n'a aucune intimité, ici. Je joue avec le bout de l'articulation de mon doigt, là où Démon l'a coupé. Il m'embête depuis la baston. Il m'inquiète. La blessure s'est remise à suinter. Il y a du pus jaune et ça me lance. Je le tripote pour faire sortir le pus.

On ouvre la porte. Yes, peut-être que quelqu'un est venu me voir! Putain, je serais même content de voir mon assistante sociale. Je dois être désespéré. C'est une femme très bizarre. Elle s'occupait de mon frère Stephen, avant, et de mon frère Selby encore avant. Elle s'appelle Mindy. Je ne l'aime pas. Elle est vieille et elle met trop de parfum. Elle a mauvaise haleine. Elle ne me laisse pas fumer dans sa voiture.

Elle raconte des conneries. Maman et mamie aussi la détestent. Mamie ne la laisse pas entrer dans la maison. Mais même Mindy, ça me changerait agréablement de M. Personne.

Ronnie entre, alors je me redresse sur mon lit. Je ne veux pas me reprendre une claque sur la tête. On n'a aucun droit, ici. C'est un autre monde.

Le camion ne valait pas cette peine.

Ronald se tient devant moi dans sa chemise blanche bien repassée et son pantalon noir. Il a ses chaussures coquées. Tous les jeunes d'ici pourraient te parler de ces coques en métal réglementaires. Elles servent à protéger les orteils des matons pendant qu'ils nous poussent en bas des escaliers à coups de pied.

– Tu sais lire, Parsons? demande-t-il d'un ton railleur.

– Oui.

– Oui...?

– Oui, monsieur.

Je déteste appeler les gens « monsieur », mais c'est mieux d'avoir des dents, je trouve. Tu penses que j'exagère? Eh bien pique donc un camion de supermarché et tu verras. Je ne te retiens pas, hein!

– Alors tu peux avoir ça, dit-il, et il jette quelque chose par terre.

C'est une lettre. Incroyable! Quelqu'un se soucie de moi, dehors! Je suis trop content.

Il y a un timbre anglais dessus et je reconnais l'écriture: je l'ai déjà vue quelque part. Je ne veux pas me baisser pour la ramasser parce que j'ai peur que Ronnie me donne un coup de pied dans la tête.

– Vas-y, Parsons, dit-il. Ramasse-la ; ça fait désordre.

– Je crois que je vais la laisser pour plus tard, monsieur.

La bravade, ça marche peut-être avec les collègues de mon âge, mais pas avec ces gens-là. Ils sont comme mamie, on ne peut pas discuter avec eux.

– Non, décrète Ronnie. Ramasse-la maintenant.

Je sors les pieds du lit et je descends lentement l'échelle. Ils n'aiment pas ce qui sort de l'ordinaire, ici. Presque personne ne reçoit de lettres. Je décide de la ramasser super vite, pour prendre Ronnie par surprise et échapper à l'inévitable coup de pompe dans la tempe.

Je la ramasse. Je ne prends pas de coup. Le papier est légèrement humide, comme s'il était passé entre trop de mains.

– Ouvre-la maintenant, reprend Ronnie. Je dois vérifier qu'il n'y a pas de drogues dedans.

Je l'ouvre.

– Secoue les pages, dit Ronnie.

Je reconnais aussitôt l'écriture. Je me mords la lèvre et je lâche un petit cri. Ronnie hausse les sourcils.

Comment il sait que je suis ici ? C'est pas possible. *Il* me prend pour ma mère. Mais cette lettre est bien là.

Elle vient de Lenny Sherry.

Lenny Sherry le tueur condamné qui, en principe, est enfermé dans le couloir de la mort.

Mais l'adresse, en haut de la page, ne dit pas ça. En haut de la page, ça dit *Bexton*.

Lenny Sherry est dans ma ville.

8.

Hôtel Marsh View
Bexton

Cher Charlie,

J'imagine que tu es étonné de recevoir une lettre de moi. Excellente nouvelle ! Tu ne devineras jamais : le 26 avril, le tribunal a demandé ma libération immédiate. Après avoir découvert dans le rapport du légiste que le garçon qui s'est noyé avait des problèmes cardiaques, on a dû revoir les preuves contre moi. Ignorons les détails, si tu le veux bien ; de nouveaux témoins se sont présentés et on a montré qu'une des personnes qui avaient déjà témoigné n'était pas fiable. Tu comprendras donc qu'au vu des autres preuves qui empêchaient déjà qu'on applique ma peine, des décisions ont été prises. Rien qu'à cause d'un vice de forme, je suis un homme libre. OK, il est temps de te parler franchement. Un moment, j'ai joué le jeu, mais je t'ai percé à jour. Vraiment, je sais que tu n'es pas une femme de trente-sept ans. En fait, j'ai deviné dès ta première lettre que tu n'étais qu'un enfant. Je devais avoir tellement besoin d'un ami que j'ai laissé passer ton mensonge. Aujourd'hui, malheureusement, je n'ai pas beaucoup d'amis. Il suffit d'être condamné pour homicide et on se retrouve tout seul. Pour résumer, je suis venu dans ta ville dans l'espoir de t'y trouver en personne. Accidentellement, je suis tombé sur ta mère, la vraie Caroline Parsons, et elle m'a raconté ce qui t'était arrivé. S'il te plaît, éclaire ma lanterne: est-ce qu'elle est célibataire? Présentement, tu dois vivre un moment difficile; crois-moi, je sais ce que c'est. Espérons que cette lettre te fera réfléchir; essaie d'arrêter les bêtises, d'accord? Une punition peut te servir de leçon. Respecte un peu les règles, ne fiche pas ta vie en l'air.

Sincères salutations,

Lenny Sherry

P.-S. Ça t'ennuierait que je sorte avec ta mère?

Un énorme frisson me traverse le corps. C'est comme s'il était ici, dans la pièce. Je chiffonne la lettre pour en faire une petite boulette et je la jette à la poubelle. Je ne veux même pas y toucher. Ronnie le maton lâche un grognement et je manque tomber de mon lit. J'avais oublié qu'il était là.

– Tu as quelque chose à me dire? demande-t-il.

Je l'entends à peine.

Il est venu me trouver! Pourquoi? Oh là là! j'ai un tueur aux fesses. En plus, il sait que je suis juste un gamin et il sait où je suis.

C'est impossible.

Et puis il y a le P.-S.

Ça t'ennuierait que je sorte avec ta mère?

Bien sûr que ça m'ennuierait. Ma mère n'a pas, je répète, *pas* besoin de ça en ce moment. Elle commence tout juste à aller mieux.

Ce doit être un canular. Forcément. Non?

Je vérifie l'enveloppe. C'est l'écriture de Lenny, mais le tampon dit *BEXTON*. Peut-être que quelqu'un a vu une des lettres de Lenny et imité son écriture et... et...

– Ça va? demande Ronnie.

– Ouais.

J'attends qu'il s'en aille, mais il ne bouge pas, il reste là à me fixer.

Tout ça, c'est ma faute. Si je n'avais pas été un gros con qui trouve éclatant d'avoir un assassin comme correspondant, rien de tout ça ne serait arrivé. J'aurais dû me contenter de piquer des camions et de sécher les cours. Je suis vraiment dans la merde, maintenant. Je le sens. Il faut que je prévienne maman. Elle ne peut pas sortir avec lui. Elle n'en reviendrait peut-être jamais. C'est un tueur, non? Elle a eu assez de problèmes comme ça avec mon père. Elle n'a pas besoin d'en récolter d'autres.

J'inspire profondément et j'essaie de réfléchir correctement. Il a été libéré, donc il doit être innocent. C'est logique. Cette idée me soulage un peu. Mais seulement un peu.

La cloche sonne: c'est l'heure du gymnase.

Il faut que j'en apprenne plus.

– Je peux aller à la bibliothèque à la place du gymnase? je demande en enfilant mes baskets.

– Je vais t'y emmener, dit Ronnie, l'air étonné.

Je ne suis pas allé à la bibliothèque de la prison depuis ma visite des lieux, en arrivant. C'est une petite pièce dans un appentis derrière le bâtiment « Mendip ». Ronnie m'y accompagne et le bibliothécaire me fait un signe de tête quand j'arrive. Il n'y a personne d'autre ici.

La bibliothèque possède cinq étagères de livres, trois tables avec un ordinateur sur chacune et une plante araignée qui a mauvaise mine. Il y a aussi un rayon de journaux. Le bibliothécaire est assis derrière un énorme écran d'ordinateur préhistorique. Les livres paraissent plutôt faciles à lire. Il y en a plein qui sont couverts de graffitis, et la moitié a été rafistolée avec du scotch. Ils ont des titres du genre *La Tête à l'envers* ou *Un garçon déjanté,* ou encore *Le Voyage de Malcolm,* et les couvertures, c'est genre coucher de soleil, ou orange et noir. Le problème, c'est que la moitié des jeunes d'ici ne savent pas lire.

Je soulève un journal du rayonnage. Il est attaché à un piquet en bois qui ferait une arme efficace. Je le feuillette dans l'espoir de trouver quelque chose, n'importe quoi, qui pourrait m'expliquer comment un tueur condamné a pu être libéré et revenir dans ce pays pour tourmenter ma mère et moi. J'ai beau examiner chaque page sans exception, je ne trouve rien.

– Tu as l'air agité.

C'est le bibliothécaire. Il paraît plus jeune que ses tenues ne le laisseraient supposer, si tu vois ce que je veux dire. Il porte un pantalon de vieux et un pull immonde, le genre que ta grand-mère pourrait t'acheter en solde dans un magasin de fringues d'occasion miteux. Il a besoin d'aller chez le coiffeur et ses lunettes ont l'air d'avoir cinquante ans. Il a des chaussures – tu l'as deviné – de vieux. Il ne peut pas avoir plus de vingt-cinq ans.

– Je *suis* agité, dis-je.

C'est vrai, et je pense qu'il n'y a pas de risque à l'admettre. Je me tourne face à l'étrange bibliothécaire. Il a des yeux bizarres. Trop grands. Il pourrait facilement être un tueur, lui aussi.

– Je peux t'aider, si tu cherches des informations, dit-il. C'est mon boulot.

Comme il me propose son aide, je le prends au mot.

– Je voudrais savoir pourquoi Lenny Sherry, condamné pour meurtre qui était dans le couloir de la mort et devait être exécuté par injection létale en mars de l'année prochaine, a été libéré.

Le bibliothécaire hoche la tête.

– Ah, oui, c'est passé aux infos. C'est une immense victoire pour les droits de l'homme et pour les opposants à la peine de mort...

Je l'interromps:

– D'accord, d'accord. Je ne veux pas de sermon. Dites-moi juste pourquoi il est sorti.

Le bibliothécaire ne se laisse pas démonter par mon impertinence. Il allume l'ordinateur le plus proche et va sur le site Internet de la BBC. Il m'approche une chaise.

– Regarde toi-même, dit-il.

Il reste au-dessus de moi pendant une minute ou deux. Je suppose qu'il vérifie que je suis bien en train de lire les infos et pas de chercher des seins nus sur Internet.

Voici ce que j'apprends. On n'a pas prouvé l'innocence de Lenny Sherry, en fait, mais on a déterminé lors de son dernier procès en appel que ceux qui le déclaraient coupable n'étaient pas fiables. (N'est-ce pas le cas de tous les témoins ?) Un nouveau témoin, une fille de dix-sept ans, dit qu'elle a vu Sherry poser la bouche sur celle du garçon en train de mourir, avant qu'il semble glisser de ses mains. Elle dit qu'elle ne voyait pas très bien, parce qu'elle était à une certaine distance, qu'elle n'avait que sept ans au moment des faits et qu'elle n'y a jamais vraiment réfléchi avant d'entendre l'appel de Lenny aux infos. Le témoignage du garçon qui disait avoir vu Sherry maintenir la victime sous l'eau s'est révélé sujet à caution. Il était saoul à ce moment-là (il avait bu du Geech, la boisson alcoolisée que buvaient les gamins d'autrefois). L'accusation avait caché les éléments prouvant que la victime souffrait de problèmes cardiaques. C'est peut-être l'eau froide qui l'a tué, et pas Lenny. Un spécialiste des marées a déclaré que les eaux de cette plage étaient dangereuses, et personne n'a trouvé de mobile pour que Sherry noie ce garçon. En plus, Sherry avait déjà purgé neuf ans dans une prison de haute sécurité pour ce crime, alors qu'ils ne pouvaient plus prouver qu'il l'avait commis.

Les autorités ont dû le libérer, malgré les vives protestations de la police et de la famille de la victime. On a décidé de le renvoyer en Angleterre le plus tôt possible.

Le seul fait qu'ils ne puissent pas prouver sa culpabilité ne veut pas dire qu'il est innocent, pas vrai ? Et qu'est-ce que tout ça signifie pour moi ?

– Tu dois repartir, dit le bibliothécaire, sinon tu risques des ennuis.

– Monsieur, je réponds, j'ai quinze ans et je suis enfermé dans une prison pour mineurs pour avoir piqué un camion plein de produits d'alimentation. Deux de mes codétenus ont l'intention de me tuer dans les jours qui viennent, ma mère est une malade mentale, ma grand-mère m'a renié et mon seul frère à être en vie a déserté ma famille. Mon père est la pire racaille de la planète, mon meilleur ami s'appelle « Démon » et je suis amoureux d'une fille dont le père m'arracherait la tête rien que pour l'avoir regardée. Par-dessus le marché, il y a un tueur qui m'écrit des lettres et qui veut sortir avec ma mère. Et vous me dites que je risque d'avoir des ennuis pour être resté trop longtemps à la bibliothèque ?

Il secoue la tête, l'air inquiet.

– Qui t'écrit des lettres ? On peut arranger ça, tu sais. Cet endroit ne sert pas seulement à punir.

– Si, dis-je.

Je me sens courageux devant ce type. Je ne suis pas assez bête pour croire qu'il veut vraiment m'aider.

Je suis seul. Je l'ai toujours été.

Je retourne à ma cellule sans me presser, avec Lenny Sherry dans la tête, quand j'entends que ça chauffe dans la salle de jeux, en dessous. Je me penche par-dessus la rambarde. Un attroupement se forme ; certains mecs sont encore en tenue de sport. Il y a des acclamations et des cris. Deux mecs se battent. Je ne vois pas leurs visages, mais l'un d'eux est beaucoup plus costaud que l'autre. Putain, c'est Frank et Kieran.

OUAIIIIS ! Je ne peux pas m'empêcher de crier avec les autres. Une brouille entre ces deux-là, c'est une bonne nouvelle pour tout le monde. J'espère qu'ils arriveront à s'infliger assez de dégâts avant qu'on les sépare. Je m'accoude à la rambarde pour profiter du spectacle, quand une meute de matons fonce dans le tas. Je grogne.

C'est drôlement intéressant de regarder ça d'ici. De toute évidence, certains matons ne savent pas quoi faire. Ronnie et son pote Harold se sont avancés jusqu'au milieu, en envoyant valser des mecs à mesure qu'ils s'approchaient de la baston, mais Gilbert et Francesca ne font que brasser de l'air et gueuler. Personne ne fait attention à eux, bien que Gilbert soit plutôt massif, comme type. Pour l'occasion, ils ont même sorti Snoopy, le chien renifleur de drogue, mais il est tellement excité de revoir tous ses vieux copains qu'il se contente de lâcher un petit « ouarf » et de remuer la queue.

Quand on les éloigne de force l'un de l'autre, je remarque que Kieran saigne de l'œil, alors que Frank n'a pas une égratignure. Même d'ici, je vois qu'il est cramoisi et que son visage a l'air près d'exploser.

La cloche sonne la réclusion. Je retourne dans ma cellule avant que les matons deviennent trop nerveux. Je récupère la lettre de Lenny dans la poubelle et je la défroisse. Je la relis encore et encore.

Je suis venu dans ta ville dans l'espoir de t'y trouver en personne.

Pourquoi il veut me trouver ? Pour me remercier de lui avoir écrit, même s'il n'y avait que des mensonges dans mes lettres ? Ou bien est-ce que c'est autre chose ?

La semaine suivante, on ne parle que de la bagarre. Visiblement, personne ne sait de quoi il retournait. Frank a été placé sous surveillance spéciale et Kieran ne lui parle plus. Yes ! Ça veut dire que je peux m'inquiéter au sujet de Lenny Sherry et de ma date de procès inexistante sans avoir à rester tout le temps sur le qui-vive.

Et Lenny m'inquiète vraiment. Je n'arrive pas à piger pourquoi il est venu ici et pourquoi il s'intéresse toujours à moi. Je n'en dors pas la nuit ; je passe mon temps à ressasser ces questions dans ma tête. Je repense au fait que la famille de la victime a protesté quand il a été libéré. Qu'est-ce qu'ils me diraient, à moi, maintenant ?

Quelques jours plus tard, j'ai une grosse frayeur ; Ronnie entre dans ma cellule avec un énorme paquet. Pendant un moment, j'ai peur que ça vienne de Lenny, mais quand je l'ouvre, je découvre qu'il contient un manuel de maths, des revues de géo et un livre qu'on est censés lire pour le lycée, *L'Attrape-Cœur*, avec toute une liste de sujets de dissert accrochée à la couverture par un trombone. Il y a aussi deux nouveaux cahiers, trois stylobilles, des timbres et un petit mot.

Lycée public de Bexton
Canal Road
Bexton

Cher Charlie,

Tu as tout à gagner à continuer ton travail scolaire pendant ton séjour à Bevanport. Je t'ai obtenu l'autorisation de fréquenter la bibliothèque pendant des périodes supplémentaires, à condition que tu y ailles pour travailler. Ne gâche pas cette chance, Charlie, tu n'en auras pas d'autre. J'aimerais que tu sois arrivé à la page 56 du manuel de mathématiques d'ici lundi prochain. Envoie-moi ton travail à l'adresse ci-dessus. Mlle Cartwright attend une dissertation de toi (1 500 mots) au sujet du roman ci-joint à la même date. D'autres devoirs te parviendront la semaine prochaine. Tu peux encore obtenir des notes correctes au GCSE* si tu fais un effort. Nous pourrons peut-être même obtenir que tu viennes passer les examens en personne si tu es toujours incarcéré à ce moment-là.

Bon courage,

D. Fuller

Quelqu'un d'autre que Lenny Sherry se souvient que j'existe ! D'accord, c'est juste un prof, mais c'est quand même quelque chose. Je suis tellement content que je décide aussitôt de faire les devoirs. À quoi bon être allé en classe toutes ces années si c'est pour tout foutre en l'air maintenant ? De toute façon,

---

* Examen qui sanctionne les études secondaires et dont les épreuves s'étalent sur les classes équivalant à la seconde et à la première.

je n'ai rien d'autre à faire, et ça me plaît bien d'avoir droit à du temps supplémentaire hors de ma cellule.

Je fais des maths juste après le déjeuner. J'ai un peu de mal à me concentrer, au début. Je suis interrompu sans arrêt par les cris et les bruits de coups qu'on entend tout le temps ici. Mais quand l'horloge de la prison sonne l'heure, je m'aperçois que j'ai fait trois pages et qu'une heure entière s'est écoulée. Pendant la semaine qui suit, je bosse beaucoup. Je vais bien au-delà de la page 56 du livre de maths et je lis *L'Attrape-Cœur* en entier. Le mec du roman est un vrai pleurnichard. Il devrait se secouer un peu. J'écris ma dissert sur lui (« Holden Caulfield est-il un héros ? »). Elle est nulle mais tant pis, j'envoie le tout à Fuller. Deux jours plus tard, j'entends Ronnie s'approcher dans le couloir à l'heure où on distribue le courrier. Il a quelque chose pour moi, mais c'est pas des devoirs pour le lycée.

C'est encore une lettre de Lenny.

Hôtel Marsh View
Bexton

Cher Charlie,

Je suis sûr que tu vis un enfer en prison, pas vrai ? Au moins, tu sais que tu ne vas pas te faire assassiner par l'État.

(Ça, j'en suis pas sûr. Il devrait voir certains des matons qu'on a ici.)

Méfie-toi des mauvaises influences en taule, Charlie, il ne faudrait pas te laisser entraîner encore plus bas. En fait, depuis mon arrivée dans cette ville, j'ai eu l'agréable surprise d'être bien accueilli.

(?)

Si ça continue, je vais rester dans le coin, ça m'a l'air d'une bonne solution pour moi. Veux-tu me rendre un service ? À part toi, évidemment, je n'ai parlé à personne (pas même à ta mère) de mon passé de condamné. Même que j'ai changé de prénom. Offre-moi la chance de laisser les gens me connaître d'abord tel que je suis vraiment, sans a priori, OK ? Une fois sorti de prison, la liberté est une épée à double tranchant et je ne veux pas me retrouver plus ostracisé et plus seul que lorsque j'étais enfermé. Rassure-moi, tu penses être capable de la fermer à mon sujet pendant quelques mois ? Ici, j'ai perdu contact avec mes anciens amis, et je n'ai plus de famille, tout le monde est mort, alors c'est important pour moi.

(Tout le monde est mort ? Hein ? Pourquoi ?)

Recommencer sa vie à zéro, c'est une aventure bizarre et souvent terrifiante, alors s'il te plaît, aide-moi.

Sincères salutations,

Lenny Sherry

Je ne veux pas l'aider, qu'il soit innocent ou pas. Je ne veux pas de lui dans ma vie. Ma mère est peut-être en danger. Je préférais quand il était enfermé en lieu sûr à des milliers de kilomètres.

Je suis debout près de la fenêtre de ma cellule, en train de relire sa lettre pour la millionième fois, quand la porte s'ouvre à la volée. Francesca-la-femme-maton débarque.

– Tu déménages, annonce-t-elle. Emballe tes affaires.

– Quoi, maintenant?

– Oui, maintenant.

Elle essaie de jouer les dures. C'est vraiment agaçant.

– J'ai rien fait.

– Ce n'est pas une punition, dit Francesca. Allez. Je vais t'aider.

Là-dessus, elle sort un sac-poubelle et commence à fourrer mes affaires dedans.

– Pourquoi?

Je reste planté là comme une truffe.

– On va te mettre dans une cellule double, répond-elle en décrochant ma carte postale-macareux du mur et en la jetant dans le sac.

– Je vais devoir *partager* une cellule?

Je ne sais pas quoi penser. Si je me retrouve avec quelqu'un de sympa, ça pourrait aller, mais s'ils me mettent avec un sauvage, qu'est-ce que je vais faire? Comment supporter d'être enfermé dans une pièce minuscule avec un autre humain pendant des heures et des heures, jour après jour? Tout seul, je peux me détendre, au moins.

– Dépêche-toi, la femme de ménage vient faire cette cellule dans cinq minutes, dit Francesca.

C'est fou, la quantité de conneries que j'ai réussi à accumuler pendant le temps que j'ai passé ici. Mais il ne faut pas longtemps pour tout mettre dans le sac.

– Je vais dans un autre bâtiment ? je demande.

J'espère que non. Les choses sont beaucoup plus faciles, maintenant que Kieran est parti et que j'ai quelques personnes à qui je peux parler pendant le temps partagé. Mais je vais juste à l'étage en dessous, là où il y a les cellules doubles. Francesca ouvre la porte.

– Après toi.

Elle me pousse à l'intérieur.

Je pose mon sac par terre.

Cette pièce est légèrement plus grande que mon ancienne cellule. Et en jetant un coup d'œil par la fenêtre, je suis soulagé de voir que j'ai toujours une vue sur la mer, même si je la vois un peu moins bien. Par contre, j'ai une vue imparable sur la cour de la prison. Je me réserve le lit du bas en posant mon sac dessus.

– Ton compagnon de chambre sera là dans une minute, dit Francesca. Il vient d'arriver. Essaie de l'aider.

Et elle s'en va.

Je m'allonge un moment sur le lit, en me demandant comment il sera. J'espère que ce sera un mec calme et pas complètement abruti. Après une vingtaine de minutes, j'entends des pas dehors. On déverrouille la porte et j'ai un frisson nerveux. J'espère qu'il est cool, ce nouveau. Il a intérêt.

– Parsons, voilà ton nouveau compagnon de cellule.

Francesca débarque dans la pièce, suivie d'un grand mec. Ma mâchoire se déboîte.

C'est Démon.

9.

Il paraît plus jeune en uniforme de prisonnier. Ses cheveux sont légèrement humides. Quelqu'un lui a fait prendre une douche. Il a l'air fatigué. Dans les bras, il a son « pack de bienvenue » offert par la prison (il a eu le modèle avec clopes) et un duvet emballé dans du plastique.

Je m'apprête à dire quelque chose quand il pose un doigt sur ses lèvres.

– Je vous laisse faire connaissance, tous les deux, lance Francesca, et elle ferme la porte à clé derrière elle.

Quand ses pas se sont estompés dans la distance, Démon me fait un sourire.

– Sympa, la piaule.

Il s'assied sur mon lit et enlève ses chaussures.

– Ils n'ont pas pigé qu'on était potes, ajoute-t-il. Autant que ça reste comme ça.

Je le regarde.

– Mais ils doivent le savoir ! On est ici pour la même raison... non ?

Démon hoche la tête.

– Ouais, je suis là en détention provisoire à cause du camion.

– Je croyais que tu t'en étais tiré, dis-je.

– Moi aussi.

Il y a un silence pesant après ça. J'ai l'impression que Démon me reproche sa présence ici. Peut-être qu'il croit que je l'ai dénoncé ou je ne sais quoi. Il finit par demander :

– Alors ? C'est comment, cette taule ?

– Merdique.

Ça me fait bizarre qu'il soit ici. C'est génial de voir un copain, mais d'un autre côté, c'est Simon Juby.

– J'essaie de garder un profil bas.

– Je te reconnais bien là.

Il jette ses chaussures contre le mur, ce qui laisse une trace sur la peinture.

– Comment va Lexi ? je demande en m'efforçant de garder un ton désinvolte.

Démon renifle.

– Elle s'est mise à sortir avec un mec de la ville.

Je me fige.

– C'est un copain de Connor, ajoute-t-il. Un grand costaud qui s'appelle Benji. Il a les cheveux longs, comme un hippie, et il passe son temps à jouer au foot.

Je n'ai jamais entendu parler de lui. J'ai envie de le tuer. Démon s'allonge sur mon lit et tapote mon oreiller.

– Simon, c'est mon lit, ça... j'arrive à dire. Tu vas devoir prendre celui du haut.

– Ah ouais ? fait Démon.

Il me regarde dans les yeux.

– Mais j'aime bien celui-là.

Je n'arrive pas à le croire. Il est ici depuis trois minutes et il cherche déjà la bagarre. Je suis fatigué, tout d'un coup. S'il veut ce lit-là, qu'il le prenne. J'ai trop de soucis sans y ajouter Simon Juby.

– Tu peux l'avoir une semaine, dis-je. Ensuite, ce sera moi. On le prendra à tour de rôle.

– Comme tu veux, marmonne Démon, et il se tourne face au mur.

Je reste planté là à regarder l'arrière de sa tête.

Je croyais que Lexi m'aimait bien. Visiblement pas. Je suis dégoûté. Au bout de quelques minutes, j'entends un ronflement.

On sait tous les deux que Démon ne mettra jamais un doigt de pied dans le lit du haut.

C'est la nuit. Démon s'est rendormi. Je le devine à sa façon de respirer, longue et lente. Il est totalement détendu. Ouah, peut-être qu'il va dormir comme ça tout le temps, se réveiller pour papoter un peu, puis retomber dans le néant – le compagnon de cellule idéal ! Il a de la chance. Je n'arrive pas à dormir, moi. Mes pensées tournent en rond. J'ai entendu l'horloge sonner quatre fois depuis qu'on nous a enfermés pour la nuit.

Je n'arrête pas de penser à Lexi et à ce type, ce dénommé Benji, puis à maman et à Lenny. Après m'être fait du mouron à cause de ça pendant environ une heure, je me demande comment je vais survivre à la vie en cellule avec Simon Juby. Je n'aime pas l'imaginer en train de rôder autour de moi pendant que je dors.

Je vais tout raconter à ma mère au sujet de Lenny, et sans tarder. Elle va piquer une crise. C'est vrai, quoi, j'ai écrit à ce type en me faisant passer pour elle. S'ils deviennent vraiment proches, elle va commencer à lui poser des questions sur son passé. Je n'arrive pas à croire qu'il ose imaginer que je vais me taire.

Comment le lui dire ?

Euh, maman, j'ai écrit des lettres à un assassin en me faisant passer pour toi, et maintenant il est sorti de prison et c'est ton jules !

On dirait un délire parano, hein ? Mais tout est vrai.

J'envisage de parler de Lenny à mamie, bien que cette foutue vieille bique me fasse la gueule. Elle ne le laisserait pas entrer dans la maison si elle connaissait son passé. Mais c'est délicat ; je ne veux pas qu'elle emmerde maman à cause de ça. C'est moi et personne d'autre que Lenny Sherry a choisi, parmi toute la population de la planète, de venir trouver à sa libération. Mais peut-être qu'il cherche juste un ami, comme il dit. Si c'est vrai, je me comporte un peu comme un salaud dans cette histoire. Mais je lui ai raconté des craques dans mes lettres. Est-ce qu'il m'en veut ?

Parfois, c'est un avantage d'être en taule. Ici, au moins, il ne peut pas m'atteindre.

À l'aube, j'ai désespérément besoin de chier. C'est

un gros problème. Si Démon se réveille, il me verra sur le trône. Le jour commence à se lever et il n'est que quatre heures et demie du mat. Je devrais peut-être attendre qu'il se réveille; comme ça, au moins, je pourrais le prévenir. Cette cellule est à peine plus grande que celle où j'étais avant, et les chiottes sont carrément sous ton nez. Visiblement, il y avait un paravent autour qui a été arraché. Je regrette mon ancienne cellule.

Non. Impossible. Il faut que j'y aille. Ces histoires de tueur m'ont ramolli les tripes.

Alors je m'accroupis au-dessus des chiottes en gardant un œil sur Démon. J'espère qu'il ne va pas se réveiller. J'en suis à la moitié et je commence à penser que je vais atteindre la ligne d'arrivée quand Démon bâille, se retourne et ouvre les yeux. Il me voit sur le trône, ferme les yeux et se retourne encore.

Mais c'est foutu, je ne peux plus terminer mon affaire.

Je déteste cet endroit. Je remets mon pantalon et je grimpe prudemment l'échelle pour remonter dans mon lit. J'ai mal au bide, j'ai mal à la tête et je ne sais pas quoi faire avec tous mes problèmes.

Assis devant le bureau, je mâchonne le bout de mon stylo et j'écoute l'horloge sonner. Il est enfin huit heures.

– Démon, j'appelle, c'est le petit déj.

Démon se redresse et fait le point sur moi avec ses yeux voilés. Il a vraiment une sale gueule.

– Tu dors depuis…

Je regarde l'horloge de la prison.

– ... seize heures et quarante-six minutes.

Démon bâille, se gratte la tête et se lève. Il n'est déjà pas beau d'habitude, mais là, avec ses cheveux tout collés d'un côté et ses gros yeux gonflés, il a l'air de sortir tout droit d'un film de zombies.

– T'as quelque chose à bouffer? demande-t-il.

Je lui explique comment ça se passe, pour le petit déjeuner; on est censés débarquer à huit heures et quart précises, fourrer le plus de trucs possible sur son plateau et surtout pas s'asseoir à la table du fond.

Démon fait un geste d'indifférence.

– M'en fous!

Il s'aperçoit que je suis assis devant le bureau, en train de griffonner.

– Kestufais?

– J'écris une lettre. Lève ton cul de ton lit, sinon tu vas avoir des ennuis avec Ronnie.

À mon grand soulagement, Démon se lève, péniblement, s'approche du lavabo et s'asperge de l'eau sur la figure. Je signe ma lettre et je la relis en entier.

Maison de correction de Bevanport
Bevanport

Cher Lenny,

Maintenant que vous êtes libre, vous n'avez plus besoin que je vous écrive. Désolé de m'être fait passer pour ma mère. Elle n'a rien à voir avec cette histoire et ce serait mieux qu'on la laisse en dehors de tout ça. Elle n'est pas très bien dans sa tête. Vous devriez cesser de la voir. Quand elle s'emballe ou s'énerve trop, elle devient folle. Vous devriez la laisser tranquille, maintenant, par égard pour elle.

De la part de
Charlie Parsons

P.-S. Inutile de vous fatiguer à m'écrire. C'est pas comme le couloir de la mort, ici.

Pendant le petit déjeuner, je suis sur les nerfs parce que je redoute que Démon foute le bordel, mais il prend sa place derrière moi dans la queue, récupère son petit déjeuner et s'assied en face de moi à une table sans faire d'histoire. La plupart du temps, il regarde son assiette, mais par moments, il jette des petits coups d'œil par en dessous dans toute la salle et me pose des questions à voix basse.

– C'est qui, le blond moche avec un œil au beurre noir ?

– On déjeune à quelle heure, le midi ?

– C'est lequel, le mouchard ?

– Il faut voir qui pour avoir des clopes ?

Je réponds du mieux que je peux et je lui explique comment se déroule une journée.

– On se couche à huit heures du soir ? répète Démon. Il y a des jours où je me *lève* à huit heures du soir !

– Tu dois être dans ta cellule à sept heures et demie au plus tard. La plupart des matons finissent leur tour de garde à huit heures et ils sont drôlement énervés si quelqu'un n'est pas dans sa cellule.

Je regrette de ne pas avoir eu quelqu'un pour me

dire à quoi m'attendre et quoi faire, moi aussi. Démon ne connaît pas sa chance.

Pendant le temps partagé, je croyais que Démon allait foutre le camp pour se faire des contacts, mais il reste assis à côté de moi sur le banc et continue à me poser des questions. Toujours à voix basse – c'est nouveau.

– Qui a fait le truc le pire, ici ?

– Est-ce que quelqu'un a essayé de te faire chier ?

– C'est qui le maton le plus dur ?

Je le laisse se débrouiller tout seul un moment pendant que je vais à la boutique de la prison acheter une enveloppe. C'est Frank qui fait le vendeur. Je me demande comment ils s'assurent qu'il ne pique pas tout le fric. Frank me toise des pieds à la tête.

– Il paraît que tu as reçu des lettres, dit-il. D'un mec.

Si les gens d'ici me croient homo, je suis foutu.

– Il sort avec ma mère, j'explique. Mais c'est pas tes oignons.

Je pose mon argent.

– Donne-moi une enveloppe.

– Alors pourquoi il t'écrit ? demande Frank. Et pourquoi tu veux une enveloppe ? Tu lui envoies une lettre d'amour ?

Je ne peux pas le laisser répandre ce genre de ragots. Je tiens à survivre. J'aimerais l'envoyer se faire foutre, mais j'aimerais aussi sortir d'ici en vie, alors je lui montre la lettre.

À ma grande surprise, il la lit tout haut. Il est lent, mais il ne fait pas d'erreurs. Je suis étonné qu'il sache lire.

Il pose l'enveloppe sur le comptoir et je la prends.

– Mais pourquoi tu lui as écrit, au départ?

Je ne trouve pas de mensonge adéquat, alors je lui dis la vérité:

– Il était dans le couloir de la mort en Amérique. Je lui ai écrit parce que je suis pervers.

Frank est fasciné.

– Le couloir de la mort? Cool.

Il se lèche les lèvres.

– Mais pourquoi lui écrire?

J'y réfléchis une minute. Pourquoi je me suis lancé dans cette affaire? Est-ce que c'était parce que je voulais recevoir une lettre d'un véritable assassin? Ou parce que ma vie est tellement barbante que j'avais besoin d'un peu de frissons? Parce qu'il me semblait cool? Parce que je voulais que quelqu'un me réponde?

Je hausse les épaules.

– C'est un assassin. C'est bien d'avoir des amis haut placés. Et puis je voulais savoir comment c'est, le couloir de la mort.

Frank hausse les sourcils. Il y a plein de mecs qui font la queue derrière nous et qui nous écoutent, maintenant, mais je m'en fous.

– Pourquoi, tu as peur de finir là-bas? demande Frank.

Je décide de ne pas répondre, cette fois. Je prends mon enveloppe et je le salue d'un geste.

– À plus, Frank! je lance d'un ton désinvolte. Ah, et dis à ton pote Ronnie de ne pas regarder dans mes affaires, OK? Sinon je dirai à tout le monde que tu fais le mouchard pour les matons.

Il y a des ricanements dans la queue.

– C'est pas mon pote ! proteste vivement Frank.

Je retourne dans ma cellule la tête haute.

Démon y est déjà, je l'entends ronfler depuis le couloir. Il dort encore ? Je n'y crois pas. Je ne savais pas qu'il lui arrivait de dormir, à ce mec-là. Lexi doit être adorable, au lit, avec ses cheveux étalés sur l'oreiller et sa poitrine qui monte et qui redescend, qui monte et qui redescend...

C'est drôle à quel point les enfants d'une même famille peuvent être différents. Comme Lexi et Démon. Lexi va au lycée tous les jours, à ma connaissance. Elle n'a jamais été renvoyée ni exclue d'où que ce soit. C'est sans doute parce que Juby péterait les plombs si elle commençait à déconner. Il est bien trop fier de sa fille. Je suis désolé pour elle. Ça doit pas être marrant d'avoir un rottweiler comme Juby en train de surveiller le moindre de tes mouvements. Cette fille a besoin de sortir et de s'amuser (avec moi, surtout).

Plus tard, pendant la réclusion de l'après-midi, Démon dort et je regarde les mouettes par la fenêtre, quand Francesca vient devant notre cellule.

– Tu as de la visite. Mais dépêche-toi, elle vient seulement d'arriver et l'heure des visites se termine dans quinze minutes.

Moi ? Qui pourrait bien me rendre visite ? Mamie ne viendrait jamais dans un endroit pareil et maman est trop à l'ouest pour y arriver, alors peut-être que c'est Lexi.

Lexi, Lexi, Lexi !

J'arrive !

10.

J'ai envie de courir jusqu'au parloir, mais je ne peux pas parce que Francesca m'escorte. Peut-être qu'ils se sont trompés en disant que c'était pour moi. Est-ce vraiment possible que quelqu'un ait pris la peine de venir me voir ? J'entre au parloir. Tout le monde doit s'asseoir en face de ses visiteurs, à une table. C'est une grande pièce avec des fenêtres immenses et des matons qui montent la garde. Je regarde les rangées de visages, mais je n'en reconnais aucun. Je commence à me sentir bête. Ils ont dû se tromper. Personne n'est là pour moi. Mais ensuite, je la vois, assise à une table à côté du distributeur. Elle ne paraît pas du tout à sa place avec son tailleur bleu et ses talons hauts.

– Tu gobes les mouches ? demande-t-elle.

Elle a l'air mauvais. Et quand je rejoins sa table, elle se lève et me colle une gifle en pleine figure. Le bruit semble résonner dans toute la pièce et une ou deux personnes l'approuvent bruyamment. Tout le monde me regarde. Francesca lève les yeux une seconde, repère mamie et se replonge dans ses fiches. Je suis un peu sous le choc. Elle a tapé fort pour une vieille bique.

– Mon petit-fils, en prison, grommelle-t-elle en se rasseyant. Tu devrais les entendre en parler au club. Quelle honte.

Je pose la main sur ma joue. Je ne pleurerai pas. Non, non, non. Oh là là! je deviens une chochotte. Je n'ai plus qu'à me suicider.

– Moi aussi, ça me fait plaisir de te voir, mamie, dis-je aussi gaiement que je peux.

Mais ma voix se brise. Ça ne m'était plus arrivé depuis des années. (Enfin, au moins un an et demi.)

Et là, Mamie se penche au-dessus de la table, me prend dans ses bras et me serre contre elle. En baissant les yeux, je vois ses cheveux blonds et blancs, tout raides.

– Doucement! dis-je.

Mais je me sens mieux. Je détache ses bras et je m'assieds.

– Les frites, dit mamie. Tu sens les frites.

– Et toi, tu sens le gin, mamie. C'est pas nouveau.

– Insolent!

Et elle me frappe encore, mais cette fois, c'est pour rire et ça ne me brûle pas.

On a retrouvé nos marques, maintenant, notre petite crise émotionnelle est terminée. Je dois avouer que je suis vachement content de la voir. Je croyais qu'elle n'en avait rien à cirer de moi.

– Comment va maman? je demande d'un ton aussi dégagé que possible.

– Elle suit une formation d'enseignante, répond mamie en reniflant avec dédain.

Elle n'a pas mentionné Lenny. Cool! D'un autre côté... une formation d'enseignante? Elle va se faire bouffer toute crue dès les cinq premières minutes. J'avais tort de penser qu'elle allait mieux. Elle est complètement folle.

– Elle va donner des cours à des adultes, précise mamie. Elle enseignera les religions et philosophies orientales ou un truc comme ça.

Je hoche la tête. Ah, d'accord, je comprends mieux.

– Et elle a rencontré quelqu'un, ajoute mamie dans un murmure sonore.

Merde.

– Il s'appelle Henry, dit-elle.

Elle regarde en fronçant les sourcils les deux de la table d'à côté, qui font de la spéléo dans la gorge l'un de l'autre.

– Il a quarante ans et il vient d'arriver des États-Unis, reprend-elle.

C'est lui.

– Ils sont sortis ensemble deux fois, maintenant. Une fois au jardin botanique et une fois au restaurant.

Elle se recoiffe.

– Où est-ce qu'elle fait sa connaissance? je demande innocemment. Par une de ses agences de rencontres?

Mamie hausse les épaules.

– C'est une des choses que j'ignore.

– Qu'est-ce que tu penses de lui?

Elle hausse encore les épaules.

– C'est un homme.

Tout autour de nous, les gens commencent à s'en aller. Mais le mec de la table voisine est toujours en train d'échanger un long baiser baveux avec sa copine. Je parie que c'est pas la seule chose qu'elle lui donne. Il aura de quoi fournir assez de clopes à tout le monde jusqu'à la fin du mois, vu le temps qu'il passe dans la bouche de sa copine.

– Il a été malade, dit mamie. Comme ta mère.

J'ai dû la regarder bizarrement.

– Oh non, pas des problèmes mentaux. Il a eu une maladie qui l'a obligé à rester à l'intérieur pendant des années, parce que sa peau réagissait à la lumière du soleil ou je ne sais quoi. Il est tellement pâle ! On dirait qu'il n'a pas de sang dans les veines.

C'est lui, il n'y a pas de doute.

La cloche sonne. L'heure des visites est officiellement terminée et la salle se vide rapidement. Les visiteurs sont pressés de s'en aller. Je ne peux pas vraiment le leur reprocher.

– Mamie, je lâche, soudain paniqué. Il faut que tu dises la vérité sur lui à maman.

– Quoi ?

Elle se lève et passe son sac sur son épaule.

– J'ai correspondu avec lui. Son vrai nom, c'est Lenny Sherry. Il vient d'être libéré du couloir de la mort.

Les mots sortent à toute vitesse de ma bouche. Les matons arrivent, comme des videurs, pour mettre tout le monde dehors.

– Oh, ne commence pas, Charlie! grommelle mamie en tripotant la fermeture de son sac pour s'assurer qu'il est bien fermé.

– Je ne mens pas. Il a été condamné pour meurtre il y a dix ans. Renseigne-toi. Il a la nationalité britannique, alors il est revenu. Je lui ai écrit pendant qu'il était en prison, et maintenant il m'écrit ici.

– Je sais qu'il a fait de la prison, coupe mamie. De même que toi, ton frère, ton père, tes oncles et ton fichu grand-père. Toute la ville sait que cette famille ne vaut rien, alors c'est pas un grand choc que ta mère soit incapable de se trouver un bonhomme à peu près correct. Elle n'a pas eu de petit ami pendant des années.

Un maton que je ne connais pas s'approche. Il n'a pas l'air amène.

– L'heure des visites est terminée, dit-il.

Il me regarde.

– Dégage.

On ne peut pas discuter avec ces gens-là. Il faut faire ce qu'ils disent. Alors je dois agir vite.

– Mamie, dis à maman d'être prudente.

– Tu devrais bosser pour la télé! raille mamie.

Elle se penche vers moi et me fait une bise sur la joue.

Et c'est fini. On me fait sortir du parloir et on me traîne jusqu'à ma cellule.

Mamie n'entend jamais ce qu'elle ne veut pas entendre.

Démon est toujours allongé dans son lit et ne lève pas les yeux quand je reviens. Il a un problème, ce garçon. On dirait que quelqu'un lui a mis un coup sur la tête.

Je m'approche de la fenêtre et je regarde le ciel. Il y a du soleil, dehors. Des tas de petits bateaux naviguent sur la mer. Si seulement j'étais là-bas, dehors, et pas coincé ici avec Démon et tous ces tarés. Pourquoi ils n'essaient pas leur thérapie sur moi, au lieu de m'enfermer? Rester sans rien faire, ça me fout en l'air. Ça ne me rend pas meilleur.

Je colle la figure contre la fenêtre et je tords le cou; j'arrive tout juste à apercevoir la rue qui passe devant la prison. Je vois mamie; une petite tache bleue qui marche sur le trottoir, vers la rue principale et l'arrêt de bus.

On est une heure plus tard. Bientôt, il sera cinq heures et on nous laissera sortir pour le dîner.

Mon compagnon de cellule et moi, on est allongés sur nos lits et on écoute les bruits de la prison. Démon s'est remis à ronfler. C'est insupportable, ce raffut. Pire qu'une pelle qui racle du béton humide. Quelque part en dessous de nous, quelqu'un hurle. On dirait que c'est l'un des plus âgés. Il pleure et gueule en même temps. Je n'ose pas imaginer ce qui lui arrive. On entend aussi des chasses d'eau, de temps à autre, et des canalisations qui gargouillent. Le chauffage émet des sortes de claquements. J'entends un camion s'arrêter dans la cour en attendant qu'on lui ouvre le portail. C'est un événement, alors je me tourne sur mon lit pour regarder. C'est le camion d'aliments surgelés. Nos repas arrivent comme ça chaque semaine, prêts à être décongelés par les cuisiniers et servis dans nos assiettes. Les pires bruits que je puisse entendre, ici, viennent de la salle des surveillants, qui est juste au-dessus de ma cellule. On entend parfois tous les matons rigoler (pas très souvent), mais en général, ils sont en train de se disputer. Aujourd'hui, il n'y a que deux hommes qui discutent tout bas. Manifestement, ils ne veulent pas qu'on les entende.

Des pas lourds s'approchent dans le couloir. J'essaie de me rappeler ce que j'ai fait de mal récemment. Je ne trouve rien qui justifie une visite des matons en plein milieu de l'après-midi, un jeudi. C'est peut-être parce que ma grand-mère n'est pas partie assez vite, tout à l'heure ? À mon grand soulagement, celui qui marche dépasse ma cellule. Tu vois comme je suis nerveux, ici ? C'est impossible de se détendre.

Je suis allongé sur mon lit, en train de réfléchir, quand j'entends une sorte de grognement, puis un gros bruit sourd au moment où Démon tombe par terre, en donnant des coups de pied et des coups de poing dans le vide. Il s'agite un peu et crie quelques gros mots. Puis il se redresse et me regarde.

« Aïe, je me dis. Démon est revenu. » On dirait que le Démon qui a partagé ma cellule ces deux derniers jours était un genre de fantôme.

Mais c'est fini, ça.

. 11

– Charlie, dit Démon en se levant du plancher.

Il me donne une bourrade amicale dans le ventre et je me plie en deux sur mon matelas.

– Comment on va faire pour sortir d'ici ?

Il tourne dans la pièce en tapant dans les murs et en tirant de toutes ses forces sur les barreaux des fenêtres.

– On peut pas, dis-je, le souffle court.

Je le regarde tournicoter. Il ouvre tous les tiroirs, puis les claque. Il retourne la table d'un coup de pied, tout doucement, pour rire, puis la remet d'aplomb et monte dessus pour examiner le néon. Il donne quelques coups de pied dans la porte, puis il prend sa chaussure et tape sur les tuyaux du chauffage. Tout le monde l'imite, dans le bâtiment, et bientôt, les tuyaux résonnent sans interruption. Puis il se tourne vers moi.

– C'est quoi, ça ?

Il brandit mon dossier de devoirs pour le lycée.

– Rien.

Je descends de mon lit et j'essaie de le lui reprendre, mais il le tient hors de ma portée.

– Démon, trouve autre chose pour t'occuper.

Il ouvre le dossier et sort ma dernière dissert.

– Qu'est-ce que ça dit ? demande-t-il d'un ton impérieux en désignant le titre.

– « Hal était-il un bon roi ? » je réponds à contrecœur.

– C'est quoi cette merde, vieux ?

– Shakespeare. Je vais passer le GCSE.

Démon claque la langue et secoue la tête.

– C'est une perte de temps, les études.

Il lâche le dossier par terre. Je me crispe.

– Ramasse ça, dis-je aussi calmement que possible.

– Sinon quoi ? demande Démon.

Il vient tout près de moi et je sens son haleine, rance à force de trop dormir.

– Sinon je ne serai vraiment pas content, je réponds en prenant une voix BCBG comique.

– Oh, ce ne serait pas tolérable, reprend Démon sur le même ton. Je ne voudrais pas contrarier mon compagnon de chambrée, oh là là !

Il ramasse le dossier et le pose sur la table.

– Il faudra que je trouve le temps de lire un peu de Shakespeare moi aussi, un de ces jours.

Et c'est tout. Le danger est passé. On est bientôt occupés à lancer des vannes méchantes sur Debbie le boudin et à se remémorer notre gueuleton dans le camion. Peu après, on nous laisse sortir pour le dîner.

Ces deux derniers jours, Démon est resté derrière moi dans la queue du réfectoire, mais là, il passe devant pour attraper un plateau. Il ne se retourne pas pour voir où je suis.

– Excusez-moi, mesdemoiselles ! lance-t-il à deux mecs en les doublant.

Je me mords la lèvre. Je sais que ça va mal finir, et bientôt. J'espère seulement qu'il ne m'entraînera pas dans la bagarre. Démon ne supporte pas de rester enfermé où que ce soit trop longtemps. Il devient claustrophobe et se met à taper sur les gens. À l'école primaire, lors d'une de ses rares visites, il a sauté par la fenêtre parce que la maîtresse ne l'a pas cru quand il a dit qu'il avait besoin d'aller aux toilettes.

Heureusement qu'on était au rez-de-chaussée.

Démon parle d'une voix forte au mec qui est à côté de lui ; il déblatère sur les plats, qui ont une sale gueule et qu'il ne donnerait pas à un chien. Je remarque deux matons qui le fixent. Je veux lui rappeler qu'il faut parler doucement et éviter de se faire remarquer, ici, si on ne veut pas avoir d'ennuis, mais je suis trop loin en arrière dans la queue.

Tout le monde le regarde. Comme s'il venait de surgir de nulle part.

Démon prend son repas et va s'asseoir. Quelques minutes après, je le rejoins. Il y a trois autres garçons à la table : mon pseudo-copain Marshall, un maigrichon qui s'appelle Dean, et David, un grand mec pas très vif.

– C'est vraiment dégueu, tout ça, grogne Démon en piquant une motte de purée avec sa fourchette.

Comme je suis habitué à la cuisine de mamie, les repas d'ici ne me posent pas tellement de problème. Je le dis à Démon.

– C'est tout toi, ça, hein Charlie? fait Démon d'une sale voix. Rien ni personne ne te posent problème.

Il y a un silence gêné et tout le monde me regarde.

– Je dois garder mon énergie pour ce qui a de l'importance, je réplique en essayant de parler d'une voix égale.

Mais en vérité, je suis furieux. Qu'est-ce qu'il essaie de dire? Que je suis un lèche-cul, ou quoi?

– Et qu'est-ce qui a de l'importance? demande-t-il.

Je connais la réponse à ça, mais je ne peux pas lui dire. Lexi Juby, voilà ce qui a de l'importance, et souhaiter que Lenny Sherry me laisse tranquille.

– Tu gardes ton énergie pour tes exams, hein? reprend Démon.

David et Dean ricanent. Démon se tourne vers les autres mecs de la table.

– Qu'est-ce que vous dites de ça? L'après-midi, pendant qu'on est enfermés, nous, ce mec a le droit de sortir pour faire ses devoirs.

– Moi aussi, et alors? intervient Marshall.

Je lui jette un regard reconnaissant.

Mais Démon n'est en qu'à l'échauffement.

– Tout ça parce que ces mecs sont des lèche-culs, ils ont le droit de sortir. C'est pas juste.

Il hausse la voix. Je remarque que Ronnie s'approche discrètement de notre table.

– Ferme-la, Démon, je souffle en indiquant le maton d'un geste.

– Il recommence! dit Démon. Un vrai pacifiste. Ils devraient t'envoyer en Irak, mon pote.

– Tout va bien, les garçons ? demande Ronnie.

Tout le monde regarde son assiette, à part Démon, qui répond :

– Non. La bouffe est dégueu.

Le silence se fait dans la salle.

– Je regrette que tu penses ça, dit Ronnie de sa voix douce, menaçante. Maintenant que tu es de corvée de réfectoire, tu pourras peut-être faire des propositions.

– Je ne suis pas de corvée de réfectoire, dit Démon.

– Mais si, insiste Ronnie. Ce qui signifie que tu dois débarrasser toutes les tables, en commençant par la tienne.

Ce n'est pas comme ça que ça se passe, d'habitude, et Démon le sait. En temps normal, on racle nos restes dans la grande poubelle et on empile nos assiettes nous-mêmes.

– Allez, vas-y, dit Ronnie.

Dans la salle, tout le monde se tait et écoute.

– Fais-le, Simon, je lui souffle.

– Non. Je ne suis pas une bonniche, putain !

Le silence devient encore plus total dans la salle – si du moins c'est possible.

J'ai l'impression de regarder deux trains foncer l'un vers l'autre. Démon a horreur qu'on lui donne des ordres. Et il ne revient jamais, jamais sur sa position. Mais il ne connaît pas cet endroit. Il ne sait pas comment ils sont, ces types.

Ses yeux lancent des éclairs. Il est drôlement remonté. Il sait que tout le monde l'écoute et il se croit invincible.

– Je vais compter jusqu'à trois, dit Ronnie. Trois, c'est le chiffre qui vient après un et deux, au cas où tu ne le saurais pas. Si tu n'as pas commencé à débarrasser les assiettes d'ici là, tu vas le regretter.

Démon lui lance une insulte, mais ne bouge pas.

– Un, deux... commence Ronnie.

CLANG !

D'un seul geste, Démon a poussé son plateau par terre, étalant de la purée, de la viande et de la sauce partout. D'un coup de pied, il envoie son plateau à l'autre bout de la salle.

Silence.

Puis quelqu'un se met à l'encourager et plusieurs personnes l'imitent. Au bout d'un moment, on a l'impression que tout le monde l'acclame. Un grand bruit retentit à la table d'à côté. Tom Judd a jeté son repas par terre. Deux autres garçons font pareil. En quelques secondes, c'est le chaos. Tout le monde crie, les matons donnent des coups de sifflet, leurs collègues débarquent en masse par les portes et les haut-parleurs disent à tout le monde de regagner sa cellule, mais quelqu'un s'est mis à lancer de la purée et, bien sûr, on n'a pas beaucoup de retenue, pour la plupart d'entre nous, c'est pour ça qu'on est là, alors qui pourrait résister à une occasion pareille ? Donc tout le monde se met à jeter de la bouffe dans tous les sens en riant et en gueulant. Même moi, je me laisse entraîner et j'arrive à lancer un bout de viande dans la tronche de Tom. Je sais que le contrecoup sera terrible. Mais c'est tout le temps terrible ici. Autant s'amuser un peu pendant que c'est possible, je me dis.

Ensuite, la salle se remplit de matons ; je me fais traîner dehors et entasser dans un coin avec quatre autres détenus. Un grand maton que j'ai déjà vu à Mendip fait sortir notre petit groupe du réfectoire et nous pousse vers le palier de l'étage. Il me jette dans la cellule de quelqu'un d'autre et verrouille la porte derrière moi. Je regarde autour de moi dans la pièce et j'envisage de piquer la barre de chocolat qui traîne sur la table, mais je résiste. Je suis un mec bien, t'as vu ?

Démon est incroyable ; il n'est là que depuis deux jours et, bien qu'il ait passé la majeure partie de son temps à dormir, il a déjà provoqué une émeute. Je me fais un peu de souci pour lui. Ils cherchent à faire craquer les gens, ici. Démon représente un défi intéressant. Je n'ose pas imaginer ce qui lui arrive en ce moment précis.

Au bout d'environ une heure, Francesca ouvre la porte et m'ordonne de retourner dans ma cellule. Je proteste :

– Mais c'est l'heure de la promenade !

– Ne m'énerve pas, dit-elle.

En regagnant ma cellule, je remarque une ambiance particulière dans la prison. C'est pas aussi mort que d'habitude. Des matons que je n'avais jamais vus courent dans tous les sens pour nous ramener à nos cellules. Je crois voir une flaque de vomi que personne n'a nettoyée sur le plancher de la salle de jeux, et il y a une chaussure qui traîne abandonnée dans l'escalier. J'entends Snoopy aboyer quelque part au loin.

J'entre dans ma chambre. Il n'y a personne.

– Où est Démon ? je demande à Francesca, qui me claque la porte au nez.

Les coups déchaînés sur les canalisations font tellement de bruit qu'on se croirait en boîte. Presque.

Même si je suis revenu en territoire familier, je n'arrive pas à me calmer. Je fais les cent pas comme un animal en cage. Je ne sais pas comment ils font pour tenir le coup, les mecs condamnés à perpète. J'en prends note : *si tu assassines quelqu'un, ne te fais jamais piquer.*

Et voilà. Tu vois, ça marche, la prison.

Le sol est recouvert de carrelage peint. Il y a cent cinquante-huit carreaux entre la fenêtre et la porte. Je pourrais les recompter pour vérifier que je ne me suis pas trompé. Les canalisations résonnent toujours et je ne peux pas résister à la tentation de tambouriner sur les miennes pendant une minute ou deux. C'est comme un chant de victoire.

Mais petit à petit, les canalisations se taisent à mesure que les gens abandonnent. À la fin, il ne reste plus qu'une seule personne à taper, bang, bang, bang, bang. Ce n'est plus cool, maintenant. C'est énervant.

– LA FERME !

Visiblement, je ne suis pas le seul à le penser.

Je me plante devant la fenêtre et je fixe l'horloge de la prison pendant vingt-cinq minutes. J'essaie de ne pas trop la regarder. C'est déprimant. Mais aujourd'hui, je n'arrive pas à m'en empêcher. Je suis toujours planté là à me demander si je devrais essayer de dormir quand j'entends quelqu'un approcher sur le palier.

On déverrouille la porte et Démon est guidé dans la pièce.

– Lâchez-moi, grogne-t-il, et il écarte de son épaule la main du maton.

Je ne l'avais jamais vu, celui-là. Il est aussi musclé que l'Incroyable Hulk. Il doit venir d'un autre bâtiment. Mais je ne le regarde pas longtemps parce que je suis trop occupé à observer Démon. Il a la tête qui saigne et un début de contusion énorme sur le bras.

– Je vais vous dénoncer, lance-t-il d'une voix rauque. Je connais mes droits.

– Ici, tu n'as aucun droit, réplique le maton. Demain, on te transfère au Bloc. Tu y serais déjà si on avait de la place.

Il me jette un regard inquiétant et s'en va.

Démon va directement à son lit et s'allonge.

Silence absolu dans la cellule.

J'écoute pour voir si je l'entends respirer, quand il lâche un gros sanglot de fille.

– Merde, dit-il.

Je ne peux pas le lui reprocher. C'est vrai que c'est la honte. Je ne sais pas quoi dire, alors je ne dis rien.

Au bout d'un moment, il se lève et vient regarder par la fenêtre. Je m'écarte pour lui laisser de la place.

On regarde une nuée de matons arriver pour le tour de garde du soir.

– Qu'est-ce qui s'est passé ? je demande.

– Ils se sont jetés sur moi à quatre, dit Démon. Ils étaient tous à me gueuler dessus dans une petite salle, et puis l'un d'entre eux m'a poussé. Je suis tombé et quelqu'un d'autre a dit : « Mince, il a trébuché ! »

Il secoue la tête.

– Après, un type m'a serré le bras super fort en disant que les jeunes comme moi ne font pas long feu ici.

Il lève le bras.

– Regarde le bleu.

– Et ton œil ? Qui t'a fait ça ?

Un sourire s'étire soudain sur sa figure.

– Un mec m'a balancé une assiette pendant la bataille de nourriture. C'est génial, hein ?

Il ne se laisse pas abattre, le Démon.

– J'arrive pas à croire que ces matons m'ont fait ça, reprend-il. Je vais contacter mon avocat à la première occasion.

Je ne peux pas m'empêcher de dire :

– J'ai essayé de te prévenir. Ces gens sont des bêtes. Et Ronnie, faut pas le chercher. Personne n'essaie.

Démon ne dit rien. Je continue :

– Ils sont trop nombreux pour qu'on les attaque.

Je m'attends à recevoir une volée d'injures, à me faire traiter de petit saint et de fayot, mais Démon garde le silence un moment.

Il se rassied sur son lit.

– T'as peut-être raison, dit-il enfin, à ma grande surprise.

Il s'allonge.

– J'ai mal à la tête, dit-il, et il ferme les yeux.

Il est une heure du matin et je suis réveillé. J'écoute Démon respirer. Ça fait un peu comme ça : « PCHIIIIIIIiiiiiiii, PCHIIIIIIIiiiiiiii, PCHIIIIIIIii-iiiiii. »

Il n'y a pas de rideaux dans notre cellule et la lumière de la lune entre à flots. C'est mieux avec les lumières éteintes, ici. Pour une fois, il n'y a pas de bruit dans la prison. D'habitude, il y a toujours quelqu'un qui attaque les canalisations ou qui pousse une gueulante quelque part. Mais pas cette nuit. On dirait que tout le monde dort. Tout le monde sauf moi.

Et peut-être qu'un jour, je reviendrai dans tes rêves.

12.

On est demain. Mardi, pour être précis, même si, dans ce genre d'endroit, peu importe quel jour on est. Il fait très chaud et il ne s'est rien passé depuis quatre heures. Ils nous ont enfermés avant la sortie du matin et j'attends vraiment avec impatience mes deux heures à la bibliothèque cet après-midi, juste pour sortir de cette pièce. Des gens ont tapé sur les tuyaux toute la matinée.

Il fait tellement chaud qu'on est en caleçon, Démon et moi. Il n'y a pas d'air parce qu'on ne peut pas ouvrir les fenêtres. Démon n'a pas ouvert la bouche ce matin, à part pour me demander ce qui se passe quand on est envoyé au Bloc. Par chance, je ne l'ai pas expérimenté personnellement, mais d'après ce que j'ai entendu, on pourrait se croire au Hilton ici par rapport au Bloc. Il n'a pas de nom comme « Mendip », « Cotswold » ou « Quantock ». C'est juste le « Bloc ». Je pense que Démon flippe à cause de ce qu'il s'est pris hier. C'est triste à dire, mais la vie est franchement plus facile quand Démon est calmé. C'est bizarre, on est copains depuis des années, depuis qu'on est petits, mais je ne sais pas quoi lui dire. Je lui en veux de m'avoir cherché des poux devant les autres, hier. C'est pas exactement comme ça que ton soi-disant meilleur pote est supposé se comporter, pas vrai ?

À deux heures de l'après-midi, je rassemble mes dossiers et je cherche un stylo quand Démon lève les yeux depuis son lit.

– Tu retournes à l'école, Charlot ?

– Ouaip. Je parie que tu aimerais bien qu'on te laisse sortir deux heures, toi aussi.

– Pas pour pouvoir lécher le cul des matons, réplique Démon d'une voix dure. Faudrait pas que tu rates tes exams, hein ?

– Oh, va te faire voir ! T'es juste jaloux parce que tu n'auras jamais de diplômes.

Il y a un gros silence. Je regrette d'avoir dit ça.

– Y a pas que les diplômes dans la vie, répond finalement Démon.

Je n'aime pas le ton de sa voix. Il ne me dit rien qui vaille.

– Y a quoi, par exemple ? je demande en trouvant un stylo-bille coincé entre le bureau et le radiateur.

– La liberté, dit Démon. Loin des petits merdeux comme toi.

Je suis content quand on déverrouille la porte et qu'on m'escorte à la bibliothèque. Il y fait plus frais, et c'est un soulagement de m'éloigner de Démon. Je passe une heure sur un examen blanc de maths et une heure super barbante à lire des comptes rendus d'expériences scientifiques.

Quand je retourne dans ma cellule, il fait encore plus chaud qu'avant et je trouve Démon assis à la table, en train de fouiller dans mes affaires.

– Qu'est-ce que tu fais ?

Je lui arrache mon livre d'anglais des mains.

– Je m'ennuie, c'est tout, je regarde, dit Démon.

Il me jette un coup d'œil.

– Tu t'es bien amusé ?

– Pas vraiment.

Je glisse ma copie d'examen de maths dans une enveloppe.

Ça manque tellement d'air, dans cette cellule, que j'arrive à peine à respirer.

– Comment ça va, ça ?

Démon désigne l'endroit où mon doigt manquant devrait être.

– Mal, dis-je, même si je l'ai à peine remarqué ces deux derniers jours.

– C'était vachement marrant, hein ? Ton doigt était là et paf, la minute d'après, je l'avais coupé !

– Hilarant. Je devrais peut-être faire la même chose avec un des tiens pour qu'on puisse rigoler un bon coup.

– Il est en train de pourrir, dit Démon.

– Quoi ?

– Ton doigt.

Il me regarde avec insistance.

– Tu savais que je l'avais, non ?

– Où il est, maintenant ? je demande.

– Chez moi. Je pensais qu'il pourrait m'être utile, si j'avais besoin d'un coup de main un jour... Tu piges ? Un coup de main ?

Il rigole.

« Tout doux, Charlie, je me dis. Ne le laisse pas t'affecter. »

– On dirait une toute petite bite fripée, ajoute Démon. Pas étonnant.

– Je veux le récupérer, dis-je.

J'ai l'air beaucoup plus calme que je ne le suis en réalité. J'ai envie de le tuer.

Démon hausse les épaules.

– Je pensais peut-être le donner à bouffer à un chien ou un truc comme ça.

– T'es malade.

Mes mains se ferment toutes seules, mais je me force à rester calme. Je ne peux pas le laisser m'atteindre.

Sous les yeux rapaces de Démon, je retrouve ma dissert et une fiche d'exercices de sciences que j'ai faites la veille et je les glisse à leur tour dans l'enveloppe.

– Tu as changé, commente Démon en m'observant. Tu ne t'intéressais pas à ces histoires d'exams avant.

Je ne dis rien.

– Si tu crois que tu vas impressionner ma sœur avec tout ça, tu rêves, siffle Démon.

Il se lève du bureau et s'appuie contre le mur.

– Elle te trouve trop moche.

J'hésite. Est-ce que c'est vrai ou est-ce qu'il me fait marcher ?

Démon sort un briquet de sa poche et se met à l'allumer et à l'éteindre.

– C'est à moi, dis-je en reconnaissant le dessin sur le briquet.

Démon tape sur la vitre, entre les barreaux.

– C'est pas du verre, c'est du plastique renforcé. Ça brûlerait.

– Et alors ?

Je pose l'enveloppe sur la table, je grimpe dans mon lit et je me tourne vers le mur. Je suis fatigué. Est-ce que Lexi me trouve vraiment trop moche ? Je ferme les yeux. Encore une heure avant le dîner.

– Et qu'est-ce que tu vas faire avec tous tes diplômes ? demande Démon. Tu vas devenir prof ou un truc comme ça ? Tu crois que ça veut dire que tu seras trop bien pour nous ?

– Ta gueule, je marmonne en regardant le mur.

– Tu te la racontes, dit Démon. Tu vas passer ta vie dans des endroits comme ici. Tu n'iras jamais nulle part.

– Ta gueule !

Il commence à m'énerver. Il faut que je l'ignore. Mais tout ce qu'il dit, secrètement, je le pense. Quelle différence vont faire quelques notes d'examen à ma vie ? Personne n'embauchera jamais un mec avec mes antécédents.

J'entends des froissements de papier.

– Et ça, c'est quoi ?

Démon éclate de rire. Je me retourne et je vois qu'il a dans la main une brochure que Fuller m'a envoyée au sujet des métiers du tourisme. Sur la couverture, il y a la photo d'un employé d'agence de voyages en affreux costume bleu avec une bulle sortant de sa bouche qui dit : « Puis-je vous aider ? »

– C'est ça que tu veux faire ? Oh, Charlie, tu me fais trop pitié !

Démon se tord de rire et agite la brochure sous mon nez.

– C'est juste pour pouvoir mater les filles en bikini que tu veux faire ça.

Je jaillis de mon lit et je lui arrache la brochure. Elle se déchire par le milieu.

– Mince, ironise Démon en voyant la tête que je fais.

Je me redresse.

– Démon, t'es censé être mon pote.

– Plus maintenant que je sais quel crevard tu es, réplique-t-il.

Et il se met à débiter que je suis « passé de l'autre côté », que je suis devenu « trop naze » et que je ferais « bander un flic ».

Je m'énerve de plus en plus, mais si je me bats contre lui, je n'aurai pas le dessus. On le sait tous les deux. Je me rallonge sur mon lit et j'essaie de l'ignorer. Je n'ai pas l'énergie d'en rire comme d'habitude. Je suis trop furieux, trop mort de chaud et trop fatigué. Finalement, Démon la ferme et je m'efforce de me calmer. S'il dit encore un truc, je vais le tuer, je le jure. J'essuie mon front en sueur. Pendant à peu près trois minutes, il n'y a pas de bruit, à part Démon qui joue avec mon briquet.

Puis je sens une odeur de brûlé.

Je reste immobile une seconde ou deux. Démon essaie un nouveau truc pour me faire réagir. Mais quand un nuage de fumée grise s'élève devant ma figure, je suis obligé de me redresser.

– Démon, espèce de naze, qu'est-ce que tu...

Je m'interromps. Démon a mis le feu à un tas de papiers qu'il a fourrés dans l'espace entre les barreaux et la vitre. Des flammes orange lèchent les murs.

Le visage illuminé par les flammes, il fait un sourire de maniaque.

– Je me suis dit que ce serait sympa d'essayer de faire fondre la fenêtre pour qu'on ait un peu d'air ici.

Je reconnais un des papiers qui brûlent : c'est l'enveloppe qui contient tout mon travail.

– Salaud ! je hurle, et je saute de mon lit.

Je tire sur les papiers enflammés. Ma copie d'examen de maths et tous mes cahiers en feu tombent par terre.

Ça y est, il a dépassé les bornes. Je lui balance un coup de poing dans la tempe et je le mets par terre. Il se relève, super vite, mais je me tiens prêt. Il le cherchait depuis longtemps. Il fonce vers moi et on pourrait croire qu'on se fait un câlin, sauf qu'on se donne des coups de pied en même temps. Heureusement pour moi, Démon n'a pas de chaussures et, quand il lève le genou pour me frapper dans les couilles, je recule et il rate, mais il arrive à me mettre un énorme coup dans le ventre. Je hoquette, le souffle coupé, quand la sirène tonitruante du détecteur de fumée se déclenche au-dessus de nos têtes.

J'entends crier, dehors :

– AU FEU, AU FEU!

Je m'en fous, du feu. Tout ce qui m'intéresse, en cet instant précis, c'est de tuer Simon Juby.

Je m'apprête à l'attaquer de nouveau quand il soulève la chaise.

– Viens, viens, susurre-t-il.

Je fonce vers lui et je reçois la chaise sur la tête. À ma grande surprise, ça ne me fait pas mal. Ça me rend juste encore plus furieux.

J'ai un œil qui ne voit plus très bien et la pièce se remplit de fumée, mais le feu s'étouffe.

Je balance un coup de poing, je rate et je finis étalé sur la table. Démon rigole et me pousse d'un coup de pied. Je suis allongé par terre et il est debout au-dessus de moi.

– T'as perdu, dit-il calmement.

Je me lève d'un bond et je lui mets un coup de tête dans le menton. Il s'étale. Je me sens trop bien, même si la fumée me fait tousser. Il est par terre et, si j'étais un tout petit peu comme lui, je l'éclaterais avec la chaise. Mais je ne suis pas comme lui. Je suis Charlie Parsons. En cet instant précis, je le hais. Mais je ne m'abaisserai pas à son niveau.

On s'apprête à se sauter dessus une fois de plus quand la porte s'ouvre à la volée. Ronnie nous jette un coup d'œil et donne un coup de sifflet.

Il entre en agitant sa batte.

Trois heures plus tard. Je suis dans une autre cellule, tout seul. Ma lèvre vient seulement d'arrêter de saigner. J'ai mal à la tête. On ne m'a rien donné à manger. Cette bagarre va être signalée dans mon dossier. Je vais rester coincé ici pour l'éternité et finir aussi dingue que ma mère.

Et peut-être qu'un jour, je reviendrai dans tes rêves.
Et peut-être qu'un jour, je reviendrai dans tes rêves.
Dans tes rêves.
Dans tes rêves.

. 13

Je serai sorti dans à peu près trois heures ! Sorti ! Dehors ! Libre ! Tout s'est débloqué hier. J'étais allongé sur mon lit en train d'admirer mes nouveaux bleus, quand Francesca est entrée pour me dire que le tribunal pour enfants avait eu une annulation et qu'ils voulaient me voir à trois heures cet après-midi-là. Je n'ai pas eu le temps de stresser, parce qu'on m'a envoyé prendre une douche, servi un déjeuner plus tôt que d'habitude et poussé dans la voiture d'escorte avant que j'aie eu le temps de comprendre ce qui m'arrivait. Je portais un T-shirt à manches longues, malgré la chaleur, pour cacher les souvenirs que Démon m'a laissés. Au tribunal, j'ai fait ma tête d'innocent devant le juge et, en bref, ils me libèrent cet après-midi pour que je puisse retourner au lycée ! Je savais bien que ça servait à quelque chose, les études. Quand ç'a été mon tour, Mindy, mon assistante sociale, a dit que je faisais *des efforts de présence*, qu'il fallait me laisser continuer à aller au lycée *pour favori-*

ser ma stabilité et que la meilleure solution pour mon développement personnel serait que je puisse *réintégrer immédiatement mon environnement scolaire et familial*.

Elle parle toujours comme ça.

J'ai des doutes sur la qualité de mon environnement familial et j'ai récolté des travaux d'intérêt public, mais peu importe. Je sors d'ici ! Ce que j'aimerais voir la tête de Démon quand il apprendra que c'est grâce à mon travail scolaire qu'on me laisse sortir ! Il paraît qu'il a été envoyé au Bloc. Je suis fâché contre lui, mais je ne souhaiterais ça à personne.

Me voilà de retour dans la salle d'attente. J'ai l'impression d'être arrivé il y a des siècles, mais c'était il y a seulement cinq semaines. Tout est pareil ; l'affiche contre le harcèlement, l'odeur, les chaises cassées, le chewing-gum collé sur la moquette. Je dois attendre qu'ils fassent les paperasses puis, d'après ce qu'on m'a dit, maman viendra me chercher. Je porte mes vêtements à moi. Mes baskets sont hyper confortables et mon T-shirt est sympa, large et doux. Je mets ma casquette mais ça me fait un peu bizarre, alors je l'enlève. J'achèterai peut-être de nouvelles fringues, cet après-midi. Je ne tiens pas en place, je n'arrête pas de m'agiter et de faire l'imbécile. Je meurs d'impatience de sortir d'ici. Je n'ai qu'une envie : enfoncer les murs et courir, courir le plus loin possible. C'est insupportable, toute cette attente. Je tortille ma casquette entre mes doigts.

Dépêchez-vous !

Mais je sais que je vais sans doute devoir attendre trois plombes. J'y suis préparé. J'ai piqué un livre à la bibliothèque (*Rue de la Crise*) et j'ai une cannette de coca et un friand oignons-fromage. (Je suis trop nerveux pour le manger.) Mais j'ai à peine ouvert la cannette quand le mec vient me dire que je peux partir.

Je passe devant la réception en marchant tranquillement et je retrouve ma mère qui m'attend, bronzée, avec un grand sourire. Je n'arrive pas à croire qu'elle ait carrément réussi à se ramener jusqu'ici.

Je me sens trop bien.

– Bonjour.

Elle me tapote l'épaule. Je suis tellement content de sortir que je me penche vers elle et que je lui fais une bise.

– Bien, merci, dit maman sans me regarder dans les yeux. Viens, allons-y.

Elle paraît tendue. Cette expédition, c'est une grosse affaire pour elle.

Le gardien appuie sur un bouton et les portes s'ouvrent toutes seules. Je sors en vitesse avant que quelqu'un ne change d'avis. Je pose le pied dehors, en zone libre. Il fait plus chaud que dedans. Je lève les yeux vers le ciel gris, je regarde les mouettes et je jure de ne jamais revenir.

Maman s'éloigne vers le parking.

– L'arrêt de bus est par là ! je lance en désignant la direction opposée.

– On a un chauffeur, dit-elle. Je ne pouvais pas faire tout ce trajet en bus.

C'est sans doute Michael; je vais devoir partager la banquette arrière avec une tonne de légumes. Mais maman s'arrête à côté d'une Escort noire. Je ne la reconnais pas. Peut-être que c'est M. Fuller qui est venu me chercher. Il s'est montré plein de surprises récemment.

Mais un grand type d'une maigreur angoissante sort de la voiture. Il me fixe sous ses paupières à demi fermées. Je ne suis pas dans un trip New Age ni quoi que ce soit, mais je sens tout de suite les mauvaises vibrations qui émanent de lui. Comme des ondes de choc qui déferlent sur moi. C'est *lui*. Je le sais. Et il a un visage… chaipas, vide. Finie la bonne humeur. J'ai l'impression que j'ai pris un coup de pied dans le ventre et que les portes se referment en claquant autour de moi.

– Charlie, je te présente Lenny Sherry.

Au moins elle connaît son vrai nom, maintenant.

– Cette voiture est à lui.

Elle le dit comme si c'était impressionnant.

Lenny lui chuchote quelque chose. Je lève les yeux et je vois des silhouettes qui se découpent derrière les fenêtres de la prison.

On se toise, lui et moi. Maman déblatère au sujet de la circulation et de l'itinéraire, mais aucun de nous deux ne l'écoute vraiment.

C'est le genre d'homme qu'on remarquerait même sans le connaître. Pour commencer, il est tellement pâle qu'il a l'air à moitié mort. Un peu comme quand j'ai froid et que le sang quitte mes doigts; ils deviennent tout blancs, maigres et fripés. Ce type est comme ça partout. Et il est vachement grand. C'en est flippant. Mais tellement maigre. Avec la ceinture qu'il porte, sa taille paraît plus fine que celle de Lexi Juby. Mais ce sont ses yeux qui me marquent le plus. Ils vous regardent fixement, sans ciller, comme ceux d'une sorte de reptile. Je sais que c'est pas très gentil de dire ça, mais ce type est franchement hideux. Bon sang ce que ma mère a mauvais goût. Mon père n'était déjà pas exactement canon, il picolait depuis trop longtemps pour être beau, mais à côté de Lenny Sherry, c'était un top model.

– V-Voici donc le footballeur légendaire...

Lenny a une voix douce, presque un murmure, et bégaie légèrement.

– Je vois que tu n'as pas pu continuer la musculation pendant que tu étais en prison. Et j'espère que ça ne réduira pas tes chances d'entrer à la fac de m-médecine.

Sans réfléchir, je me tourne vers ma mère.

– Je vais prendre le bus.

Son visage se décompose.

– Charlie, ne fais pas d'histoires.

– Désolé qu'on ne soit pas venus avec la Jaguar, lance Lenny.

Je les plante tous les deux dans le parking de la prison. Je ne peux pas gérer ça.

Je suis à l'arrêt de bus. Ça fait vingt minutes. Je le sais parce que j'entends sonner la foutue horloge de la prison. Je ne veux vraiment, vraiment pas entendre ce bruit. Il s'est mis à pleuvoir, j'ai besoin de pisser, j'ai faim et il n'y a pas de bus, putain. Mais je me suis un peu détendu.

Une voiture s'arrête devant moi et on baisse la vitre. Une odeur de frites dérive sous mon nez et je commence à saliver.

Ma mère se penche par la fenêtre du côté passager.

– Allez, Charlie, gros bêta, monte ! On t'a acheté des frites et elles sont en train de refroidir.

Elles sentent trop bon. Je n'ai rien mangé de correct depuis des semaines. Tout d'un coup, ça me paraît absurde d'être dehors sous la pluie.

– Il n'y a pas de sécurité enfant ? je demande, et ils rigolent tous les deux.

Je monte à l'arrière, en gardant un œil prudent sur Lenny. Maman me tend un cornet en papier plein de grosses frites dorées et je m'empiffre. Oh, putain, des frites !

La bouche pleine, je marmonne :

– Ketchup ?

Maman me tend un sachet.

Je le vide dans le cornet et j'y trempe une frite dodue. C'est le meilleur truc que j'aie mangé de ma vie. Je lève les yeux par hasard et je surprends Lenny en train de m'observer dans son rétroviseur. Ses paupières couvrent presque entièrement ses yeux, alors je n'aperçois que l'éclat de lumière de ses pupilles. Je flippe tellement que je me fige, une frite en l'air devant la bouche.

Maman se retourne sur son siège pour me regarder.

– Ne t'inquiète pas. Lenny m'a expliqué tous ses ennuis et pourquoi il a dû se servir d'un autre nom.

Et devine quoi ! Figure-toi qu'il allait au lycée de Bexton ! Mais il est parti avant que j'arrive.

Je ne dis rien, je regarde obstinément par la fenêtre jusqu'à ce que ma mère se retourne. Quand elle était malade, elle croyait que tout le monde voulait l'attaquer, la dévaliser, la violer, la tabasser. Et maintenant qu'elle va mieux, elle sort avec un type qui a peut-être vraiment assassiné un gamin dans la vraie vie et elle dit qu'il n'y a pas de problème.

J'ai toujours eu le sentiment que je devais protéger ma mère – contre les services sociaux, contre mamie et même contre papa, il y a des années. Je parie que je sortais à quatre pattes avec ma couche pour lui hurler dessus pendant qu'il la cognait. Elle est délicate. Les relations avec les hommes, c'est pas son truc, voilà tout, et j'en suis ravi. Je ne veux pas qu'un autre loser comme mon père traîne à la maison. Elle n'a vraiment pas besoin de Lenny Sherry, et moi non plus. Il a la nuque pâle et ridée comme celle d'un vieux. Avec de vilains petits boutons violets un peu comme des verrues partout sur la peau. Quelques cheveux hirsutes pendent à l'arrière de sa tête. Il a l'air d'un zombie, putain.

– Mets ta ceinture, dit Lenny. Je ne voudrais pas que tu me tues par inadvertance. Même si, dans tes lettres, tu disais que tu as souvent des envies de m-m-meurtre.

– C'est vrai, Charlie ? demande maman. Et tu voudrais tuer qui ? Mamie, je parie.

Je l'ignore et je continue à m'empiffrer. Lenny a-t-il fait tout ce chemin juste pour me faire chier à propos de mes lettres? J'essaie de me rappeler quels autres mensonges j'ai écrits.

– Mamie est en train de faire un gâteau. Alors garde-toi de la place.

Mamie. Elle remettrait maman dans le droit chemin, elle.

– Ta progéniture semble avoir p-p-peur de moi, dit Lenny.

Il a l'air content. Qu'est-ce que ça peut bien vouloir dire, bon sang, « progéniture »? C'est un truc de fou de Dieu?

– Il n'est pas comme ça, d'habitude, répond maman d'un ton désolé. Il vient de sortir de prison, après tout. C'est un gentil garçon, en vérité.

Pourquoi elle me cherche des excuses? C'est lui qui a un squelette (d'adolescent) dans son placard. Je termine mes frites, baisse ma vitre et jette le cornet par la fenêtre. Puis je rote.

– Charlie! dit maman d'une voix un peu rieuse qui signifie aussi « gros dégoûtant ». Ne fais pas ça!

– C'est pas sympa, commente Lenny, mais c'est biodégradable. Comme lui.

C'est un message codé, ça? Est-ce qu'il va me jeter par la fenêtre et me laisser pourrir au bord de la route?

– Sauf ses baskets, réplique maman d'un ton songeur. Pas avec la quantité de plastique qu'il y a dedans...

– Maman, s'il te plaît... On peut changer de sujet?

– Et je pense que tout le gel qu'il a mis préserverait ses cheveux, continue-t-elle en jetant un coup d'œil à Lenny pour vérifier qu'il l'écoute.

– Maman, tais-toi !

Tous deux ricanent comme si c'était la conversation la plus hilarante du monde.

Je ne dis plus un mot jusqu'à ce qu'on arrive à la maison. Mais maman ne s'en rend pas compte. Elle est trop occupée à papoter avec Lenny à propos d'une fête à sa fac. Elle a la voix plus aiguë et plus fluette que d'habitude et, chaque fois qu'il dit quelque chose, elle lâche un rire hyper énervant et lui touche le bras. Elle est tellement transparente que c'en est gênant. Peut-être qu'elle va le faire fuir à force d'être trop demandeuse.

– C'est une drôle de sensation d'être remis en liberté, commente Lenny.

– Oh, je pense que je vais m'habituer, je réponds.

– Non, tu ne t'habitueras pas. Une fois que tu t'es fait d-d-dépouiller de ta liberté, tu n'es plus jamais le même. Mais la question est plutôt : as-tu compris la leçon ?

Je suis tenté de l'envoyer se faire foutre, mais par égard pour ma mère, je me contente de me taire, de croiser les bras et de regarder par la fenêtre, en m'efforçant de bien montrer que je ne suis pas d'humeur à discuter. Je ne comprends pas pourquoi Lenny s'intéresse à ma mère. Elle n'est pas particulièrement jolie et elle n'est pas franchement fute-fute. Et lui, il parle comme un type qui a lu trop de livres. Il n'est pas de notre genre.

Le lotissement paraît plus froid et plus miteux que dans mon souvenir. Il y a des tonnes de saloperies qui traînent dans les caniveaux et des graffitis sur tous les murs. L'herbe est truffée de crottes et les trottoirs sont couverts d'ordures qui volettent. Chaque boutique a un store en métal. Je regarde tous les petits gosses qui traînent dehors sur leurs vélos. Ils devraient être rentrés, à cette heure-ci. Le monde est un endroit dangereux.

On se gare devant chez nous.

J'ai une sensation bizarre en voyant les fleurs en plastique de mamie sur le rebord de la fenêtre de la cuisine. Elle en achète des nouvelles chaque année pendant les soldes de janvier et elle porte les anciennes au cimetière. Elle les met sur la tombe de Selby, mon grand frère, et elle remporte les vieilles fleurs moisies. La tombe de papy n'est pas loin et, un jour, j'ai demandé à mamie pourquoi elle ne lui donnait pas de fleurs, à lui. Elle a répondu : « Il n'en mérite pas, ce vieux salaud. »

Je vais voir la tombe de mon frère pour bavarder, de temps en temps. Pourtant, je ne l'ai pas vraiment connu. J'ai une photo de nous trois – Selby me tient dans ses bras, je suis encore un bébé, et Stephen est assis à côté de nous. On a l'air de trois gamins normaux.

Dire qu'on prétend qu'un appareil photo ne ment jamais.

Je prends mon sac et je sors de la voiture en claquant la portière, sans rien dire à Lenny.

– Merci, Len, dit maman, et elle lui pose une bise sur la joue. Désolée pour Charlie.

– Je n'entrerai pas, annonce-t-il, à mon grand soulagement.

Il ne lui rend pas sa bise.

Pas envie de rester pour toutes ces effusions, alors je laisse les tourtereaux à leurs affaires et j'entre dans la maison.

Mamie attend dans l'entrée, les mains sur les hanches.

– Mamie ! je lance. Les pompiers sont repartis, alors ?

– Quoi ?

Elle a sursauté, l'air surprise.

– Maman m'a dit que tu faisais un gâteau.

– Petit insolent ! jette mamie en s'approchant pour me serrer dans ses bras.

Maman est plantée derrière nous. Je me demande si elle pense qu'elle aurait dû me serrer dans ses bras, elle aussi.

– J'ai préparé le dîner, annonce mamie en s'écartant. Poisson pané et gaufres.

– Mais on a tous mangé des frites, déjà, proteste maman.

Mamie plisse les lèvres.

– C'est comme ça que tu me remercies ? J'use mes dernières forces pour vous, et c'est comme ça que tu me traites...

Et la voilà repartie. Elle tourmente ma mère et l'accable de reproches comme si je n'étais pas là.

Maman soupire.

– J'aimerais bien que tu me laisses tranquille.

– Et voilà comment ma propre fille me parle ! siffle mamie. Ma fille, que j'ai mise au monde.

Elle me regarde.

– Cinquante heures que ça a duré pour elle, l'accouchement, tu sais.

– Avec toi, je ne risque pas de l'oublier, grogne maman.

Je file à l'étage et je regarde derrière les rideaux en voilage de la fenêtre du palier. Lenny est toujours là, assis dans sa voiture. Je vois ses longs doigts blancs sur le volant. C'est très facile de les imaginer autour de la gorge d'un jeune. En train de le maintenir sous l'eau, de se resserrer et de le pousser plus bas, toujours plus bas. Quand Lenny sort la main par la fenêtre et me fait un signe, je sursaute. Je lâche les rideaux et je recule aussitôt, comme s'il avait une mitraillette. La voiture s'éloigne. Je la regarde jusqu'à ce qu'elle disparaisse.

Je vais dans ma chambre.

Mamie y a fait le ménage! Toutes les fringues ont été lavées et rangées. Elle a recollé le poster de Manchester United qui tombait du mur, passé l'aspirateur sur la moquette et rangé toutes mes affaires sur les étagères. C'est trop clean pour moi, ça me rappelle la prison. J'ai envie d'arracher l'affiche et de jeter les trucs par terre pour remettre un peu de bordel dans ma vie, mais je n'ai pas le courage. Je m'allonge de côté sur mon lit. Mon réveil numérique m'indique l'heure en grands chiffres verts. Vingt heures quarante-six.

Je me retourne, en essayant de chasser de mon esprit le visage de Lenny.

Et peut-être qu'un jour, je reviendrai dans tes rêves.

Ce soir-là, quand mamie est partie à son club, je décide de toucher un mot à maman au sujet de Lenny.

Elle est debout devant le miroir du couloir, en train d'examiner ses cheveux. Elle porte un énorme collier dont chaque perle est d'une couleur différente. Ma mère s'habille comme une hippie. Elle devrait aller s'acheter des fringues correctes chez New Look.

– J'ai un cheveu gris.

Elle trifouille ses cheveux.

– Je l'ai perdu. Aide-moi à le retrouver, Charlie.

– Non.

Je reste où je suis, c'est-à-dire assis sur la dernière marche.

– Tu ne peux pas refuser, insiste-t-elle, c'est à cause de toi qu'il est là.

Je ne dis rien.

– Je me suis fait tellement de souci pour toi que ça a tué les cellules qui contrôlent la pigmentation de mes cheveux.

Ah ouais ? Alors c'est pour ça que tu m'as rendu visite en prison chaque fois que tu l'as pu ?

– J'te tiens !

Mais toute une poignée de cheveux se retrouve dans sa main.

– Fais pas ça, je dis. T'es bien mieux avec des cheveux, même s'il y en a des gris.

Je ne voudrais pas qu'elle recommence à se raser la tête. Elle l'a fait pendant des années et c'était horrible à voir.

– Je vieillis ! gémit ma mère.

– Moi aussi.

Je n'aime pas ça. Ce genre de comportement me

rappelle ses plus mauvaises périodes. J'espère qu'elle ne va pas refaire une crise.

– Je m'en sortirais très bien, tu sais, si je vivais toute seule, dit-elle. Si je n'avais pas tous ces soucis à cause de toi et de ta grand-mère, qui me gâche la vie.

– Pourquoi tu ne t'en vas pas, dans ce cas ? je demande.

Mais maman se contente de secouer la tête.

Une tonne de sonnettes d'alarme carillonnent dans ma tête ; maman n'aime pas les conflits, mais je ne peux pas rater cette occasion.

– Maman, pourquoi tu sors avec Lenny ? Tu sais de quoi il a été accusé.

– Il est innocent. Toi, en revanche, tu es un voleur. C'est toi que je devrais laisser tomber.

– Maman, tu peux faire mieux.

– Il est gentil avec moi. Et puis il n'a pas été accusé d'assassiner des femmes.

Oh là là ! Elle craque à fond pour lui. Et je n'arrive pas à me débarrasser de l'impression qu'elle aime bien qu'il ait un passé trouble.

– Il a été condamné pour meurtre, je lui rappelle.

– Mais si les tribunaux des États-Unis d'Amérique pensent qu'il est innocent, pourquoi tu ne peux pas le croire aussi, toi ?

« Parce que c'est pas les tribunaux des États-Unis d'Amérique qui sortent avec ma mère », me dis-je intérieurement.

– S'il est tellement innocent, pourquoi tu n'as pas parlé de lui à tout le monde ?

– Les gens sont comme toi, par ici. Ils ont des réactions exagérées. Et de toute façon, ajoute-t-elle, ça ne te regarde pas.

– Mais si ! C'est ma faute s'il est ici.

– Fais-moi confiance, dit maman. C'est un type bien.

Et elle fait des yeux de merlan frit.

C'est ma mère qui parle, là. Ma mère qui, il y a deux ans, hurlait à faire s'écrouler la maison à la vue d'un homme en uniforme. (Le facteur a fini par s'y habituer.) Ma mère qui ne mangeait rien de jaune (bananes, pâtes, chips, pommes de terre, frites, maïs, etc.) parce que ça « volait la couleur du soleil » et qu'on allait « tous mourir de froid, parce que le soleil se viderait de son énergie » ; elle le savait parce qu'elle avait « failli passer l'option physique au bac ».

Vous voyez ce que je veux dire ? Elle est maboule.

– Bon sang, laisse-moi une chance d'être heureuse, reprend-elle. Ne fiche pas tout en l'air.

Je monte à l'étage et je m'allonge sur mon lit. Je n'arrive pas à piger cette affaire avec Lenny. Une petite voix dans ma tête me dit : Charlie, il a été remis en liberté. Peut-être qu'il est vraiment innocent, fous-lui la paix. Tu imagines comment tu te sentirais si tu avais été accusé d'un crime que tu n'as pas commis et que tu avais failli payer le prix ultime pour ça, et qu'ensuite un abruti dans mon genre se foutait de ta gueule ? Mais il m'a vraiment fait une mauvaise impression, hier. Rien ne m'a plu chez lui. J'ai du mal à mettre le doigt dessus. Il n'est pas dur et baraqué comme Juby le Tueur, ni déjanté comme Démon. Mais il a quelque chose d'anormal. Et j'ai du mal à comprendre pourquoi il s'intéresse à ma mère. J'ai un peu peur qu'il ait autre chose en tête. Mais je ne sais pas quoi.

TROISIÈME PARTIE

14.

Le lendemain matin, je reste au lit trois plombes avant de trouver l'énergie de faire face aux autres. Je me suis réveillé à sept heures parce que c'est à cette heure-là que le réveil était réglé à Bevanport. À huit heures, je les imagine tous en train de faire la queue pour le petit déjeuner. Je me demande comment Démon s'en sort au Bloc. J'examine mon doigt et je pense à ce que Démon m'a dit en prison. Que mon doigt est en train de pourrir et qu'il le donnera peut-être à manger à un chien. C'est *mon* doigt et je veux le récupérer. Tant que c'est Démon qui l'a, j'ai l'impression qu'il a un pouvoir sur moi.

Quand je descends, tout le monde est sorti. Sur le comptoir, il y a un petit mot tracé de l'écriture toute penchée de mamie.

Je suis chez Dolores ; ta mère est à la fac. Retour à l'heure du déjeuner. Ne mets pas le bazar dans la cuisine. Gâteau dans la boîte. Ne mange pas tout.

Après le petit déjeuner (je mange cinq tartines grillées, juste parce que c'est possible), j'enveloppe une tranche du gâteau de mamie (bananes et noix, fait maison mais comestible) dans de l'essuie-tout, je le fourre dans ma poche et je sors. Il fait super beau. Je me dirige vers le canal, mais quand j'arrive sur le pont, je suis pris de trac et je repars vers les jardins communaux. Peut-être que je ne suis pas encore prêt à voir tout le monde. Et de toute façon, c'est un jour de classe. Je me faufile par le trou dans le grillage pour entrer dans le jardin. Il ne reste plus qu'une dizaine de parcelles parce qu'un énorme immeuble en construction occupe le site. Il y a des tas de camions-benne et de pelleteuses, et deux immenses grues qui s'élèvent super haut dans le ciel. Toutes les parcelles qui restent sont abandonnées et envahies de mauvaises herbes, sauf une.

Je trouve Michael, le mari de Dolores, assis sur sa chaise en train de boire une tasse de thé.

– Vous travaillez dur, Michael ?

Je l'ai fait sursauter. Il s'est renversé du thé sur la main.

– Regarde-moi ça, marmonne-t-il en désignant le chantier d'un geste vague. C'était mon havre, ici, avant. Et maintenant regarde. Ils ont tout fichu en l'air. Le conseil municipal nous a vendus.

Ce qui est intéressant chez Michael, c'est qu'il ne dit pas un mot quand on le rencontre dans la rue ou quand Dolores l'amène chez mamie. Il émet des grognements, comme un ado. Mais quand il est dans son jardin, c'est un autre homme. C'est pas exactement un moulin à paroles, mais il parle. Sa parcelle, c'est comme un autre monde. Il fait pousser des bambous qui ont plein de feuilles, et des fleurs rouges. Il y a des tas de papillons blancs qui volettent autour. Il a planté de longues rangées de légumes et ses fleurs sont beaucoup plus belles que celles de mamie.

– Le paradis, hein ? dit Michael. Le seul truc avec le paradis, c'est qu'il est trop proche de l'enfer à mon goût.

Il désigne le chantier voisin d'un geste du menton.

Je suis d'accord. Je n'ai jamais été fana de mécano et ce genre de trucs. Il suffit d'un coup d'œil à ces pauvres types qui se gèlent les miches ou qui crèvent de chaud pendant qu'ils attaquent les routes au marteau-piqueur pour voir que c'est dur, de bosser dans le BTP.

– Il vous reste combien de temps avant d'être expulsé d'ici ?

Michael soupire.

– En principe, ça devait être six semaines, assez de temps pour que tous les fruits mûrissent, mais ça pourrait être plus, finalement. Ils n'avancent pas. L'entrepreneur est en conflit avec le promoteur. Personne n'a travaillé sur ce chantier depuis plus d'une semaine. Ça me donne un peu de répit. Tous mes voisins ont abandonné...

Il montre du doigt les parcelles envahies par la végétation.

– ... mais moi, j'ai toujours été celui qui se battait pour la bonne cause.

Il me regarde.

– Tu n'aurais pas été en prison, toi, jeune homme ?

– Ouaip, je réponds avec un air un peu fanfaron.

Je déniche un gobelet en métal sur l'étagère, dans son abri de jardin, et je me sers un thé.

– Quelle honte, dit Michael.

Il boit une gorgée de thé et me regarde. Je m'attends à ce qu'il me fasse un sermon sur le gaspillage de l'argent du contribuable ou je ne sais quoi, mais il dit :

– Les abeilles m'inquiètent. Je crois qu'elles mijotent quelque chose. C'est la chaleur. La température a monté trop subitement.

Je m'assieds sur un seau retourné pour boire mon thé. C'est vrai qu'il semble y avoir plus d'abeilles que d'habitude à voleter autour de nous. Mais je ne saurais pas le dire. Depuis mon séjour en prison, on dirait que j'ai perdu mes repères sur ce qui est normal. Je regarde les rangées de légumes bien droites. Michael a planté des tuteurs, des treillis, des armatures et toutes sortes de trucs partout. C'est comme si c'était son petit chantier à lui. Je lui tends la part de gâteau en miettes que j'avais dans la poche de ma veste.

– C'est ta grand-mère qui l'a fait ? demande-t-il avec méfiance.

Je hausse les épaules.

– Je vais peut-être te le laisser.

Il me le rend.

Ma montre sonne. Il est deux heures. Tous les jeunes sont en train de retourner en classe après le déjeuner. Démon, lui, doit être enfermé à double tour dans le Bloc.

Une idée commence à germer dans ma petite tête.

– Content de te retrouver parmi nous, mon grand, me dit Michael.

Je vais chez le marchand de journaux pour acheter une barre de chocolat et du coca. Je vais avoir besoin d'énergie. La radio passe une chanson d'une fille qui répète à quel point elle se trouve cool, et je remarque un pot de baguettes magiques pailletées sur le comptoir. Maman adorerait ça.

Je pousse trois cannettes de coca et mon Mars vers la femme qui est derrière la caisse.

Avec Démon, quand ça nous emmerdait trop d'aller en classe le vendredi, on traînait chez lui. Parce que Juby, réglé comme du papier à musique, est toujours absent le vendredi, que ce soit pour livrer ses voitures ou cambrioler un manoir ou toute autre chose qu'il fait pour gagner sa vie. Il ne revient jamais avant la nuit. Alors quand ça nous tuait trop d'aller en cours le vendredi, Démon et moi, on se chopait des cannettes dans le frigo et on jouait avec la Xbox toute la journée, ou bien on regardait un des films porno de Juby – il ne prend pas la peine de les cacher. Le vendredi, c'était plutôt chouette.

Je siffle du coca et je caresse mon moignon avec le pouce en m'approchant de la maison des Juby. C'est le meilleur moment pour récupérer mon doigt. Démon a toujours eu une fascination malsaine pour le sang, les tripes et tout ça. Il s'arrête pour tripoter les bestioles écrasées sur la route, c'est te dire le genre de mec qu'il est. Il regarde tous les feuilletons qui se passent à l'hôpital et toutes les opérations montrées à la télé. C'était son idée, le jeu du couteau. Je le soupçonne d'avoir essayé d'empailler mon doigt, ou de le disséquer ou quelque chose du même ordre. Je ne sais pas pourquoi je tiens tellement à le récupérer, mais c'est un fait. Peut-être que si on ne s'était pas fâchés, Démon et moi, ça m'embêterait moins. Peut-être que j'ai peur qu'il me fasse des trucs vaudous ou je ne sais quoi. Bref, je vais entrer et ressortir, j'aurai fini en une demi-heure. Si je ne le trouve pas facilement, je partirai, tout simplement. Il n'y a pas de mal à jeter un rapide coup d'œil, si ? Je sais comment entrer dans la maison des Juby. Il faut passer par-derrière, prendre la clé sous la dalle descellée de la terrasse et entrer par la porte de la cuisine. On a fait ça des milliers de fois, avec Démon.

Je traîne dans la rue en attendant que tout le monde ait disparu. Je scrute les maisons pour vérifier que personne ne soulève ses rideaux pour m'espionner. Je ne voudrais pas qu'on raconte que Charlie Parsons a été vu en train de s'introduire en douce dans la maison des Juby. Je n'arrive pas à finir la dernière cannette de coca, alors je la laisse debout sur le trottoir. Après deux cannettes et demie, je pète le feu et je suis surexcité. « Tu peux le faire », je me dis. Dès que la rue est déserte, je me glisse dans le passage bétonné, je marche sur la pointe des pieds et je file dans le jardin de derrière. Quand je dis « jardin », je devrais dire « parking », parce que Juby l'a entièrement bétonné. Il n'y a pas grand-chose dedans, à part un vieux vélo de

Lexi et une espèce de lave-linge-sèche-linge tout rouillé. Sur la terrasse, il y a une table en plastique blanc couverte de moisissures noires et deux chaises branlantes. Une clôture en bois déchiquetée sépare les Juby de leurs voisins. Avant de chercher la clé, je dois m'assurer que Juby n'est pas là. J'ai déjà observé la maison pendant vingt minutes depuis l'arrêt de bus et la cabine téléphonique saccagée, et je n'ai pas vu un seul signe de vie. Mais je ne veux pas prendre de risque. Je m'approche discrètement de la porte de derrière et je regarde par la vitre en verre dépoli. La cuisine est déserte et silencieuse. Je relâche lentement mon souffle.

« On est vendredi, je me dis. Juby n'est jamais là le vendredi. Détends-toi. » Ce qui m'inquiète encore plus, pour être honnête, c'est de savoir si je vais trouver mon doigt. Je me promets de regarder sur le rebord de la fenêtre de la chambre de Démon, à l'extérieur. Mon doigt doit puer un peu, maintenant, forcément. C'est bizarre de penser qu'une partie de moi est en train de se décomposer. Foutu Démon. S'il n'avait pas fichu le camp avec mon doigt, une infirmière sexy me l'aurait recousu. C'est sa faute si je suis obligé d'entrer chez lui par effraction.

Je soulève la dalle de la terrasse et je tâtonne à la recherche de la clé. Mes doigts (restants) se referment sur du métal froid. Je l'ai. Lentement, très lentement, je la tourne dans la serrure, j'ouvre la porte et j'entre dans la cuisine. Mon sac à dos s'accroche à quelque chose dans l'encadrement ; je me libère d'un coup sec. Je laisse la clé dans la serrure, à l'extérieur.

Comme ça, on a juste l'impression que quelqu'un a oublié de la cacher en sortant. J'aime penser que ça paraît moins louche. Les Juby ont un lino jaune vif et des placards jaunes. C'est encore plus moche que la cuisine de mamie. Les restes du petit déjeuner de Juby, du gras de bacon ondulé et des flageolets durcis, sont collés sur une assiette abandonnée dans l'évier. Il y a un creux, dans le mur, où le plâtre s'est détaché. Il est à hauteur de poing. Ça me rappelle que je dois agir vite. Je fais un tour de reconnaissance discret au rez-de-chaussée, juste pour en avoir le cœur net. Salon : vide ; entrée : vide. Chiottes d'en bas : vides.

Je monte à l'étage.

La chambre de Démon est un bon endroit où commencer. J'avance sur le palier et je gagne sa porte. Ça me fait bizarre de l'ouvrir. C'est la chambre de mon pote, après tout. J'ai l'impression d'être un cambrioleur et je ne veux pas cambrioler Démon. Je me répète que je veux juste reprendre une chose qui m'appartient.

Démon n'a jamais été très ordonné, mais on dirait qu'une bombe a explosé dans sa chambre. Toutes les fringues ont été sorties des tiroirs, la moitié du matelas pend à côté du lit et un des rideaux a été arraché de la tringle. La corbeille a été retournée, et il y a des sachets de chips et des paquets de gâteaux qui traînent partout. C'est le bordel. On a même l'impression qu'il vient d'être cambriolé. Je repense à mamie, qui a rangé ma chambre pendant que j'étais en taule. Personne n'a pris la peine de faire ça pour Démon. Je ramasse sa lampe et je lui dégage une place sur la table de chevet. Elle est en forme de poing de l'Incroyable Hulk. Démon l'a reçue il y a des années pour son anniversaire. Je me souviens qu'à l'époque, j'étais en pleine phase Hulk et j'avais très envie de cette lampe. J'aimerais toujours l'avoir, d'ailleurs. Mais je ne volerai PAS mon meilleur pote. J'appuie sur l'interrupteur de la lampe, mais l'ampoule a sauté.

Pendant que je passe au crible les fringues qui traînent par terre, je me mets à trembler. C'est la caféine que j'ai ingurgitée. Mais j'avais besoin de ce coup de fouet pour pouvoir faire ça. J'ouvre le placard. Il ne reste pas grand-chose dedans, juste des magazines et des jeux vidéo. Pas de doigt. Je regarde sur le rebord de la fenêtre, rien. Je fouille sous le lit, sous le matelas. Je regarde derrière la pile de magazines et de BD. J'essaie même la moquette, mais elle est solidement fixée au plancher et je ne vois pas de nouveaux clous. Je grimpe sur la chaise et je regarde en haut de l'abat-jour. Puis je regarde sous la chaise pour voir si Démon a scotché mon doigt à l'assise. Mais non. Il a choisi une bonne cachette, ce petit malin. Je commence à m'inquiéter, maintenant. Peut-être que je devrais partir. C'est juste une lubie qui m'a pris d'un coup. Je ne veux pas être ici quand Lexi rentrera.

Je regarde sous la commode et je tâte la doublure des rideaux au cas où il aurait cousu quelque chose dedans. J'enlève le seau en plastique de la corbeille et je furète en dessous. Pas de doigt. Je passe la main sur le papier peint pour vérifier qu'il n'y a pas d'irrégularités.

Ça ne m'enchante pas de fouiller dans les affaires de mon ami. J'essaie de ne pas regarder, si tu vois ce que je veux dire. Je ne veux pas savoir qu'il a huit montres cassées et une photo d'une de nos voisines endormie dans son jardin. Je regrette d'avoir vu la collection de coquillages dans un bocal à confiture. C'est beaucoup trop gentillet pour un mec comme Démon.

Je laisse la pièce comme je l'ai trouvée. En bordel.

Bon. Si j'avais volé le doigt de quelqu'un, qu'est-ce que j'en ferais ?

a) Le jeter ?

b) Le mettre dans le lit dans mon pire ennemi ?

c) Le garder ?

– Bon, Démon, dis-je à voix haute, comment tu ferais pour qu'un doigt reste frais ?

Et là, je me rappelle que Lexi a mentionné un bocal à confiture.

Quand j'étais en quatrième, un jour, la prof de biologie a dû quitter la salle. Elle est partie si longtemps que certains d'entre nous, parmi les mecs les plus curieux (dont je faisais partie), ont décidé d'aller jeter un œil dans son placard. Elle rangeait les clés dans le tiroir de son bureau, chose qu'on savait grâce à nos talents d'observateurs, et cette sotte avait oublié d'emporter les clés avec elle. J'avoue que j'étais le chef de cette opération, mais à ma décharge, je me suis dit qu'on était au collège et que ce qu'il y avait dans son placard serait éducatif. Alors on a pris la clé et on a ouvert la serrure. Bien sûr, on avait déjà jeté des coups d'œil avant, chaque fois qu'elle ou son assistante en sortaient des béchers ou des tubes à essai supplémentaires, et ça nous avait paru très intéressant ; rangée après rangée de produits chimiques, de bocaux et de flacons, de livres et de liasses de papier. Alors, avec Démon (il n'est jamais revenu une seule fois en classe après la quatrième) et un autre mec, on est allés regarder dedans et tripoter tout ça et voir s'il y avait quelque chose qui valait la peine qu'on le pique. Je me revois avec une fiole d'hypochlorite de sodium dans la main en train de me demander si ça pouvait se fumer ou se sniffer, quand l'autre mec a hoqueté et s'est évanoui. Comme ça, paf, il est tombé par terre. Je me souviens du « boum ! » que sa tête a fait contre le carrelage. Je me rappelle qui c'était, maintenant, c'était Eddie Mason. Il était donc allongé là, complètement dans les vapes, et deux filles se sont précipitées vers lui pour essayer sur lui leur technique du bandage ou je ne sais quoi. Démon et moi, on s'est penchés vers Edward pour l'aider à se relever, quand on a vu ce qu'il avait vu. C'était un porcelet dans un bocal. Je suis sérieux, un véritable petit cochon minuscule dans un énorme pot à confiture rempli de vinaigre. Il était mort et il flottait dans de l'eau marron. J'ai failli tomber dans les pommes à mon tour quand je l'ai vu.

– T'es pas cap' de l'éclater, m'a fait Démon.

Je te l'avais dit que c'était un monstre, ce mec.

Je n'ai pas cassé le bocal, mais j'ai tiré Edward Mason du placard par les pieds et on s'est fait prendre par la prof de biologie. Démon a parlé de ce porcelet pendant une éternité. Il en parle encore quelquefois.

– Hé, Charlie, tu te souviens de ce cochon confit ? C'était dégueu, vraiment...

Bref, c'est comme ça que je comprends ce que Démon a fait de mon doigt. Il l'a confit dans du vinaigre, comme le petit cochon.

Je suis dans la cuisine. Les placards muraux sont un peu hauts, alors je prends une chaise et je l'approche. Personne ne se sert jamais des bocaux et des bouteilles qui sont au fond des placards de nourriture, pas vrai ? C'est la cachette idéale. Je fouille le premier placard. Flageolets en conserve, Frosties, paquets de biscuits au chocolat. Je regarde au fond. Rien. Le placard suivant paraît plus prometteur. Il est bourré de choses comme des oignons confits, du vinaigre de cidre, etc. Je regarde sur l'étagère du haut et je me bagarre pour accéder au fond, dans la poussière collante. Un nuage de poudre orange épicée me vole à la figure. Puis je vois un petit bocal à confiture juste là, derrière, dans le coin, rempli d'un liquide marron. Un truc qui ressemble à un bout de saucisse minuscule flotte dedans. Je m'apprête à étudier ça de plus près quand j'entends quelqu'un tousser.

C'est un homme. Un homme qui est tout près. Qui marche dans le passage qui longe le flanc de la maison.

Ça ne peut pas être Démon. C'est forcément son père.

15 .

Juby cherche la clé sous la dalle de la terrasse. Je n'ai pas le temps d'attraper le bocal à confiture derrière les paquets et les boîtes de conserve. Je suis obligé de le laisser là.

Je file de la cuisine. La porte de devant est fermée à triple tour, en général, alors je n'essaie même pas de sortir par là. Je monte l'escalier en courant et je m'arrête sur le palier. Je suis devant la porte de la chambre de Lexi. Concluant que ce doit être l'endroit le plus sûr, je plonge à l'intérieur et je referme la porte. Elle a changé l'aménagement de sa chambre. Quand j'y jetais un œil, à l'occasion, les murs étaient couverts d'affiches de Robbie Williams, avant. Je revois Lexi en train de dire : « Robbie, c'est pas la tasse de thé des femmes qui ont un cerveau, mais on a toutes nos faiblesses. » Elle avait une couette à pois bleus sur son lit, des fringues étalées par terre, des crèmes et des lotions de fille partout. Sa nouvelle chambre est bien rangée. Il n'y a rien à part un lit, une chaise et une armoire (trop petite pour s'y cacher). Et elle a une couette noire, maintenant.

Je reste planté là comme une truffe, et c'est seulement quand j'aperçois une paire d'énormes baskets blanches qui dépassent de sous le lit que je comprends : je suis dans la chambre de Juby. Il a dû échanger avec Lexi.

Je me suis introduit par effraction dans la maison de Juby le Tueur. Je me cache dans sa chambre, et il vient juste de rentrer chez lui.

Il monte l'escalier.

Je regarde sous le lit. Tout l'espace est occupé par des tas de paniers en osier remplis de vêtements bien pliés. Il n'y a pas de place pour moi. L'armoire est trop petite et je ne peux pas me cacher derrière les rideaux, parce qu'ils s'arrêtent au milieu du mur ; on verrait mes jambes. Je suis foutu.

Juby doit être en haut de l'escalier. J'envisage de sauter par la fenêtre, mais ça ferait une longue chute jusqu'à la terrasse. Je me casserais les jambes et ensuite je serais incapable de m'enfuir. Il ne reste qu'un seul endroit. Je plonge sous la couette et je l'arrange pour qu'on ait l'impression que Juby vient de sortir du lit en trombe. Du moins j'espère que ça donne cette impression. Je reste immobile. L'odeur de vieille transpiration qui émane de la couette me donne envie de vomir.

Juby avance sur le palier. Et merde ! Pourquoi est-ce que j'ai choisi de me cacher ici ? Il va penser que je suis un vrai pervers. Il sera sans pitié.

J'entends un atroce petit gémissement quand la porte s'ouvre. On est au milieu de l'après-midi, putain. Pourquoi Juby veut aller dans sa chambre maintenant ? Il commence à faire chaud là-dessous et j'ai terriblement peur d'éternuer. J'espère que Juby va juste prendre quelque chose et repartir. Mais il pousse un gros soupir et s'assied sur le lit. Ce n'est que grâce à ma volonté de fer que j'arrive à ne pas hurler.

Boum, boum.

Qu'est-ce que c'était ? Malgré l'épaisseur de la couette puante, une nouvelle odeur aigre m'assaille les narines. Juby a enlevé ses chaussures. C'est pas bon, ça. Non, non, non ! Les ressorts grincent en s'enfonçant sous son poids. Il s'installe à côté de moi. Il n'y a qu'une couette entre nous. Je ne respire pas, je suis dans une sorte de coma profond. J'ai deux possibilités :

1. Rester où je suis.

2. Lui sauter par-dessus et espérer qu'il sera trop surpris pour m'attraper.

Mais j'ai tellement peur que je ne peux pas bouger. Et si je m'échappe, il me poursuivra. Il faudrait que je parte vivre en Russie ou je ne sais quoi. Mais même là-bas, il me retrouverait. Il enverrait quelqu'un me traquer.

Je vais mourir. Bientôt.

J'attends qu'il se retourne et me découvre. Il tire sur la couette, mais quand il s'aperçoit qu'elle ne bouge pas, il laisse tomber et s'allonge. Puis, silence. Il ne va quand même pas dormir, si ? Qui roupille au milieu de la journée ? Moi, jamais. Mais tout d'un coup, je revois Démon en train de dire que parfois, son vieux dort toute la journée, quand il est sorti toute la nuit pour faire un coup. Oh non ! Je suis foutu. Pauvre maman, deux fils morts et un sur les bateaux de pêche. Ça va l'achever.

Il fait de plus en plus chaud. Il faut que je fasse un trou pour respirer, sinon je vais m'asphyxier. Cela dit, l'asphyxie serait sans doute une meilleure mort que celle que Juby me réserve. Je transpire tellement qu'il va sûrement me sentir avant de me voir. Je reste allongé sans bouger et mon sac à dos s'enfonce dans mon dos. Ça me fait horriblement mal et mon bras s'engourdit parce que je suis allongé dessus. Je ne sais pas de quel côté Juby est tourné, alors je n'ose pas risquer le moindre mouvement. Si seulement j'étais caché dans le lit de Lexi à la place ! Je parie qu'il ne pue pas comme un slip de vieillard. Pfou. J'ai le visage en feu. Je suis sur le point de mourir étouffé quand j'entends un bruit, un petit bruit, puis un autre, légèrement plus fort. Les bruits augmentent de volume à chaque souffle.

Juby est en train de ronfler.

J'attends des siècles et des siècles. Ça doit être une blague. Il fait semblant. Oh là là ! Il dort. Lentement, sans un bruit, je dégage avec le doigt un trou pour respirer parmi les plis de la couette. Une minuscule bouffée d'air frais trouve son chemin jusqu'à moi. C'est un soulagement incroyable. J'agrandis un peu le trou d'aération et je vois que Juby me tourne le dos. Il est tout habillé, à part qu'il a enlevé ses chaussures. Il porte un manteau en cuir noir. Je regarde sa nuque poilue.

Il bouge. Les ronflements ont cessé. À la place, il émet des espèces de grognements comiques. Pitié, faites qu'il ne se réveille pas.

– On voulait pas... marmonne-t-il. Vaut mieux le sortir d'ici.

Je retiens mon souffle. Je crois qu'il parle en dormant.

Puis j'ai la peur de ma vie quand il grogne super fort, tout près de mon oreille :

– Il va mourir ?

Oh là là ! De quoi il parle ? J'aimerais mieux être n'importe où au monde plutôt qu'ici. Et puis la pression qui monte dans mes tripes m'inquiète. Ça doit être les nerfs ou je ne sais quoi, mais je vais bientôt me chier dessus ou lâcher le plus gros pet de la création. Je serre les fesses de toutes mes forces et je me répète comme un mantra : « L'esprit domine la matière, l'esprit domine la matière. »

J'ai mal au ventre, maintenant. Ça doit être à cause de tout ce coca. En plus, j'ai besoin de pisser.

Je ne peux pas... me retenir...

PRRRRRRROUUUUUUUTTT !

Je vais mourir pour avoir pété au mauvais moment.

Juby remue.

Quand il se retourne, je reste tétanisé. Je n'ose même pas me cacher la figure parce que ça m'obligerait à bouger. Alors je regarde Juby en face quand il ouvre les yeux. Il fronce les sourcils en me voyant allongé dans son lit, enveloppé sous sa couette et tout déconfit.

Je devrais penser à quelque chose d'agréable. À Lexi, par exemple.

– Charlie Parsons ? dit Juby.

– Oui ? je réponds aussi calmement que possible.

– Qu'est-ce que tu fais là ?

Je déglutis.

– Je me cache. Pour que vous ne me trouviez pas.

Il ferme les yeux.

– Ah, d'accord.

J'attends, pensant que je vais me prendre un coup de poing dans la tête. Mais non. Il toussote et se retourne.

C'est un canular, ou quoi ? Est-ce qu'à cet instant précis, il est en train de réfléchir au meilleur moyen de séparer ma tête de mon corps ? Puis j'ai une révélation. Peut-être qu'il croit rêver. Personne ne serait assez fou pour se glisser dans le lit de Juby. Même sa femme n'est pas restée très longtemps dans les parages.

Je ne sais pas combien de temps je reste allongé là. J'ai l'impression que c'est une éternité, mais c'est sans doute juste dix minutes. Enfin, il recommence à ronfler. Je n'aurais jamais deviné que le plus beau son que j'entendrais dans ma vie serait celui de Juby en train de ronfler. Cela dit, je suis toujours coincé entre le mur et lui. Ce serait très courageux de ma part d'essayer de passer au-dessus de Juby. Tu imagines ce qui se passerait s'il se réveillait encore une fois ? Mais il faut que je bouge, il le faut. Voilà ma chance. Il est dans les vapes, merde.

Avec précaution, j'étire un bras en essayant de le dégager des plis de la couette. Je n'arrive pas à le faire marcher correctement. Je suis resté allongé sans bouger pendant tellement longtemps ; j'ai l'impression que mon corps ne m'appartient plus. Le coca a encore un autre effet. J'ai vraiment besoin de pisser, maintenant. Plus j'essaie de ne pas y penser, plus l'envie devient pressante. « Allez, je me dis. Bouge ! Tout de suite ! » Je lève la jambe et le lit lâche un horrible grincement. Je me fige. Quelle poule mouillée. Je devrais juste partir. *Vas-y !* Je ne peux pas. Oh là là ! Juby recommence à bouger. Il tousse et se réinstalle. Ça doit vouloir dire qu'il est dans le... comment ça s'appelle déjà ? Le sommeil paradoxal. C'est un sommeil très léger, dont le dormeur peut sortir très facilement. Alors je ferais mieux de ne pas bouger. Si Juby ne décide pas de se déplacer de mon côté, ou de tirer la couette sur lui, et se lève sans trop tarder, je vais m'en tirer. Mais c'est tellement improbable. Et puis je vais pisser dans mon froc. Ma vessie me fait carrément mal. La première d'une série de crampes me tord les entrailles pendant que j'essaie de me retenir.

Est-ce que ça pourrait être pire ?

AAAAAAARRRRGG ! Juby a rugi dans son sommeil et tout d'un coup, je sens que j'ai l'entrejambe mouillé. Tout va bien, il se tait maintenant, il fait juste des bruits de mec qui dort. Oh là là ! c'est atroce. Je comprends soudain que j'ai pissé dans mon froc. La honte ! Je n'ai plus mal au ventre. Au moins je n'exploserai pas. Mais j'ai pissé dans le lit de Juby !

Des bouffées de vieille bière dégueulasse qui empestent son haleine fusent vers ma figure quand il se remet à ronfler. Ça suffit. Il faut que je m'en aille. Maintenant.

Tout doucement, je me dégage et je remue les bras et les jambes pour les remettre en service, en espérant que ces minuscules mouvements ne vont pas déranger Juby. Puis je me redresse et je passe au-dessus de lui. À un moment, je suis à califourchon sur lui. Ça se passerait mal s'il se réveillait maintenant. Mais ensuite, je pose un pied par terre, puis l'autre, je marche sur la moquette et je passe la porte. Je ne peux pas me retourner. Je tomberais raide mort s'il était en train de me regarder. Je descends l'escalier sur la pointe des pieds, en m'efforçant de ne pas trébucher parce que je tremble et que je lutte pour contrôler ma panique. Mais je voudrais hurler. Je cours dans la cuisine et je tourne la poignée de la porte de derrière. Elle est fermée à clé ! Mais je vois que la clé est toujours dans la serrure. Je la tourne et j'ouvre la porte. Je cours dans le passage. J'y suis presque. Je vole dans l'allée du jardin de devant et j'ouvre le portail. Je suis dans la rue. Je devrais me détendre, maintenant, et marcher tranquillement comme si je n'avais rien à cacher. J'en suis incapable. Je pique un sprint ; je n'avais jamais couru aussi vite de ma vie. Je continue à courir jusqu'à ce que je sois sorti du lotissement. Je ne veux même pas aller chez moi. Je cours encore et encore, je dépasse des gens qui se retournent tous pour voir qui me poursuit. Je cours dans les rues jusqu'à ce que j'atteigne le cimetière. Je me faufile parmi les dalles et les fleurs et je m'écroule enfin sur la tombe de Selby.

16 .

Je suis chez moi, en sécurité, mais j'ai toujours le cœur qui bat la chamade dans ma poitrine et la tête qui bourdonne. J'ai attendu devant la tombe de mon frère pendant des heures. J'avais hyper peur que Juby m'ait vu et soit à mes trousses ; et puis mon pantalon était mouillé et je voulais attendre qu'il sèche. Finalement, j'ai attaché mon pull autour de ma taille. Heureusement que c'est juste de la pisse et pas du sang. Par chance, mamie était absorbée par son feuilleton, quand je suis arrivé à la maison, et maman était sortie je ne sais où, alors j'ai réussi à monter dans ma chambre sans qu'on voie mon pantalon mouillé.

Maintenant, je suis allongé sur mon lit et je tends l'oreille en attendant que Juby déboule chez nous. J'imagine sa tête, cramoisie de rage.

Qu'est-ce que tu faisais dans mon lit, petit pervers ?

Peut-être qu'en se réveillant, il se dira qu'il a fait un rêve très bizarre. Je crois qu'il dormait encore quand il m'a vu. Sinon je ne serais pas là, hein ? Je repense au pot à confiture qui contient mon doigt ou une saucisse pourrie, au fond du placard de Juby.

Je dois dire que la vie est beaucoup plus simple en prison. Je ne suis sorti que depuis vingt-quatre heures et tout devient déjà compliqué.

J'entends des pas dans l'allée. Je retiens ma respiration. Puis je souffle. C'est ma mère. Je reconnais le bruit de frottement caractéristique de son pas traînant. La clé tourne dans la porte d'entrée et il y a un cliquetis quand elle pose les clés dans le bol en verre de la table du couloir.

J'ai envie de voir quelqu'un de bienveillant, alors je descends dire bonjour. J'ai un choc quand je vois qu'elle a les yeux rouges et que son maquillage est zébré de coulures claires là où les larmes ont coulé sur ses joues.

– Qu'est-ce qui se passe?

Elle me regarde de ses yeux larmoyants.

– Rien.

Et de nouvelles larmes se mettent à couler.

– C'est toute cette poussière.

– C'est mamie? Elle a dit quelque chose?

Je la suis dans la cuisine.

– Il ne faut pas faire attention à elle.

– Tu me trouves grosse?

– Pas autant qu'elle. C'est ça le problème?

Je lui prends le bras et je la force à s'asseoir.

– Il ne faut pas faire attention à elle. De toute façon, tu n'es pas grosse, tu es juste ronde. C'est différent.

Je soupire. Mamie dit tout le temps « Quelques secondes dans la bouche, des années sur les hanches » dès que maman mange quelque chose, même une pomme. De toute façon, mamie est beaucoup plus grosse qu'elle et elle est accro aux sucreries.

– Tu veux que je lui parle ?

– Je voulais l'avis d'un autre homme, dit maman.

Elle a l'air vraiment malheureuse.

– Comment ça, d'un autre homme ?

Puis je commence à piger.

– C'était pas mamie, hein ? C'était Lenny.

Maman s'essuie le nez avec la main et renifle.

– Il dit que je le fais penser à un éléphant de mer. C'est pas un compliment, hein ?

Ce type m'énerve sérieusement, maintenant. Il faut vraiment être un enfoiré pour dire à une femme déprimée qu'elle est grosse, même si c'est vrai !

– Jette-le, maman. Il ne te fait aucun bien.

– Il l'a juste dit parce qu'il tient à moi, réplique maman. Les hommes, c'est comme ça.

Elle regarde avec désespoir le bol de caramels de mamie sur la table et les repousse si violemment qu'ils manquent dégringoler. J'espère que cette histoire avec Lenny ne va pas la faire replonger. Elle est encore fragile. C'est pour ça que je dois la protéger.

– C'est qu'un parasite, de toute façon, dis-je.

Maman se redresse sur sa chaise.

– Pas du tout. Il vient de se trouver un boulot.

– Où ? Au crématorium ?

– Il va être agent de sécurité sur le chantier de construction, au bord du fleuve.

– Tu parles des nouveaux apparts pour jeunes friqués qui vont raser la parcelle de Michael aux jardins communaux ? Bien joué, Lenny.

Maman m'ignore.

– Il va gagner un bon salaire. Tu n'en as jamais fait autant.

– Maman, j'ai quinze ans...

– Et j'aimerais que tu sois poli avec lui. Il ne supporte pas les enfants mal élevés.

Elle se prend la tête entre les mains.

– Maman...

Mais ça ne sert à rien. Elle s'est braquée contre moi. Je reconnais cette expression. Quand elle est comme ça, elle ne m'entend pas. Elle se ferme à moi.

Comme elle l'a toujours fait.

On est samedi, qui rime avec « journée pourrie », et je suis en retard. J'ai ce truc de réinsertion pour les jeunes, le samedi, ça fait partie de ma peine. Je dois rencontrer un certain Tony et faire de bonnes actions dans le quartier. On m'a dit de mettre des bottes en caoutchouc (je n'en ai pas. Personne n'a de bottes en caoutchouc au-delà de l'âge de trois ans, quand on saute dans les flaques pour s'éclater) et des vêtements imperméables parce que je suis censé nettoyer le mécanisme d'ouverture d'une écluse, sur le canal.

Je porte mon quatrième pantalon préféré au cas où on me ferait faire un boulot salissant, mais je ne sortirai pas avec des pompes ignobles, PAS QUESTION ! Je porte les nouvelles baskets super classe que mamie m'a achetées pour fêter ma sortie de prison. Il bruine, alors j'ai mis ma doudoune à capuche. J'aime bien ma doudoune parce qu'elle me fait paraître plus costaud que je ne le suis. Je te jure, j'ai perdu du poids en prison.

Je vois deux silhouettes qui attendent à côté du canal. Je ne fais pas très attention au mec parce qu'il est avec une très belle fille en blouson blanc, jean blanc serré et bottes en caoutchouc roses.

– Lexi ?

Elle se retourne pour me regarder. Je rêve, ou elle a l'air contrariée ? Pas la réaction que j'espérais.

– Oui, c'est moi.

Je déborde de questions, mais je dois rester cool. Comment Lexi peut-elle avoir récolté un travail d'intérêt général ?

– Me demande pas, grommelle-t-elle.

– Tu es en retard, dit le type (Tony, j'imagine) en regardant sa montre. Si ça se reproduit la semaine prochaine, je vais le signaler.

Tony a la trentaine et il est débraillé, avec d'énormes rouflaquettes et une masse de boucles noires qui s'étalent sur sa chemise de bûcheron.

– Tu es Charlie Parsons ? demande-t-il.

– Nan, je suis William Windsor.

Je vois un minuscule sourire apparaître sur le visage de Lexi.

– William… ?

Tony retourne son bout de papier.

– Vous pouvez m'appeler prince William, j'ajoute. Mais j'aimerais être traité comme un soldat ordinaire.

Je coule un regard en biais vers Lexi. Elle sourit toujours.

– Tu plaisantes, dit Tony avec incertitude.

– Je ne plaisante jamais, je réponds, pendant que Tony me passe une brosse à récurer.

Il m'explique qu'il y a toute une machinerie qu'on utilise quand un bateau veut franchir l'écluse et que notre boulot est de la nettoyer. Ou du moins ce qu'on peut atteindre sans tomber dans le canal. Il me donne un seau d'eau savonneuse et me dit de m'y mettre. C'est plein de mousse et de crasse séchée. Sympa.

– Tu étais à Bevanport, non ? dit Lexi en frottant sans enthousiasme une touffe de mousse qui doit avoir cent ans. Tu as dû voir Simon. Il passe au tribunal mardi prochain. On espère qu'il s'en tirera aussi bien que toi.

Je hausse les épaules et je jette un coup d'œil à Tony pour voir si ça le dérange qu'on bavarde, mais il est assis sur un banc et il fait des mots croisés.

– Alors, comment il allait ? Il ne se faisait pas brutaliser, au moins ? D'après papa, il y a tout le temps des brimades terribles dans ce genre d'endroits.

Il faut me reconnaître ce mérite : je n'éclate pas de rire. Je réponds en m'efforçant de me contrôler :

– Il dormait beaucoup. Et de toute façon, je pense que Démon ne subira jamais de brimades de sa vie, pas toi ?

Je frotte de toutes mes forces une espèce de roue dentée en métal en imaginant que c'est la figure de Démon.

– Je suppose que non, concède Lexi. Mais j'ai été soulagée quand j'ai appris qu'il allait au même endroit que toi. Je savais que tu veillerais sur lui.

J'acquiesce. Des images de la dernière fois que j'ai vu Démon défilent dans ma tête. Il essayait encore de me frapper pendant qu'on l'embarquait.

– T'as tes bottes dans ce sac? demande Tony, qui est soudain apparu.

– Pitié, je fais. Je ne suis pas un fermier, putain!

– Surveille ton langage, dit Tony.

Lexi remonte sa manche et trempe sa brosse dans son seau d'eau. Elle a de jolis bras. Bronzés, et pas trop malingres, comme ceux de certaines filles.

– Qu'est-ce que tu regardes, Charlie? demande-t-elle.

– Lexi Juby, je dis.

– Eh bien arrête. Tu me dégoûtes.

– Tu devrais peut-être aller travailler de l'autre côté, intervient Tony.

Je fais la grimace.

– Oh non, j'ai une grande satisfaction professionnelle à nettoyer ce côté-ci.

– D'accord, mais active-toi, dit Tony.

– Et vous, vous allez juste regarder? je lui demande quelques minutes plus tard.

– Non, je vais vous aider, répond-il avec lassitude. Mais je ne suis pas obligé. Je vais le faire pour vous.

Je m'approche de Lexi. J'admire l'énergie qu'elle met dans son travail et je l'en informe.

– Écoute, me dit-elle, c'est assez gênant comme ça sans que tu te fiches de moi.

– Je ne me fiche pas de toi.

– Si.

– D'accord, c'est vrai. Je n'en ai pas souvent l'occasion, d'habitude.

– Hé, les jeunes, vous avez du travail à faire ! lance Tony.

Je l'ignore. Je suis venu, plus ou moins à l'heure, je tiens une brosse à récurer dans la main et je porte mon pantalon de l'année dernière. J'estime que je purge ma peine et qu'on ne peut rien me demander de plus. Lexi se remet à frotter. Je reste juste à côté d'elle et je frotte un endroit qu'elle vient de gratter.

– Tu essaies de m'énerver ?

– Oui, dis-je.

Je pointe le doigt.

– Tu devrais repasser ici.

Je jette un coup d'œil vers Tony, qui visse une brosse au bout d'un manche.

– Tony, je trouve que Lexi ne bosse pas très bien.

Tony m'ignore et Lexi me tape le flanc avec sa brosse humide. Un contact physique ! Un résultat !

– Alors, ce mec avec qui tu sors ? je lui demande d'un ton désinvolte.

– Quel mec ?

– Démon m'a dit que tu avais un copain, un pote de Connor Blacker.

– Je n'étais pas au courant, dit Lexi.

Yes ! Démon a dû me raconter ça pour me faire enrager.

La majeure partie de la matinée continue comme ça ; je drague Lexi, elle essaie de ne pas se salir et Tony ne fait pas grand-chose. Il passe la moitié du temps pendu à son téléphone portable.

– À qui il parle ? je demande à Lexi.

– Sa copine, elle le quitte, dit-elle en me jetant des gouttes d'eau.

– Peut-être qu'il est nul au lit, je renchéris, et je l'arrose à mon tour.

Je me sens drôlement bien, maintenant que je sais qu'elle n'a pas de copain. Pour le moment.

– J'ai entendu ! dit Tony, et il nous tourne le dos, l'oreille gluée à son téléphone.

On n'a plus d'eau, alors je vais dans la cabine d'entretien du canal pour en chercher. Tony nous a dit de ne pas utiliser l'eau du canal, parce qu'elle est trop sale et qu'on pourrait attraper une maladie transmise par la pisse des rats.

– Alors, raconte-moi tout, dis-je en tendant à Lexi un nouveau seau d'eau propre.

Tony est de nouveau au téléphone et ne fait pas attention à nous.

– Quoi ?

Lexi s'ennuie. Elle ne travaille plus aussi dur. Les poignets de son blouson sont mouillés et elle a l'air d'avoir froid.

– Pourquoi tu fais un travail d'intérêt général ?

– Occupe-toi de tes affaires.

J'insiste :

– Non, je veux savoir. Ça a dû être quelque chose d'assez répréhensible pour que tu ne puisses pas t'en tirer avec un avertissement, mais de pas trop grave non plus, sinon tu te serais retrouvée en taule.

Lexi claque la langue.

– Je n'aurais jamais cru que tu étais une délinquante, dis-je, et je lui souris.

Pour mon plus grand plaisir, elle me rend mon sourire. Je progresse ; le charme du bon vieux Charlie commence à marcher. Je savais que je faisais des ravages auprès des dames.

– Si tu ne la fermes pas, dit Lexi, je dirai à mon père que tu as essayé de me peloter.

Ma mâchoire se déboîte. Elle est cruelle. Mais je sais qu'elle plaisante. De toute façon, je ne peux plus m'arrêter, maintenant, je suis lancé.

– C'était ton premier délit ? je hasarde au pif.

Lexi hésite.

– Deuxième.

– Vol à l'étalage ? Bagarre avec une autre fille ? Ou bien tu t'es saoulée en ville et tu as cogné un pervers ?

– Écoute, je ne suis pas fière de ce que j'ai fait, dit Lexi. Je préférerais ne pas en parler.

Ah, je vois qu'on avance.

– Ça ne peut pas être aussi grave que tout ce que j'ai fait moi.

– J'ai pris de l'argent dans la boîte de dons pour une association humanitaire chez Frankie's, dit-elle soudain. Je travaille là-bas tous les samedis. L'argent devait aller au refuge pour chiens. J'ai pensé que j'en avais plus besoin que les chiens. La caméra de sécurité m'a filmée. J'ai perdu mon job.

Elle me regarde.

– Ce sera dans mon casier judiciaire toute ma vie. Je vais finir sur un tas d'ordures.

– Mais non, c'est rien, dis-je, et je le pense.

– C'est pas rien. Je regrette de l'avoir fait, j'ai vraiment déconné.

Je n'en crois pas mes oreilles. Elle a chouré quelques pièces jaunes dans une boîte ! Comment elle peut se croire si mauvaise ?

– Je sais ce que tu penses.

Elle jette sa brosse dans le seau.

– Tu penses que tu as fait bien pire, continue-t-elle. Mais j'ai une conscience, moi, contrairement à toi. Je ne veux pas être une voleuse.

Un bruit étranglé sort de sa gorge.

– Hé !

Je lui pose une main sur le bras.

– Tu fais ce travail d'intérêt général, et ensuite tout est effacé. Tu as moins de seize ans, alors ça ne restera pas dans ton casier.

Je ne sais pas du tout si c'est vrai, mais ça paraît la réconforter un peu. Elle jette un coup d'œil vers Tony, qui claque les talons et contemple l'eau noire.

– Je croyais qu'il allait nous aider, lui, dit-elle, et elle part lui parler.

Je la regarde y aller. Je me sens tout drôle. C'est sympa qu'elle se soit confiée à moi, mais maintenant je me rends compte qu'elle est très différente de moi. Elle a une conscience ! Hé bé. Ça pourrait se mettre entre nous. Mais quand elle se détourne, j'aperçois son joli petit cul et je sais, sans le moindre doute, que Lexi Juby est la femme qu'il me faut.

Au bout de quatre heures, je suis crevé et c'est un soulagement quand Tony nous dit qu'on peut partir.

– Bravo, vous deux, dit-il. Vous avez bien travaillé, ce matin. La semaine prochaine, on est à la Soapworks Art Foundation, ils ont besoin d'aide pour une exposition. Ah, et mettez de vieux vêtements.

On fait la grimace, Lexi et moi. Nous, dans des vieux vêtements ? Jamais de la vie !

– Et sois à l'heure, toi, ajoute Tony à mon intention.

– Je m'appelle Charlie, dis-je. Je préférerais que vous m'appeliez Charlie, Tony.

Je déteste que les gens me manquent de respect, tout ça parce qu'ils ont dix ou douze ans de plus et n'ont pas été piqués à enfreindre la loi.

– OK. Ne sois pas en retard, Charlie, reprend-il.

Je raccompagne Lexi chez elle. Elle me pose des questions sur la prison. Je me répète que je n'ai aucune chance avec elle. Je ne suis pas exactement un beau parti, hein ? On s'approche de sa maison et je commence à stresser au cas où Juby guetterait l'arrivée de sa fille.

– Je te verrai sans doute au lycée, dis-je.

Je vais lui proposer un rencard. Je sens que ça vient.

– D'accord, dit-elle.

Elle me sourit.

Allez, Charlie, fais-le fais-le fais-le fais-le.

– Salut, dit-elle, et elle s'éloigne dans l'allée du jardin.

Je ne l'ai pas fait.

17.

Le premier jour où je retourne au lycée, j'entre comme un superhéros. Mais à part quelques questions sur la bouffe en prison, personne ne semble particulièrement ému par mon retour en fanfare. Je ne parle de Lenny à personne. J'y ai beaucoup réfléchi et j'ai décidé de leur lâcher la grappe un moment, à maman et lui. Ça ne me plaît toujours pas, mais peut-être que je devrais lui laisser une chance.

Connor Blacker vient me voir et me demande si je pense que les blaireaux sont superstitieux.

C'est dans des moments comme ça que Démon me manque.

Pendant les quelques semaines où j'étais absent, tout le monde a été contaminé par la fièvre des examens. J'ai du retard en sciences et en technologie mais, grâce au travail que j'ai fait en prison, je n'ai pas grand-chose à rattraper en maths et en anglais. M. Fuller va carrément jusqu'à me remercier pour le boulot que je lui ai envoyé de prison; il dit que j'ai dépassé ses attentes. Mais il veut savoir ce que ma copie d'examen est devenue. Quand je lui dis qu'elle a été brûlée, je vois qu'il se demande si c'est la vérité.

– Tu peux encore y arriver, tu sais, Charlie. Tu en as largement les capacités. Il faut juste que tu t'y mettes. La première épreuve est dans une semaine. Tu es un garçon intelligent. Tu peux encore réussir correctement.

– Je ne suis pas vraiment le genre académique, monsieur, dis-je en tortillant le coin du nouveau dossier de préparation aux examens qu'il vient de me donner.

Je m'apprête à m'en aller, quand il me retient.

– On a dû se battre pour que tu reviennes, dit-il. Ne fiche pas tout en l'air.

Je ne sais pas quoi penser de l'idée que quelqu'un se soit battu pour moi. Il doit être fou.

À l'heure du déjeuner, j'emporte ma barquette de frites dans le terrain de sport et je m'approche du groupe de filles assises sous les arbres. Les secondes et les premières sont tous en pleine fièvre des examens. Toutes les filles passent la récré et l'heure du déjeuner à recopier leurs cahiers sur des fiches. Il y a même des mecs qui font ça.

Lexi est là avec ses copines. Je suis terrifié, mais je vais droit vers le groupe et je lui dis bonjour.

– Salut, Charlie, répond Lexi. Tu es venu m'aider à réviser ?

Les autres filles, Debbie le boudin et Darlene Rogers, gloussent, mais je tiens bon.

– Si tu veux, dis-je.

Un livre d'exercices traîne dans l'herbe à côté de ses pieds, alors je le ramasse. C'est de la biologie.

– On étudie la reproduction, dit Lexi.

J'ignore les ricanements de ses copines.

– Intéressant, comme sujet.

– La reproduction humaine, précise Lexi. J'ai des schémas fascinants.

– Je n'en doute pas.

Mais un ballon de foot venu de nulle part brise le moment en m'arrivant en pleine tête.

Je me redresse et je vois Jamie Farrow rigoler comme une baleine sur le terrain de sport.

– Excusez-moi, mesdemoiselles, dis-je en rendant le livre.

Je fonce infliger une petite revanche amicale et je finis par jouer au foot pendant le reste de la pause déjeuner.

Elle était en train de flirter avec moi, il n'y a pas de doute. Sur le chemin du retour, après les cours, je la rattrape au moment où on arrive dans notre lotissement.

– Salut, Charlie, dit-elle.

– Salut, Lexi. Comment ça se passe, tes révisions ?

– Plutôt bien.

– Tu pourrais t'accorder une pause vendredi soir ? je demande.

– Pourquoi ?

Je me sens moins courageux à chaque seconde, mais il faut que j'aille jusqu'au bout.

– Pour aller au cinéma.

– Je ne peux pas vendredi qui vient, je révise, dit Lexi.

Oh, non, elle a changé d'avis! Peut-être que son père lui a touché un mot à mon sujet. *Tu ne sortiras pas avec ce petit merdeux.*

– Je te retrouverai le vendredi d'après à sept heures et demie au cinéma, dit-elle. Ne sois pas en retard.

On échange nos numéros de téléphone portable, puis elle s'éloigne en trottinant dans l'allée de sa maison.

J'ai réussi! Non seulement j'ai passé une journée entière au lycée sans récolter une seule heure de colle, mais en plus j'ai un rencard avec la meuf la plus sexy du bahut. Je suis un autre homme.

Le matin de mon premier examen, mamie manque avaler ses dents quand j'arrive en bas à huit heures. C'est une épreuve de maths. Je n'ai pas beaucoup travaillé, j'étais distrait. Mais au moins j'ai bien bossé en prison. Je ne voudrais pas que M. Fuller me tombe dessus!

Je suis allé au lycée tous les jours et je suis resté tranquille. Pas le courage de donner aux profs l'envie de me tuer. Je dois être déprimé ou je ne sais quoi. Ce n'est franchement pas un comportement normal à la Charlie. Je fais même mes devoirs. Pour le contrôle continu de techno, je suis en train de fabriquer un lit de camp en carton qui se replie complètement à plat pour faciliter le transport (je n'ai jamais campé de ma vie et, si je le faisais, je ne prendrais pas de lit, mais mon prof a eu l'air de penser que c'était une bonne idée) et j'ai rendu des tas de devoirs de maths.

Je papote tout le temps avec Lexi à midi (ou, plus

exactement, je la drague) et je la raccompagne tous les soirs. Connor m'a demandé si on sortait ensemble; je me suis contenté de lui sourire.

Je n'ai pas vu Lenny Sherry du tout cette semaine. Je pense que maman évite de me le mettre sous le nez pour que je ne le dégoûte pas d'elle. D'après mes espions, ils fréquentent trois endroits: le Harold's, un restaurant qui est en ville, le Gilded Lady, un pub des quartiers chics, et le bowling qui est à côté du supermarché. Je dois avouer que ma mère n'a pas été aussi heureuse depuis des années. Elle a même dit à mamie de la laisser tranquille quand mamie lui a dit que sa nouvelle coiffure faisait pute. Maman aurait mérité une tape dans le dos en guise de félicitations, mais j'ai des rapports précaires avec ma grand-mère et je ne veux pas tout foutre en l'air.

Je n'ai toujours pas parlé de Lenny à un seul de mes potes. Dès que les détails de son passé se sauront, ça pourrait mal tourner pour ma famille. Avant, il y avait un vieux qui vivait à côté de chez Dolores et Michael, et une rumeur selon laquelle il avait été un nazi s'est répandue. Bref, ce type a eu tellement de graffitis et de crottes de chien dans sa boîte à lettres qu'il a fini par déménager. Il avait un drôle d'accent et je sais qu'il venait d'Allemagne parce que Michael me l'a dit. Mais Michael a aussi raconté que ce type avait été expulsé pendant la guerre parce qu'il était juif et que les gens ne savaient pas de quoi ils parlaient. Il faut rester invisible, par ici, parce qu'on a l'impression que tout le monde cherche quelque chose à vous mettre sur le dos.

Mamie ne me laissera pas sortir d'ici avant de m'avoir forcé à avaler un bol de Rice Krispies et donné un Choco BN à manger juste avant l'examen. J'ai l'impression d'être en CP.

– Mon petit-fils va passer son examen de maths ! dit-elle à son reflet dans le miroir de l'entrée.

Elle est folle, cette femme.

Tout le monde est déjà assis quand j'arrive au gymnase. Et Fuller en personne est là.

– De justesse, mon garçon, de justesse, dit-il.

Il me donne une tape sur l'épaule.

– Bonne chance, n'oublie pas de traiter toutes les questions. Tu ne devrais pas rencontrer de difficultés.

Je n'étais pas stressé jusque-là. Mais maintenant que je suis assis à ma table derrière Patsy Jones, il y a un silence de mort dans la salle et je me sens mal à l'aise. Oh là là ! Qu'est-ce qui m'arrive ? T'imagines, Charlie Parsons qui stresse pour un exam ?

– Retournez la copie, dit Fuller, et un grand bruissement emplit la pièce.

Je regarde le rectangle de papier blanc devant moi. Tout autour, les gens griffonnent déjà.

« Fais le vide dans ta tête, je me dis. C'est important. » J'imagine l'expression de mamie quand je lui dirai que j'ai réussi mon examen.

Je retourne la feuille.

Il est huit heures du soir. J'ai encore sept jours avant mon rencard avec Lexi et, d'après mamie, Lenny vient chercher maman dans cinq minutes. Je ne l'ai vu que deux fois depuis ma libération. Les deux fois, il était assis dans sa voiture et il attendait maman. J'espère qu'il fera pareil ce soir, mais malgré tout, je traîne à l'étage, je tripote les bibelots en porcelaine de mamie et j'écarte les rideaux au cas où il déciderait d'entrer. Maman s'affaire au rez-de-chaussée pour se préparer. Elle a laissé une serviette mouillée par terre dans la salle de bains. Je la ramasse et je la plie sur le radiateur pour éviter que mamie l'engueule. J'entends les charnières du portail grincer et des pas dans l'allée. Il a dû venir à pied, sinon j'aurais entendu sa voiture. J'écarte légèrement le rideau pour le regarder.

Il porte une veste en jean, un T-shirt noir et un jean, et il a entortillé ses quelques mèches de cheveux dans une queue-de-cheval miteuse. Avec sa peau pâle et son visage osseux, on dirait qu'il vient de s'échapper de la morgue.

Pendant que je l'observe, il pose son sac en tissu dans l'allée et s'étire. Puis il fait une série de mouvements comiques ; il bondit vers l'avant et tend les bras, puis il se tient hyper droit avec les mains jointes. Je secoue [illegible] Mon père n'était pas exactement un [illegible]l buvait trop et il se servait un peu trop [illegible] ses poings, mais au moins il ne faisait pas [illegible] dans le jardin comme un cinglé.

– [illegible] de nœud, je marmonne.

Lenny arrête brusquement ses mouvements de malade et il lève les yeux vers la fenêtre. Je recule, mais il me vise avec un horrible rictus. Il ne peut pas voir à travers le voilage, si ? À mon grand soulagement, il se détourne et examine les fleurs. Mamie a horreur du jardinage, mais elle tient à avoir un plus beau jardin que Dolores, alors il est bourré de grandes fleurs violettes, blanches et jaunes, et Michael nous tond le gazon plus ras qu'un coiffeur de maison de redressement. Lenny referme la main sur une grande fleur blanche et l'arrache d'un coup sec, comme ça. Il se retourne vers ma fenêtre et enlève les pétales un par un, en les laissant voleter vers le sol entre ses doigts.

Pour qui il se prend, bon sang ? Si Démon faisait un truc comme ça, je ne serais pas choqué. Démon fait ce qu'il veut. Mais Lenny Sherry est un adulte. Et les adultes ne bousillent pas les fleurs dans les jardins des grands-mères.

J'ouvre la fenêtre brutalement.

– Pourquoi vous avez fait ça ? je hurle.

– Elles avaient besoin d'être rafraîchies, répond-il de sa voix murmurée. Comme des tas d'autres choses par ici. J'approuve assez la réduction de population en tant que philosophie.

Je ne sais pas quoi répondre à ça, alors je ne dis rien.

– Qu'est-ce qui est arrivé à ton doigt ? lance Lenny.

Je me fige.

– Je l'ai remarqué l'autre jour. Tu as eu un accident en prison ?

Je ne sais pas pourquoi j'ai répondu ce que j'ai dit ensuite. Je pense que j'essayais de le choquer.

– Mon pote me l'a coupé. Il l'a encore, pour autant que je sache.

Lenny se décompose.

– Quoi ? Quelqu'un t'a fait ça exprès ?

– Pas exactement. On faisait les cons. C'était un accident de parcours.

– Tu es sûr ? demande Lenny.

Il a sincèrement l'air de s'y intéresser.

– Est-ce que quelqu'un te terrorise, Charlie ?

Je grogne.

– C'était un accident. La main de Démon a glissé.

Je ne suis pas convaincu que ce soit vrai, mais ça ne regarde pas Lenny.

– J'espère que tu l'as fait examiner.

– Ne le dites pas à maman, ça ne ferait que l'affoler.

Lenny me sourit. Ce n'est pas un sourire gentil. Je décide de mettre fin à cette conversation et je claque la fenêtre. J'attends dans ma chambre jusqu'à ce qu'il soit parti.

. 18

On est enfin vendredi. Je suis hyper en avance, mais elle m'a dit : « Ne sois pas en retard. » Alors j'attends comme un naze en regardant tous les gens qui sortent de l'Odeon. Il a fait chaud aujourd'hui et l'air ne s'est pas encore rafraîchi. J'ai pris une douche, je me suis rasé (même si je n'en ai pas tellement besoin) et j'ai demandé à mamie de me repasser ma plus belle chemise et mon plus beau pantalon. Je me suis fait couper les cheveux hier ; je suis allé là où je vais toujours, chez le coiffeur à côté du tribunal. C'était bizarre ; la dernière fois que j'y suis allé, c'était avant d'être envoyé en taule pour avoir piqué le poids lourd. Démon et moi, on se fréquentait encore, à ce moment-là, et j'écrivais des lettres à Lenny Sherry – qui était toujours enfermé en sûreté dans une prison de haute sécurité américaine. Comme les choses changent. Bref, le coiffeur était le même mec que d'habitude, mais cette fois, il m'a coupé les cheveux beaucoup plus court. Il y a un grand espace nu au-dessus de mes oreilles avant le début des cheveux. J'ai l'air franchement stupide vu de profil. Vu de face, ça va. Mais je n'arrête pas de faire semblant de me gratter l'oreille pour cacher les côtés.

J'envoie un texto à Connor Blacker pour m'occuper.

RENCARD AVEC LEXI JE PARIE KE TU VOUDRAIS ETRE A MA PLACE

Je traîne un peu dans la rue en regardant les vitrines, mais je ne vois rien. Je suis stressé. Même si j'ai attendu le dernier moment pour prendre ma douche, je pue la sueur.

Lexi et moi, on traîne souvent ensemble mais, à part quand on rentre du lycée, on se voit généralement en groupe. Elle est tout le temps avec ses copines et moi, c'est clair, je suis avec les mecs. Ce soir, c'est différent.

Je regarde les voitures et les passants. Je vérifie mon portable toutes les trente secondes environ, au cas où j'aurais raté un message. Je ne me ferais pas prier pour rentrer chez moi en courant. Cette attente est insupportable.

Rien n'a changé depuis des années, au centre-ville. Il y a les mêmes magasins (sauf qu'il y a une pâtisserie à la place du loueur de télés, maintenant), la même statue d'un type à cheval dans High Street et les mêmes visages, à part qu'ils sont de plus en plus vieux et de plus en plus moches chaque jour. La seule chose correcte dans cette ville, c'est Lexi Juby.

Je vais partir dès que j'aurai une autre possibilité. Le boulot de mes rêves, c'est d'être pilote de course. Mais ça ne risque pas d'arriver. Je regarde un avion traverser le ciel. Je pourrais être steward. Ça me permettrait de faire le tour du monde en avion avec des tas de belles femmes. Seulement c'est un peu un boulot de tapette pour un mec. Je m'arrête devant la vitrine de l'agence de voyages. Il y a quelque temps, j'ai vu une émission à la télé sur un endroit, en Grèce, je crois, où toutes les femmes se bourrent la gueule et sont carrément déchaînées. C'est à ce moment-là que j'ai décidé de bosser dans une agence de voyages, même si je n'ai jamais été à l'étranger. Je ne suis allé qu'une fois à la plage, et c'était quand j'avais huit ans, avec Guy et Midge, mes anciens parents adoptifs.

Je lis les prix de tous les voyages.

Canaries	*2 semaines*	*209 £*
Malaga	*1 semaine (1/2 pension)*	*220 £*
Malte	*1 semaine*	*130 £*

J'ai soudain le désir impérieux d'aller quelque part. Mais je n'aurai jamais autant d'argent, hein ? Tout ce que j'ai, c'est les vingt livres par semaine que mamie me refile.

Je reste planté là une éternité à tuer le temps et à essayer de m'empêcher de regarder l'horloge. Je ne tiens plus. Je vérifie mon portable. Vingt heures cinq.

Elle ne va pas venir. Elle m'a posé un lapin. Je parie que Debbie et elle sont en train de se marrer comme des baleines quelque part. Oh là là. Je parie qu'elles sont en train de m'espionner et de rigoler à cause de ma coupe de cheveux. C'est peut-être ça. Peut-être qu'elle a mis les bouts en voyant ma coiffure.

– Charlie.

Je me retourne d'un bond. J'espère à demi que c'est Lexi, mais je sais que c'est pas elle, parce que c'est une voix zozotante et d'une douceur à vous donner la chair de poule. Je manque tomber du trottoir quand je me retrouve face à face avec Lenny Sherry.

– Tu attends quelqu'un? demande-t-il. Simon Juby, peut-être? Ta mère m'a dit que vous passiez beaucoup de temps ensemble. Il ne m'a pas l'air d'une bonne fréquentation. Ou peut-être que tu attends ta c-copine?

Il ne faut pas que ça arrive. Fais quelque chose. Je souffle. Lexi sera là d'une minute à l'autre.

– Détends-toi, je ne vais pas te tuer, dit Lenny.

– Quoi?

– C'était de l'humour!

Sa tête de mort vivant se fend dans une espèce de sourire.

– Non, en effet, je marmonne.

Je cherche désespérément autour de moi un moyen de m'échapper. Mais si je pars maintenant, je risque de la rater.

Lenny secoue la tête.

– Charlie, pourquoi aurais-tu peur de moi? Je sais que j'ai une sale tête en ce moment, mais toi aussi, tu aurais une sale tête, si tu venais de passer ces dix dernières années sous terre à craindre pour ta vie.

– Je n'ai pas peur de vous, je mens.

Lenny sourit. Il porte un costume. Un costume couleur crème avec une chemise bleu ciel déboutonnée en haut ; on voit sa poitrine pâle.

– Je suis étonné et reconnaissant que tu n'aies pas encore divulgué mon triste passé dans toute la ville, dit Lenny. Ça me donne une meilleure opinion de toi. Je veux que les gens aient l'occasion de me connaître tel que j-je suis d'abord.

Il me pose une main sur l'épaule et, pour un peu, j'aurais pissé dans mon froc.

– Tu te souviens de cette q-question éloquente, « Aviez-vous l'intention d'assassiner ce garçon ? », dans ta première lettre ? Je me suis dit : « Voilà quelqu'un de direct, c'en est ébouriffant. » Certains diraient : « d'une grossièreté sans nom ». Qu'en penses-tu, toi ?

– Bof.

Je n'aime pas penser que je lui rends service en ne disant rien. Si je la ferme, c'est seulement par égard pour maman.

– Je suis en route pour aller voir ta mère, là ; c'est une originale, hein ?

Il me fait un clin d'œil et j'ai d'affreux picotements dans la nuque.

– Elle me prépare quelque chose pour le dîner.

– Laissez-la tranquille, dis-je soudain. C'est pas votre genre de femme et elle ne va pas bien.

Je le fixe aussi longtemps que je le peux, ce qui n'est pas très long parce qu'il a des yeux flippants.

– Elle est assez séduisante, dit-il. À propos...

Je suis son regard et je jette un coup d'œil pardessus mon épaule.

– Salut, Charlie, c'est qui ton pote ?

C'est Lexi. Elle est venue. Elle est sublime. Ses cheveux sont lisses et brillants et elle s'est mis un fard à paupières vert pailleté. Elle porte une minijupe rose à volants et un gilet blanc.

– Je suis Lenny Sherry, un ami de la famille.

Il lui tend la main.

– Mais tu préférerais peut-être m'appeler Sherry tout court.

« Chéri » ? Pff, quel naze.

– Non merci, répond Lexi.

– Viens, dis-je.

Je lui prends le poignet et j'essaie de l'entraîner plus loin. Mais Lexi n'est pas le genre de fille qu'on peut entraîner où que ce soit.

– Un ami de sa famille à lui ? demande-t-elle. Vous devez être fou.

– Probablement, dit Lenny avec un sourire. Et toi, tu es... ?

– Lexi.

– Bien sûr, Lexi Juby, tu es la sœur du tristement célèbre Démon.

Il me regarde.

– Je ne l'ai pas encore r-rencontré.

– C'est Simon, en fait, corrige Lexi.

Lenny la regarde d'un air vraiment pervers. Voilà que ce type fait du gringue à ma meuf, maintenant, en plus de ma mère.

– Et je crois comprendre que tu es la petite amie du jeune Charlie. Quel couple charmant.

Il a un ton franchement railleur.

– Doucement, dit Lexi. On est juste copains.
– Ah bon ?
Lenny fait mine d'être étonné.
– Charlie m'a laissé entendre que vous aviez une relation un peu plus... euh... in-in-intime que ça.
Connard.
– On va rater le film, dis-je, et je commence à m'éloigner.
Lexi ne m'adressera plus jamais la parole.
– D'accord, acquiesce Lenny. J'ai compris le message. Adieu. À la revoyure, Lexi Juby, sœur de Simon. Fille de... ?
– Satan, dit Lexi en lui faisant son plus charmant sourire.
Je lui mets la main sur l'épaule et je l'éloigne précipitamment. Quand on a tourné à l'angle, je réalise deux choses. Un : je tiens Lexi comme si c'était ma copine. Deux : je sens la bretelle de son soutif. Ça me rend tout chose.
J'enlève mon bras de son épaule et je lui prends la main à la place. On marche vite, dans la rue, on passe devant le commissariat et on franchit l'entrée du parc.
Je me suis remis à transpirer. Je ne sais pas si c'est parce que je tiens la main de Lexi ou parce que je viens de me retrouver face à face avec Lenny Sherry.
On s'écroule sur un banc du parc, à côté de la fontaine.
– C'était qui, ce type glauque ? demande Lexi. Il devrait faire des UV, ça lui ferait pas de mal.
– C'est le copain de ma mère, dis-je.

– Beurk! fait Lexi, et elle me sourit. Pourquoi tu t'es énervé comme ça? Tu es toujours tellement cool, d'habitude.

– C'est compliqué.

Je meurs d'envie de tout lui raconter, mais par égard pour maman, je me tais.

– Tu peux me faire confiance, dit Lexi.

Elle sort une cannette de coca de son sac, l'ouvre et me la propose. Elle est encore fraîche. Il n'y a que Lexi Juby pour avoir une cannette glacée dans son sac par une soirée caniculaire de juin.

Je bois la moitié de la cannette avant de la lui rendre. Je me sens mieux. Elle ne m'en veut pas d'avoir dit à Lenny qu'elle était ma copine.

– Il n'est pas assez bien pour ma mère, je dis.

– Personne n'aime l'idée que ses parents sortent avec quelqu'un, réplique Lexi.

Elle étire ses longues jambes bronzées.

– C'est psychologique.

Je tripote mon portable et Lexi change de sujet:

– Simon m'a demandé de tes nouvelles. Il est rentré à la maison hier. Vous êtes fâchés, tous les deux? Il est encore plus bizarre que d'habitude.

Oh non, Démon court en liberté! Ça me fait mal de l'admettre, mais j'étais beaucoup plus détendu quand je savais qu'il n'était pas dans le coin. Maintenant, je suis nerveux. Il pourrait être n'importe où.

– On a eu un différend, dis-je. Ça peut devenir vachement tendu quand on est enfermés ensemble.

– Je l'aurais tué, approuve Lexi.

– J'ai essayé, dis-je, et on éclate de rire tous les deux.

On reste dans le parc à papoter et, sans que je m'en rende compte, deux heures se sont écoulées. Je n'arrive pas à le croire, le temps n'a pas passé aussi vite depuis, je ne sais pas, avant qu'on m'envoie à Bevanport. Lexi me parle de Démon et me raconte qu'il a un énorme bleu sur la figure et qu'il n'a rien mangé depuis qu'il est rentré. J'ai du mal à être désolé pour lui. On parle de toutes sortes d'autres choses : surtout en rapport avec le lycée, mais de temps en temps, elle se met à parler de la guerre ou autre et je dois faire semblant de comprendre ce qu'elle raconte.

– Tu as l'air triste, qu'est-ce qu'il y a ? demande-t-elle en mettant les pieds sur le banc et en posant le menton sur ses ravissants genoux nus. Tu t'inquiètes pour les exams ?

– Les exams, c'est pas un problème, je mens.

Je ne savais pas que j'avais l'air triste. Je croyais que j'étais en train de vivre le plus beau moment de ma vie.

– Moi, je trouve que c'est l'horreur, dit-elle. Il faut que j'aie d'assez bonnes notes pour entrer à la fac. Je veux devenir psychologue.

– C'est quoi, ça ? je demande.

Mais en fait, ce qui m'intéresse beaucoup plus, c'est de savoir si je vais l'embrasser. C'est notre premier rencard, après tout. Et les rencards, c'est fait pour se rouler des pelles. Lexi doit être au courant.

– C'est l'étude du comportement humain, explique-t-elle. On essaie de comprendre pourquoi on agit de telle ou telle façon. En général, c'est lié à notre enfance.

Je crois que j'ai intérêt à l'embrasser dans les minutes qui viennent. Juste un petit baiser rapide pour commencer, puis une vraie pelle. Je me passe la langue sur le palais.

– Prends Simon, par exemple, mon cher frère. Tu imagines si tout le monde t'appelait « Démon » depuis que tu es petit, avant même que tu saches marcher ? Il n'a jamais eu sa chance. C'est pas facile pour lui d'être à la hauteur.

Cette idée est tellement bizarre que pendant un instant, j'oublie que je veux l'embrasser.

– Attends, tu es en train de dire que Démon, je veux dire Simon, est cinglé à cause de son nom ?

Ça me paraît un peu tiré par les cheveux, cette histoire de psychologie.

– En partie, dit Lexi en se grattant le bras. Si j'ai des enfants un jour, je leur donnerai les noms les plus ordinaires et les plus barbants que je pourrai trouver. Comme ça ils pourront être qui ils veulent.

Je ne suis plus son raisonnement, là. Je devrais peut-être lui passer un bras sur l'épaule avant de l'embrasser. Je ne veux pas la faire fuir.

– D'accord, mon frère a toujours été hyperactif et quelques doses de Ritaline quand il était petit ne lui auraient pas fait de mal, reprend Lexi. Mais à part ça, il a commencé à déprimer quand mes parents se sont séparés et que ma mère est partie.

– Je croyais que ton vieux l'avait fichue dehors ? dis-je en glissant mon bras sur le banc derrière elle, l'air de rien.

Lexi a l'air contrariée.

– C'est Simon qui t'a dit ça?

Je hoche la tête.

– J'imagine qu'il te raconte aussi que papa est un vrai psychopathe, pas vrai?

Je me rapproche.

– Et c'est pas le cas?

– Simon raconte ça pour que tout le monde pense que c'est un dur, lui aussi. C'est vrai que papa n'est pas exactement un citoyen modèle...

Lexi s'interrompt et son regard se perd dans le vague.

– Démon l'énerve parce qu'il fait tout le temps des conneries. Et il peut se mettre dans des colères terribles. Mais il a aussi ses bons côtés.

Démon m'a dit que Lexi était de loin la préférée et ne pouvait rien faire de mal, aux yeux de leur père, alors que Démon ne peut rien faire de bien.

– En secret, Démon regrette beaucoup maman, dit Lexi.

Parfois, je suis content de ne pas avoir de sœur.

– Alors pourquoi il ne vit pas avec elle?

– Ha! Elle dit qu'elle ne peut pas s'occuper de lui, ni de moi. Elle dit ça depuis notre naissance.

– Et toi, elle te manque?

– Non, c'est une salope.

– Mon père m'a abandonné, dis-je d'un ton songeur. Qu'est-ce que ça veut dire sur moi?

– Aha, t'y voilà! fait Lexi. Tu cherches une figure de père. C'est pour ça que tu as tout le temps des ennuis avec la police. Secrètement, tu adores l'autorité.

D'où elle sort tout ça? C'est sûrement très intéressant, mais je ne peux plus me concentrer sur la psychologie parce que, tout d'un coup, la bouche de Lexi est tout près de la mienne et elle sent tellement bon que je l'embrasse.

– C'était bien, dit Lexi quand on se détache.

Alors je l'embrasse encore. On est assis sur le banc en train de se rouler des pelles et c'est le pied. Un peu comme manger un festin fabuleux quand on meurt de faim ; non, mieux que ça. J'oublie tout quand je l'embrasse ; je me concentre seulement sur le contact de ses lèvres et sur son parfum délicieux. Sa peau est tellement douce, c'est incroyable. Je me perds en elle et les bruits du soir – chants d'oiseaux, type qui passe devant nous en faisant son jogging – sont étouffés, lointains...

On enlève brutalement mon bras et on me tire en arrière. Un visage cramoisi et furibond me regarde méchamment et, pendant une fraction de seconde, je pense que c'est Juby le Tueur en personne et que je suis sur le point de mourir.

– Lâche ma sœur, petit merdeux.

C'est Démon. Il n'a pas l'air d'un homme qui regrette sa maman.

– Casse-toi, Simon ! crie Lexi.

Je ne pourrais pas mieux dire. Démon lâche mon bras et je me tourne vivement face à lui.

Il paraît plus vieux, plus fatigué que dans mon souvenir. Son visage semble plus lourd et il a besoin de se raser.

– Moi aussi, ça me fait plaisir de te voir, dis-je. T'as allumé d'autres feux récemment ?

– Touche pas à ma petite sœur.

Il est hyper à cran, comme s'il venait de faire un coup.

– Oh, calme-toi! dit Lexi. Occupe-toi de tes affaires.

– Tu ne le connais pas aussi bien que moi, réplique Démon. C'est un petit con. Il est entré dans ma chambre.

– Qu'est-ce que tu racontes? dis-je en essayant de garder mon calme.

– Ne mens pas, insiste Démon. Je sais que tu as fouillé dans mes affaires.

– Comment? demande Lexi.

Démon l'ignore. Il reste concentré sur moi.

– Allez, avoue.

– Oh, tu racontes n'importe quoi, dis-je.

C'est à ce moment-là que son poing percute mon menton. Je retombe sur le banc et je vois des étoiles. Vraiment. Puis je sens un goût métallique sur ma langue et du sang me dégouline de la bouche.

Démon se tient au-dessus de moi et je le vois tirer quelque chose de sa poche. C'est le pot à confiture du placard de la cuisine des Juby et, à l'intérieur, il y a cette petite forme marron qui flotte.

C'est mon doigt.

– Ça fait pitié, hein? dit Démon en me regardant de haut. Comme toi.

Il le remet dans sa poche et commence à s'éloigner.

Là, je pète les plombs.

Quand j'étais petit et que je piquais une colère, je me prenais pour Hulk. Il y a ce truc qui se passe au début, vous savez, quand ses yeux virent soudain au bleu vif et que ses sourcils se rapprochent pour former une grosse grimace. Ensuite, ses muscles déchirent ses vêtements et il devient tout vert. Je croyais que c'était ça qui m'arrivait, à moi aussi. Je savais qu'il n'y avait pas de retour. Je me mettais à rugir et à pourchasser tous les autres gamins dans la cour de récré. En général, je n'attrapais personne; je me contentais de courir après tous ceux qui se trouvaient sur mon chemin, même s'ils n'avaient rien à voir avec ce qui m'avait mis en colère au départ. Je devais avoir l'air drôlement bête à courir partout en rugissant et en poursuivant des gens au hasard. Au bout de quelques minutes, je fatiguais et je me calmais. Mes yeux reprenaient leur couleur marron, mes muscles rétrécissaient et je redevenais le petit Charlie maigrichon. En grandissant, je me suis rendu compte que tout le monde se moquait de moi quand je me « transformais », alors j'ai arrêté. C'est là que j'ai commencé à piquer des trucs et à m'éclater autrement.

Mais quand l'impact du coup de poing de Démon parvient à mon cerveau, je sens revenir cette vieille sensation. Les yeux qui changent de couleur, la fureur qui bouillonne en moi. Je n'ai plus peur de lui. Je me lève d'un bond et je le cogne fort dans la poitrine, puis je me lâche, pan pan pan avec les deux poings. Je l'ai pris par surprise, il ne se protégeait pas. Je crois qu'il a le souffle coupé, vu la façon dont il se tient le ventre en hoquetant. Démon est beaucoup plus costaud que moi, alors je dois profiter du moindre avantage que je peux avoir. Donc je lui saute dessus et je me mets à lui marteler le dos.

– Donne-le-moi! je hurle.

– ARRÊTEZ, BANDE DE GAMINS! s'égosille Lexi.

Démon se retourne et me donne des coups de pied dans les jambes. Je trébuche, mais je ne tombe pas. J'attaque avec une main, mais je rate et ça me déséquilibre. Démon me pousse par terre d'un coup de pied. Le bitume me brûle les mains et les genoux, mais je me relève avant que Démon commence à me tabasser. J'ai une énergie incroyable. C'est comme quand j'ai piqué le camion. J'ai l'impression d'être en feu, je ne sais pas si c'est la douleur ou l'adrénaline. Je me tourne face à Démon mais il vient déjà vers moi, en criant des jurons et des insultes. Je me couvre la tête et je saute sur le côté. Je crois que Démon est surpris de voir que je me bats aussi bien. Il devait penser que je serais une proie facile, comme toujours. Mais c'est comme si tous mes soucis au sujet de maman et Lenny et tous mes sentiments pour Lexi s'étaient concentrés dans mes poings. VLAN! Je lui en mets un en plein dans le ventre. Mes poings s'écrasent sous ses côtes et il tombe à la renverse. Il est étalé par terre et je me tiens au-dessus de lui, pantelant.

Lexi me revient en mémoire et je la cherche des yeux. Elle franchit le portail du parc en courant.

– Lexi! je hurle, comme si j'étais dans un film, mais elle me fait un doigt et continue à courir.

Oh merde! Je baisse les yeux vers Démon. Il respire fort.

– Ça va, Démon?

Il vise mes jambes d'un coup de pied, mais je m'écarte d'un bond. Je vois le gardien du parc qui vient vers nous. Il parle dans un téléphone portable.

Je regarde de nouveau Démon. Il se redresse.

– On ferait mieux d'y aller, dis-je. La police sera bientôt ici.

– Casse-toi, grogne Démon, et il crache sur mes baskets.

Je veux lui en remettre une. Il a besoin d'une leçon. Mais j'entends le gémissement des sirènes de la police alors je m'éloigne sur la pelouse, en espérant rattraper Lexi. Je ne peux pas courir très vite, parce que j'ai mal à la jambe. Je sors du parc, la tête dans les nuages. Pour la première fois de ma vie, j'ai carrément gagné une bagarre avec Simon Juby. C'est incroyable. Je traverse la rue et je regarde dans High Street, mais je ne vois Lexi nulle part.

Il est assez tard, maintenant, environ dix heures, elle ne devrait pas être dehors toute seule. C'est de la folie, j'étais en train de vivre le plus beau moment de ma vie, c'est-à-dire d'embrasser Lexi, et la minute d'après je suis en train de me battre avec son frère. Une fois de plus. Je dévale High Street en regardant partout. Je m'arrête pour souffler et je m'essuie la figure du revers de la main. Puis, en y jetant un coup d'œil, je m'aperçois qu'elle est couverte de sang. Les gens me regardent bizarrement. Merde, il y a une voiture de police au bout de la rue ! Je tourne dans une ruelle qui mène de l'autre côté du parking et je la remonte jusqu'au bout. Je ne peux vraiment pas me permettre de me faire piquer pour une bagarre. Je décide de rentrer à la maison. Lexi a disparu. Je contourne le parking et, en traversant la rue, je vois une petite silhouette au loin.

– Lexi !

Je me mets à courir pour la rattraper ; elle ne s'arrête pas et ne se retourne pas, mais continue à marcher.

– Lexi, je halète.

– Je ne te parle plus, dit-elle. Tu es pareil que les autres.

– Mais…

– Tais-toi.

Et elle s'éloigne d'un pas décidé.

Elle est fâchée.

– Laisse-moi te raccompagner…

J'ai un ton suppliant.

– Ça oui, c'est clair que tu vas me raccompagner, dit-elle. Mais pas un mot.

Elle parle tellement comme une maîtresse d'école que j'ai envie de rire. Mais c'est pas drôle. Ma copine est en colère contre moi.

– Lexiii… je roucoule.

J'essaie de lui caresser les cheveux, mais elle écarte ma main d'une tape et me fusille du regard.

– Si tu me touches encore une fois, j'appelle mon père. Pigé ?

Je hoche la tête.

Alors on rentre en silence. Je n'arrête pas de penser à des choses à dire, mais elles me paraissent toutes un peu nazes. J'ai envie de dire : « Mais c'est lui qui m'a attaqué ! » Ou bien : « Je t'aime, Lexi Juby », ou encore : « C'est pas ma faute. »

Mais quoi que je dise, j'ai cassé la gueule de son frère. (Ouaiiiis !)

Quand on arrive devant son portail, elle s'arrête une minute.

– Il va bien ? demande-t-elle.

– Qui ?

– Simon.

– Il avait l'air d'aller. Il est sans doute dans le même état que moi.

Je me surprends à la suivre dans l'allée du jardin.

– Tu l'as laissé là-bas ?

– Oui.

– Il n'est pas trop mal ? Il peut marcher ?

Elle a soudain l'air inquiète.

– Aucun problème, dis-je. Il sera à la maison dans cinq minutes.

Est-ce qu'il était debout quand je suis parti ? Je n'arrive pas à me le rappeler.

– Je suis sérieuse, reprend Lexi en cherchant ses clés. Je ne te parlerai plus.

C'est un peu dur, ça. Tout ce que j'ai fait, c'est me battre avec son frère, et il m'a cassé la gueule quelques semaines plus tôt.

– Mais Lexi...

Elle ouvre la porte, entre et me la claque en pleine figure.

. 19

Le souhait de Lexi (ne plus jamais me revoir) ne se réalise pas parce que le lendemain, comme ça arrive souvent après un vendredi, c'est samedi et on doit aller faire notre travail d'intérêt général. Tony m'a fait parvenir des instructions: aller au terrain de jeux du parc et – tu l'auras deviné – mettre des vieux vêtements.

Je suis à l'heure mais, bien que Tony soit là, assis sur une balançoire, je ne vois aucune trace de Lexi. J'ai pensé lui téléphoner en route, mais je me suis dégonflé. On aura tout le temps de parler ce matin.

Hier soir, en rentrant chez moi, j'étais hyper énervé. Je veux dire, j'étais content d'avoir pu rouler une pelle à Lexi Juby et d'avoir éclaté Démon. Avec mon côté cabot, j'avais envie de téléphoner à tous mes potes pour leur dire. Enfin, à tous mes potes sauf Démon. Mais j'étais surtout désespéré. J'avais tout foutu en l'air avec Lexi avant même que ça commence. Mais c'était pas ma faute. C'était Démon qui avait mis le premier coup de poing.

Tony lève les yeux de son journal quand il me voit arriver et descend de la balançoire.

– On va peindre la grille, annonce-t-il. Je veux qu'elle soit entièrement terminée d'ici midi, sinon vous ne rentrerez pas chez vous.

Il essaie de jouer les durs, aujourd'hui.

– Moi aussi, Tony, je suis content de te voir, dis-je.

Je prends le pot de peinture rouge et le pinceau qu'il me tend et je m'installe à un bout de la grille. Le parc est encore désert. Il n'est que huit heures et demie. De la brume tourbillonne au-dessus de la pelouse ; pourtant, le ciel est bleu et il y a du soleil.

– Où est ta copine ? demande Tony. Elle a dix minutes de retard.

Je hausse les épaules. Je me pose la même question.

La vieille peinture s'écaille sur la grille métallique. Si je la repeins directement, ça va continuer à s'écailler et ce sera moche.

– Tony, dis-je. Il faut qu'on la frotte avec une brosse métallique avant.

– Mais non, fait Tony, qui a déjà commencé à peindre. Allez, attaque et arrête de perdre du temps.

– Mais ce sera mal fait.

– Vas-y, Charlie.

Je suppose qu'ils veulent juste nous punir en nous faisant travailler. Ils se foutent de ce qu'on fait, au juste. C'est drôlement démoralisant de passer des heures à faire quelque chose quand on sait que ce sera nul, au bout du compte.

Je suis en train de peindre mon dixième montant vertical et il y a une foule de marmots qui essaient de se tuer sur le toboggan quand Lexi apparaît.

– Enfin ! dit Tony. Je vais devoir le signaler dans ton dossier, tu sais.

Lexi l'ignore et vient droit vers moi. Peut-être qu'elle m'a pardonné. Peut-être que je vais avoir droit à un délicieux baiser.

– Où est-il ? demande-t-elle.

Elle a l'air fatiguée et ses cheveux, qui sont si beaux d'habitude, paraissent (oserai-je le dire ?) sales. Elle porte un vieux pantalon de survêtement et un sweat gris extra-large. Je suis vraiment choqué. Normalement, Lexi est toujours impeccable.

– Alors comme ça tu ne me parles plus, hein ?

Je souris, espérant qu'elle va me rendre mon sourire.

Mais non.

– Allez, je sais que tu sais quelque chose, insiste-t-elle.

Je secoue la tête.

– Je suis ignorant, chérie.

– Simon n'est pas rentré à la maison, hier soir, reprend-elle.

À ce moment-là, Tony lui tend un pinceau et de la peinture et lui dit de commencer à travailler à l'autre bout de la grille.

– Je ne l'ai pas vu depuis… tu sais… notre différend, je lui souffle.

– Allez ! ordonne Tony.

Lexi s'éloigne d'un pas traînant, en me fusillant du regard.

– Hé bé, vous êtes de bonne humeur tous les deux, ce matin, dis-je.

Je trempe mon pinceau dans le pot et je barbouille le métal. Des gouttes de peinture rouge tombent dans l'herbe.

– JE SUIS SÛR QU'IL VA TRÈS BIEN ! je hurle à Lexi. IL PASSE BEAUCOUP DE TEMPS DEHORS, NON ?

– PARFOIS, crie-t-elle à son tour. MAIS PAS QUAND UN ABRUTI LUI A CASSÉ LA GUEULE.

– ÇA SUFFIT ! rugit Tony.

– On travaille quand même, nous deux, je lui lance. Vous ne pouvez pas en dire autant.

Je me tourne de nouveau vers Lexi.

– DÉSOLÉ, CHÉRIE, JE N'AI AUCUNE IDÉE DE L'ENDROIT OÙ IL PEUT ÊTRE...

– NE M'APPELLE PAS CHÉRIE ! hurle Lexi.

À ce moment-là, Tony pique une grosse crise – qui n'est pas très terrifiante, mais je décide de lui faire plaisir pour ménager sa tension.

Je ne me fais pas de souci pour Démon. C'est un grand garçon. Il est capable de se débrouiller.

Pendant la pause-thé, Lexi revient à l'attaque.

– Tu l'as frappé très fort ? demande-t-elle.

– Aussi fort que lui.

Elle boit une gorgée de thé, puis la recrache dans l'herbe.

– Il est dégueu, hein ? dis-je. Je pense qu'ils essaient de nous empoisonner.

– Je me suis brûlé la langue, répond Lexi.

Elle a les yeux pleins de larmes. Elle est vraiment inquiète pour lui.

– Il va ressurgir, il ressurgit toujours, dis-je d'une voix plus douce. Démon n'arrête pas de se barrer à droite ou à gauche et ça ne fait même pas vingt-quatre heures qu'il est parti.

Lexi me jette un coup d'œil oblique.

– J'ai un mauvais pressentiment.

Elle s'interrompt et me regarde.

– Papa envisage d'appeler la police.

Maintenant, je flippe. Si Juby le Tueur veut prévenir la police volontairement, il doit vraiment s'inquiéter.

– La vache !

– Charlie, dit Lexi, je vais parler de la bagarre à mon père.

– Pourquoi ? C'était juste une petite embrouille.

– Oui, mais maintenant, mon frère a disparu.

Est-ce qu'elle va aussi dire à son père pourquoi Démon a mis le premier coup de poing ?

À la fin de la matinée, on a peint tout un côté de la grille et Tony est satisfait, alors il nous laisse partir. Je demande à Lexi si elle rentre chez elle, mais elle marmonne quelque chose au sujet de « quelqu'un à voir » et file à l'autre bout du parc. Elle est très différente d'hier soir. Même Tony le remarque.

– Elle a perdu son éclat, commente-t-il. Mais ça me facilite le travail.

Je lâche mon pinceau à ses pieds et je m'éloigne. J'essaie d'envoyer un texto à Démon.

T OU GROS NAZE ? TOUT LE MONDE FLIPPE

Je n'obtiens pas de réponse. J'ai du mal à croire qu'il ait pu arriver quelque chose à Démon, mais j'ai un petit doute qui reste dans un coin de ma tête. Et si je lui avais fait vraiment mal, quand je l'ai frappé, et qu'il était en train de mourir quelque part dans un fossé ?

J'essaie de me convaincre que c'est impossible, qu'il faudrait mettre des poings américains pour pouvoir faire mal à Simon Juby. Malgré tout, j'aimerais bien qu'il ressurgisse.

. 20

Chez moi, je traîne dans le couloir devant la cuisine, l'oreille tendue.

Maman n'est pas seule; elle est avec Lenny. Encore. C'est genre la deuxième fois en trois jours. De quoi ils parlent? Je ne vois pas ce qu'ils pourraient avoir en commun. Lenny a une voix fatiguée. Il parle plus fort que d'habitude.

– Caroline, je n'ai vraiment pas envie d'entendre ça maintenant.

Est-ce qu'il l'engueule?

J'entre.

Maman fait du thé, tout agitée, et il y a une assiette d'horribles gâteaux jaunes et roses sur le comptoir. Lenny a une tête de déterré. Il n'est pas rasé et il porte une chemise écossaise avec ce qui doit être un pantalon d'agent de sécurité. Son haleine pue la bibine et ses pompes sont pleines de boue. Il a dégueulassé le lino de la cuisine. C'est un vrai manque de respect, ça.

– Regarde ça, dis-je à maman en indiquant le sol. Il est pire que moi.

Lenny ne prend même pas la peine de lever les yeux.

– Tu essaies de lancer la conversation, docte épistolier ? Ou bien est-ce que tu t'apprêtes à m'envoyer une o-odieuse accusation, toi aussi ?

De quoi il parle ?

– Charlie, dit maman en tournicotant avec les tasses. Je ne t'ai pas vu depuis une éternité.

Elle est nerveuse.

Lenny prend trois gâteaux et s'assied à la table de la cuisine. Il fait tellement comme chez lui que ça me rend furieux.

– Maman, je lui dis, ignorant Lenny. Démon a disparu.

– Et c'est une mauvaise chose ? lance Lenny.

Pas gêné.

– Juby fait la tournée des voisins pour parler à tout le monde, je mens. Alors si tu ne veux pas le voir, tu ferais mieux de sortir.

Maman pose son thé.

– Le père de Démon peut être un peu agressif, dit-elle à Lenny.

– Oui, j'ai cru le comprendre, répond-il, les yeux dans le vague.

Il n'écoute pas. Il est à des millions d'années-lumière.

– Lenny m'emmène dîner dehors, annonce fièrement maman. On va manger au Gilded Lady.

Lenny a vraiment une sale gueule. Je ne peux pas m'empêcher de demander :

– Qu'est-ce que vous avez ? Vous n'avez pas vu Démon, si ?

– Charlie, ne commence pas, dit maman en jetant un coup d'œil nerveux à Lenny.

Lenny la fixe d'un regard intense.

– Ton fils ne m'aime pas, Caroline.

– Je suis vraiment désolée, dit maman en me fusillant des yeux.

– Où est mamie ? je lui demande, sans regarder Lenny.

Je n'aime pas la manière dont il parle à ma mère.

– Chez Dolores.

Lenny se lève. Il s'approche de l'évier et s'asperge le visage d'eau froide, mais il se cogne la main contre le robinet. Un mince filet de sang apparaît sur sa peau et il pousse un juron.

– Ça fait longtemps que vous picolez ? je lui lance.

– Charlie, intervient maman.

Elle a l'air sur le point de pleurer ou de me frapper.

Lenny boit une énorme gorgée de thé et repose brutalement sa tasse.

– Je suis décalé parce que j'ai fait une nuit blanche. Mon collègue est tombé malade, bizarrement, et j'ai dû le remplacer. Pendant mon tour de garde, mes gentils employeurs ont décidé que ce serait plus utile de m'envoyer faire le coursier d'urgence pour eux, alors j'ai dû conduire jusqu'à Bristol à quatre heures du matin et, enfin, pendant le reste de cette nuit de travail éprouvante, d'autant que mon boulot n'est jamais la plus stimulante des occupations en temps normal, j'ai reçu la visite de la p-police qui voulait m'interroger au sujet de la disparition de Simon Juby.

C'est pas vrai, je n'arrive pas à le croire. Démon a disparu depuis à peine une journée et la police est déjà sur le coup.

– La routine, pour quelqu'un qui a un passé aussi mouvementé que le mien, ajoute-t-il. Toutefois, comme tu peux sans doute l'imaginer, mais je t'attribue peut-être là plus d'intelligence que tu ne pourras jamais en posséder, les interrogatoires de police ne m'évoquent pas des souvenirs heureux.

Il boit une gorgée de thé et je remarque que sa main tremble. Pour autant que je sache, Lenny n'a même pas rencontré Démon.

Je le considère avec stupeur.

– Alors les flics pensent que vous avez fait quelque chose à Démon ?

Lenny ricane.

– Je ne vois pas comment quelqu'un pourrait faire du mal à un adolescent, dit-il en se tournant vers ma mère. Ils sont tous tellement délicats et charmants.

– Ne prends pas la peine de lui parler, lui répond maman. Il ne mérite pas que tu fasses l'effort.

Sa remarque m'écœure et je dois détourner les yeux. Je supporte mal de la voir lui lécher les bottes.

– Et si nous partions ? demande Lenny. De toute évidence, je suis indésirable ici et les enfants malpolis me rendent malade.

Je ne suis pas un enfant. Je vais avoir seize ans dans trois semaines.

Maman ouvre la bouche, puis la referme.

– Je vais chercher mon manteau, dit-elle.

– Il fait chaud, objecte Lenny. Tu n'en auras pas besoin.

Il avale sa dernière bouchée de gâteau.

– La prison n'a pas l'air d'avoir eu beaucoup d'effet sur ton fils. Il n'a aucun respect pour ses aînés.

Il s'essuie la bouche du revers de la main.

– A-t-il jamais eu un peu de discipline dans sa vie ?

– Oh, allez vous faire voir. Vous n'êtes pas mon père, je marmonne.

Je sens le regard de Lenny sur moi.

– Oh non, dit-il. Je ne voudrais vraiment pas être ton père.

Maman et Lenny sont absents depuis environ une heure quand mon portable bipe. C'est un texto de Lexi.

SIMON TOUJOURS PAS LA. PAPA VIENT

Au moins elle tient assez à moi pour me prévenir. Je cache tous les couteaux de la cuisine et je vérifie que j'ai mon portable dans ma poche. J'allume toutes les lumières et j'ouvre les fenêtres ; comme ça, quand je crierai, les voisins m'entendront. J'ai l'impression d'être un des gamins de ce vieux film, *Les Enfants perdus*, quand ils courent dans tous les sens pour barricader la maison au coucher du soleil avant que les vampires arrivent.

Je m'assieds à la table de la cuisine et j'attends. J'ai envie de filer. Mais je ne peux pas passer toute ma vie à me cacher, hein ? Il faut que je démêle cette histoire. J'espère que je pourrai improviser au fur et à mesure. Je serre les dents quand j'entends le portail cliqueter et des pieds lourds marteler le sentier.

BAM BAM BAM !

Il est là.

J'ouvre la porte avant qu'il l'enfonce. Juby remplit le vestibule. Il porte un T-shirt impeccablement blanc qui laisse voir ses muscles à travers. Il est tellement mal rasé qu'il a pratiquement une barbe.

– Où est ta mère ? gronde-t-il.

– Sortie, dis-je en reculant pendant que Juby vient vers moi.

J'ai l'impression d'être un gringalet, à côté de lui, comme un petit môme. Il sent la transpiration et ça me donne mal au cœur.

– Où ?

Je hausse les épaules. Pas question d'impliquer ma mère.

– Ta grand-mère ?

– Sortie.

J'espère vraiment qu'il ne se souvient pas que j'étais dans sa chambre !

Juby me bouscule pour passer et va regarder dans le salon, puis passe la tête par la porte de la cuisine.

Il pose une lourde main sur mon épaule et me pousse dans la cuisine. Il me plante sur une chaise et s'installe en face de moi. Je n'arrive pas à croire à ce qui m'arrive.

– Tu t'es battu avec Démon dans le parc hier soir, c'est ça ?

C'est plus une cuisine, c'est une salle d'interrogatoire.

Je hausse les épaules. C'est plus un secret, maintenant. Tout le monde va le savoir. Je n'arrive pas à m'empêcher de regarder les mains de Juby. Elles sont énormes. Il pourrait me réduire en bouillie.

– Pourquoi ?

Je ne dis rien.

Juby tend la main et m'empoigne le bras. Ça fait mal.

– Je suis sérieux.

À cet instant, la porte d'entrée s'ouvre, il y a un bruit de pas traînant et une petite boule de feu ridée déboule dans la pièce en criant d'une voix stridente :

– SORTEZ DE CHEZ MOI, ESPÈCE DE BRUTE ! LA POLICE ARRIVE.

– Laisse tomber, mamie...

– DEHORS ! hurle-t-elle, et elle vise le tibia de Juby d'un coup de pied.

– Madame Rack, je m'inquiète au sujet de mon fils et... Aïe !

Quand mamie l'attaque avec sa poêle à frire, Juby essaie de se protéger la tête.

– VOUS VENEZ ICI ET VOUS ESSAYEZ D'INTIMIDER MON PETIT-FILS ? SORTEZ !

Juby est debout.

– Bon sang, je ne suis pas là pour faire des problèmes !

– VOUS ÊTES SOURD ?

Vlan ! Elle le frappe encore une fois avec la poêle et Juby bat en retraite vers la porte.

– Mon fils...

– DEHORS !

Et là, stupeur : tout d'un coup, Lexi est dans la pièce et tire Juby par le bras vers la sortie.

– Papa, tu vas lui donner une crise cardiaque. Viens.

– TU PARLES, C'EST MOI QUI VAIS LUI DONNER UNE CRISE CARDIAQUE !

Juby descend à reculons les marches du perron.

– Mon fils a disparu.

– TANT MIEUX. VOTRE FILS A UNE MAUVAISE INFLUENCE SUR MON PETIT-FILS. ON DEVRAIT L'ENFERMER ET JETER LA CLÉ.

Juby essaie encore une fois :

– Bon sang...

– ALLEZ-VOUS-EN !

Juby est sur le trottoir, derrière le portail du jardin, mais il ne veut pas partir. Alors mamie sort avec une boîte d'œufs et se met à le bombarder. Un des œufs le touche en pleine tête, au milieu de son crâne chauve et luisant. Le jaune lui coule sur la figure. Lexi le tire par le bras et, quand il voit mamie le viser avec un autre œuf, il recule dans la rue.

– N'approchez pas de mon petit-fils ! hurle mamie.

Elle jette l'œuf, qui tombe juste devant le portail.

Elle en sort un autre de la boîte, quand je lui prends le bras.

– Mamie, il est parti.

Elle me sourit. Elle est toute rouge, le visage en feu et les yeux brillants.

– Je déteste les œufs, de toute façon, c'est dégoûtant. Je ne sais vraiment pas pourquoi je laisse Caroline en apporter à la maison.

Je lui prends la boîte des mains et je la reconduis à l'intérieur. Je l'assieds dans son fauteuil préféré, au salon, et je lui approche le pouf pour qu'elle puisse y poser les pieds. Je vais à côté pour lui faire une tasse de thé.

– Mamie, dis-je en posant le thé sur la table basse. Je croyais que tu étais chez Dolores ?

– Mon sixième sens m'a dit de revenir, répond mamie.

Elle boit une gorgée de thé et lâche un petit gloussement.

– Et puis je n'avais pas eu l'occasion de jeter des œufs depuis des années.

Elle est vraiment contente d'elle.

– Je n'ai pas peur de Juby. Je le connais depuis qu'il est tout bébé. Et je ne laisse personne s'introduire de force chez moi. Ton père l'a appris à la dure.

Elle se penche en avant dans son fauteuil.

– Allez, Charlie, dis-moi ce qui se passe.

Je vois le rose de son cuir chevelu à travers ses cheveux.

– Tu ne fais rien d'illégal, hein ?

Elle m'attrape le poignet.

– Si tu touches à la drogue, tu peux faire tes valises.

– Du calme, mamie.

Je repousse sa main en secouant le poignet, puis je la surprends en posant une bise sur sa vieille joue parcheminée.

– Est-ce que ton petit-fils chéri toucherait à ça ?

Mamie reste sur son petit nuage toute la soirée. Mais je sais que Juby va revenir. Je monte à l'étage et je sors mon livre de maths. Je regarde fixement la page, incapable de me concentrer. Je referme brutalement le livre et j'entends mamie rigoler toute seule en bas.

Il y a au moins quelqu'un d'heureux dans cette maison.

Je me couche tôt, mais je n'arrive pas à dormir. Je n'arrête pas de penser à Lexi, qui se fait tellement de souci pour Démon. C'est tout lui, ça, de disparaître et de tout foutre en l'air pile au moment où j'arrivais à quelque chose avec elle.

Je voudrais que mes frères soient là. Ils trouveraient Démon. Selby aurait vingt-cinq ans, maintenant, s'il n'avait pas clamsé en sniffant de l'essence à briquet, de la colle ou je ne sais quoi. Et Stephen, c'est comme s'il était mort. Il n'est pas revenu à la maison depuis des années et des années. J'aimerais bien qu'il passe la porte à cet instant précis et qu'il vienne me parler.

J'entends une voix d'homme, dehors. J'arrête de respirer. C'est peut-être Stephen. Peut-être qu'il est rentré à la maison. Il m'aidera à retrouver Démon. Mais je ne le laisserai pas s'approcher de Lexi, par contre, il est trop beau. Je me redresse sur mon lit, un peu trépidant. Et si c'était vraiment lui ? Pourquoi pas ? Ça fait un moment qu'on attend sa visite. En bas, une femme parle. C'est maman. Elle a une voix bizarre, comme si elle avait pleuré. D'accord, c'est pas Stephen. La déception me tord les tripes. J'entends un sanglot. Elle pleure. Qu'est-ce qu'il lui a encore dit ?

– VA-T'EN ! crie maman, et la porte claque.

J'entends le portail du jardin cliqueter quand Lenny s'en va. Une scène de ménage ! Génial ! Peut-être qu'elle va le larguer, maintenant. Mais les sanglots de maman s'entendent jusqu'à l'étage. Je devrais aller la consoler, parce que mamie est partie se coucher il y a des heures. Mais elle monte l'escalier à pas lourds et déboule dans ma chambre en criant :

– Je te DÉTESTE !

Elle court vers le lit et me secoue.

– Quoi ?

Je me dégage et je me réfugie de l'autre côté du lit, debout face à elle. Le maquillage de ses yeux lui a coulé sur les joues et ses cheveux se détachent de sa barrette.

– Il ne veut plus… *sanglot*… me voir… *sanglot*… Il dit… conflit familial… mon fils… *sanglot*… impossible…

Oh là là. Elle perd les pédales.

– Tu as fait ça… *sanglot*… exprès, dit maman.

Elle s'écroule sur mon lit.

– Pas vrai ?

– Maman.

– Tu ne veux pas que je sois heureuse.

Elle gémit et fond de nouveau en larmes.

– Me revoilà toute seule.

– Tu es trop bien pour lui.

Je le pense vraiment. Et je n'ai jamais gobé qu'il l'appréciait, de toute façon. Il ne la regardait pas comme il faut.

– C'est ce qu'ils disent tous, réplique maman en s'essuyant les yeux.

Elle est assise là à pleurer et je ne sais pas quoi faire. Si j'essayais de la serrer dans mes bras, elle me frapperait, sans doute. À mon grand soulagement, mamie entre dans la pièce. Elle semble fatiguée et minuscule dans sa robe de chambre à carreaux violets.

– Là, là, ma grande, dit-elle de la voix qu'elle réserve aux moments où maman est comme ça. Il t'a déçue ? Ils finissent tous par nous décevoir, fais-moi confiance. Viens, allons te chercher quelque chose à boire.

Elle lui passe un bras autour des épaules et la redresse. Je m'apprête à dire quelque chose, quand mamie secoue la tête et se pose un doigt sur les lèvres.

– Qu'est-ce que j'ai ? s'écrie maman.

– Tu n'as rien, tu es très bien, ma chérie. C'est lui qui a un problème.

À force de lui parler doucement, mamie arrive à convaincre maman de quitter ma chambre et d'aller dans la sienne. Je regarde fixement les taches que ses larmes ont laissées sur ma couette froissée. Tout ça, c'est ma faute. Elle s'en sortait vachement bien, et maintenant tout part en sucette. À ma grande surprise, j'entends maman rigoler un peu, à côté. C'est à croire que mamie se fait faire une greffe du comportement quand maman est malade, tellement elle s'en occupe bien. Puis, quand maman commence à aller mieux, vlan ! Mamie redevient la vieille vache qu'elle est en réalité.

Je me mets au lit, j'éteins la lampe et je me bouche les oreilles.

21 .

On est lundi. Je vais au lycée et je passe mon examen de sciences. Comme maman, j'ai passé presque toute la journée d'hier au lit. Je me suis aventuré à l'épicerie une fois et j'ai vu des voitures de police devant la maison des Juby. J'espère que c'est pas des mauvaises nouvelles. J'ai essayé de contacter Lexi par texto, mais elle ne m'a pas répondu.

Après mon examen, je me sens vidé. Je ne pense pas que je vais l'avoir. Le cœur n'y était pas. Il m'en reste un – le deuxième examen de maths – demain après-midi. Je décide de rester au lycée à l'heure du déjeuner pour voir des potes, mais je n'arrête pas de me retrouver tout seul. Personne n'est particulièrement hostile, j'ai juste l'impression que mes vieux copains gardent leurs distances. Prends Connor, par exemple. Il me salue d'un signe de tête et me demande si j'ai déjà vu le nombril d'un chat, mais dès que l'un de ses potes du club d'échecs arrive, il est pressé de se débarrasser de moi. Un match de foot commence, mais je n'y vais pas. Ça me paraît pas réglo. Lexi n'est pas au lycée. Je marche dans le couloir pour aller voir M. Fuller quand je croise Debbie le boudin. Elle m'ignore.

– Debbie! je lance. Quoi de neuf?

Elle continue à marcher. Je trottine derrière elle.

– Pourquoi tu te la joues hostile? Ne me dis pas que tu n'es plus amoureuse de moi!

Debbie s'arrête et se retourne d'un bond. Elle est toute rouge, ça la rendrait presque jolie.

– Je ne parle pas aux psychopathes, dit-elle.

– Quoi?

Je lui prends le bras.

– Qu'est-ce qui est arrivé à Démon après que tu lui as cassé la gueule? demande-t-elle.

Je la lâche et je recule, choqué par la haine dans sa voix. Je la regarde s'éloigner d'un pas sautillant dans le couloir, sans en croire mes oreilles.

Comment est-elle au courant de la bagarre? Est-ce que c'est pour ça que tout le monde se comporte bizarrement avec moi? Merde, plus personne ne me supporte. Même ma propre mère ne me parle plus.

Fuller sort d'une salle de classe.

– Tu es en retard, dit-il. Il faut qu'on parle de l'examen.

Il m'entraîne dans son bureau et me rebat les oreilles avec ses histoires de faire toutes les questions et de ne pas baisser les bras et de passer un bon week-end de révisions. Il ajoute qu'il a jeté un coup d'œil à ma première copie d'examen et que visiblement, je devrais l'avoir.

– Charlie ? Tu m'écoutes ?

Je hoche la tête.

– N'oublie pas, reprend Fuller, sois là demain à quatorze heures. On est contents que tu sois venu aux autres examens et que tu aies fait les devoirs du contrôle continu, même si j'avoue que certains ne sont pas terribles.

Il continue comme ça pendant un moment avant de me laisser partir.

– Tu as intérêt à être là demain, dit-il. Sinon...

Je me laisse porter vers la sortie et je manque me faire renverser par un type en camionnette blanche, parce que j'ai oublié de regarder avant de traverser la rue.

– Stupide gosse ! hurle le conducteur.

J'arrive entier sur le trottoir d'en face. J'ai envie de pleurer.

À la maison, je reste allongé sur mon lit pendant trois plombes, en écoutant de la musique pour essayer de tout oublier, quand la porte s'ouvre à la volée. Mamie est plantée sur le seuil, l'air plutôt mécontent.

– Tu as de la visite.

Mon cœur se serre quand je passe en revue la liste de ceux qui ont envie de me parler.

Lenny Sherry ? Juby ? La police ?

Je m'arrête devant la chambre de ma mère et j'écoute. Silence. Elle n'en est pas sortie depuis hier soir. Je descends et je me prépare à affronter une nouvelle épreuve.

C'est Lexi.

Je suis peut-être superficiel de remarquer ça, mais elle est canon. Elle a des yeux incroyables, tellement sérieux et sexy et...

– Il faut qu'on parle, dit-elle.

Elle regarde mamie, qui passe un chiffon à poussière sur les placards.

– En privé.

– Allons à l'étage, dis-je en faisant un clin d'œil à mamie, qui renifle dédaigneusement.

– Laissez la porte ouverte. Il n'y aura pas de parties de jambes en l'air chez moi.

Tu parles. J'aimerais bien mais ça ne risque pas.

Je monte en courant devant Lexi, je pousse les fringues sales sous le lit avec le pied et j'ouvre la fenêtre, mais Lexi ne mentionne pas le bazar.

– La police vient de repasser chez nous, dit-elle. Tu vas avoir des explications à donner.

Je sens mon sourire s'effacer.

– Moi ? Pourquoi ?

– Je les ai entendus parler dans le jardin. Je crois que tu vas être arrêté.

Je la regarde avec stupeur.

– Je ne sais rien.

– Je trouve ça dur à croire.

Elle s'assied sur mon lit et croise les bras.

(Lexi est sur mon lit, Lexi est sur MON LIT !)

– D'accord, je vais te dire ce que j'ai appris aujourd'hui et tu pourras compléter le reste, dit-elle. Pour commencer, ils ont parlé d'une bagarre, en prison ? Simon aurait brûlé tout ton travail pour les examens ?

– Ah, ça. C'était une broutille.

Je sens son parfum. Il me fait penser au caramel à la vanille.

Lexi me fixe avec intensité.

– D'après papa, les gardiens t'ont vu l'attaquer avec une chaise.

– En fait, c'est lui qui m'a attaqué avec une chaise.

Je crois que c'est vrai, du moins. Je n'aime pas le tour que prend cette conversation.

– Les flics ont regardé chez nous et ils ont trouvé tes empreintes digitales partout.

La police a mes empreintes digitales depuis que j'ai neuf ans.

– Mais je venais tout le temps ! je proteste.

– Même dans la chambre de mon père ? objecte Lexi en haussant un sourcil.

Je ferme la bouche. Je ne peux pas lui avouer que je me suis caché dans le lit de son père. Vraiment pas.

– Il y a autre chose que j'ai besoin que tu m'expliques avant que la police t'embarque, reprend Lexi. Ils ont trouvé le portable de Démon dans le parc et devine quoi ?

– Je suis tout ouïe, dis-je avec lassitude.

– Ils ont relevé ton empreinte digitale dessus. Et ils disent qu'elle est très récente.

Je n'arrive pas à le croire. Je ne me souviens pas d'avoir jamais touché le téléphone de Démon.

– Tu le lui as emprunté ? me demande Lexi.

– Non.

Je commence à en avoir marre. Tout ce que j'ai fait, c'est donner à Démon un coup de poing bien mérité. Je n'arrive pas à croire qu'on me fasse autant d'histoires.

Je regarde Lexi. Elle se tient sur ses gardes, comme si elle était prête à bondir et à filer au cas où je lui sauterais dessus pour l'assassiner, elle aussi.

– Alors ? demande-t-elle.

Je hausse les épaules.

– On dirait que tu m'as déjà condamné.

Je voudrais qu'elle s'en aille. J'ai envie de m'allonger sur mon lit et de fermer les yeux.

– Charlie, la raison pour laquelle je te dis tout ça, c'est que je tiens à toi. Je veux te donner une chance de tout m'expliquer.

Elle pose une main sur mon genou et j'ai l'impression que ma peau prend feu.

– En plus, quand la police t'embarquera, je ne pourrai rien découvrir de plus.

– Je ne sais rien, pour le portable, dis-je.

Lexi enlève sa main. Je pense qu'elle a laissé une trace de brûlure rouge vif.

– Mais c'est vrai que je suis allé chez vous il y a deux semaines.

Je lève les yeux vers elle.

– Je voulais récupérer mon doigt.

– Et ?

Elle attend.

– Et rien. C'est tout. Je ne l'ai pas trouvé.

– Tu ne m'aides pas beaucoup, dit Lexi.

Elle tripote ma couette.

Je ne sais pas quoi dire d'autre. Je regarde par la fenêtre. Est-ce qu'ils vont venir m'arrêter ce soir ?

– Il y a autre chose que tu ne me dis pas ? demande Lexi.

Je suis tenté de foutre le camp jusqu'à ce que ça se tasse.

– Qu'est-ce qui est arrivé à mon frère, d'après toi ? insiste-t-elle. En vrai.

Je recrache mon souffle et je me gratte la tête.

– Franchement, je n'en ai aucune idée. Écoute, je ne sais pas pourquoi vous faites toute cette histoire. On parle de Démon, là. Pas d'un petit gamin sans défense.

Je m'apprête à ajouter qu'il faudrait être fou pour enlever Démon, il est tellement méchant, mais quelque chose me dit que Lexi n'apprécierait pas. Hardiment, je lui caresse la main.

– Il va revenir.

Une série de sanglots éclate dans la pièce voisine. Lexi se lève de mon lit d'un bond.

– Qu'est-ce que c'est que ça ?

– C'est juste ma mère. Elle s'est fait larguer. Elle ne le prend pas très bien.

– Quoi ? Larguer par ce type flippant que j'ai rencontré devant le cinéma ?

Elle se réinstalle sur le lit et grimace quand maman lâche un petit miaulement.

Je hoche la tête.

– Je ne pense pas qu'il l'ait jamais aimée. Mais elle, elle le trouvait fa-bu-leux.

– C'est qui ? Je ne l'avais jamais vu dans le coin.

Est-ce que je lui dis ? Je ne vois pas pourquoi je m'en priverais. Ça pourrait la distraire de son obsession pour Démon pendant quelques minutes.

– C'est compliqué.

– Tu m'as déjà dit ça à son sujet, remarque Lexi.

Je souffle.

– D'accord, je vais te raconter Lenny Sherry.

Je commence par lui parler de l'association de correspondants sur Internet et des lettres que j'ai écrites. J'omets de préciser que je me suis fait passer pour ma mère. Ça ne me met pas en valeur. Je lui expliquerai ça plus tard si j'y suis obligé. Lexi hausse les sourcils de temps en temps et, à un moment, elle murmure entre ses dents :

– Ce que t'es bizarre...

Je lui parle de la lettre de Lenny que j'ai reçue quand j'étais en prison.

– Comment il savait où tu étais ? demande-t-elle.

Alors je lui raconte qu'il a rencontré ma mère, qu'ils se sont mis ensemble et...

– Attends, me coupe Lexi. Pourquoi tu lui as écrit, toi, pour commencer ?

Je me tais. Pour ça, il faut que je réfléchisse.

– Je devais penser que ce serait marrant, je suppose. Je voulais savoir comment ce serait, un tueur.

– Je ne voudrais pas le savoir, moi, réplique Lexi.

Elle est intelligente, cette fille.

– Ta mère sort avec quelqu'un qui s'est échappé du couloir de la mort ?

– Il ne s'est pas échappé, il a été libéré. Et ils ne sortent plus ensemble.

Lexi s'étire.

– Bon, et de quoi on l'accusait ?

Je lui parle du garçon qui a été noyé dans la mer et du fait qu'on a révélé récemment qu'il avait des problèmes cardiaques. J'ajoute que Lenny a passé neuf ans de sa vie dans le couloir de la mort. J'aime bien la façon dont Lexi m'écoute, même si je dois donner l'impression d'avoir tout inventé.

– C'est flippant, commente-t-elle quand j'ai fini. Mais il a été libéré.

Elle regarde sa montre et me demande d'un ton dégagé :

– La police est au courant pour Lenny ?

– Il a été interrogé, aujourd'hui. Ils savent tout sur lui.

Mamie s'agite sur le palier et claque la porte du placard-séchoir. Elle fait semblant d'étendre le linge.

– Ça devrait aller, mamie ! je lance.

– Qu'est-ce qui devrait aller ?

Elle passe la tête par la porte et nous voit assis sur le lit. Je ne peux pas résister à l'envie de la faire enrager.

– Ton premier arrière-petit-enfant devrait être en route.

Mamie me jette un regard noir et claque la langue, agacée. Elle agite l'index d'un air menaçant.

– Ne vous inquiétez pas, intervient Lexi d'un ton las. Il raconte n'importe quoi.

– J'espère pour lui, gronde mamie, et elle se remet à s'activer.

– Imbécile ! souffle Lexi.

Je baisse la tête. Elle a raison.

– Je ne comprends toujours pas pourquoi tu lui as écrit au départ, reprend-elle.

– Je dois être un peu dingue.

J'en ai marre, tout d'un coup. Je n'ai pas le beau rôle dans tout ça.

– Nan, fait Lexi, il doit y avoir une autre raison.

Je dois avoir l'air perplexe. Elle ajoute:

– On a toujours une raison de faire ce qu'on fait. C'est ça, la psychologie.

Ah, revoilà la psychologie.

– Je peux voir une de ses lettres?

Je ne vois pas en quoi ça peut l'avancer, mais je fouille dans mon tiroir à chaussettes pour sortir les lettres. J'en récupère une. C'est la première qu'il m'a écrite.

– Fais voir, dit Lexi.

Je la lui tends en expliquant seulement maintenant que je me suis fait passer pour ma mère. Je la regarde parcourir la page des yeux.

– Il écrit bizarrement, commente-t-elle quand elle l'a lue. Et visiblement, tu lui as parlé de moi; ça ne me plaît pas. Regarde ce passage: *Rappelle-toi que les jeunes filles sont des êtres faibles, alors garde un œil sur eux, même si Mark a l'air heureux avec sa copine. Une question: tu as dit que son nom de famille était Tuby ou Juby?*

Elle me regarde d'un air dégoûté.

– Beurk, Charlie, qu'est-ce que tu lui as dit d'autre sur moi?

Je ne m'en souviens pas.

– Tu lui as dit que c'est Juby et pas Tuby, mon nom de famille?

– Euh... ouais.

Je ne me rappelle pas ce que j'ai écrit. Elle croit que j'ai une mémoire photographique, ou quoi? En plus, j'ai d'autres soucis plus importants, en ce moment précis.

– Il a une façon bizarre de s'exprimer, ajoute Lexi. Et ça ne me plaît pas, qu'il mentionne ma famille.

– Bon, c'est un condamné à mort qui ne maîtrise pas bien la grammaire, et alors? dis-je avec humeur.

Est-ce que je vais vraiment me faire arrêter?

– J'étudie ce que j'ai comme indices, rétorque Lexi. Avant que la police confisque les pièces à conviction.

Elle jette un coup d'œil par ma fenêtre, comme si elle s'attendait à voir le Furtif et Polly le Poulet arriver au pas de course dans l'allée du jardin.

– Montre-moi les autres lettres.

Je me lève du lit et je fouille dans mes tiroirs. Je n'en trouve que trois. La dernière n'est pas avec les autres. Si Lexi pense arriver à en tirer quelque chose, je lui souhaite bonne chance. J'essaie de trouver à qui elle me fait penser. Quelqu'un tousse sur le palier, et j'ai le déclic. Quand elle joue les petits chefs comme ça, Lexi Juby ressemble beaucoup à ma chère mamie.

– Je ferais mieux d'y aller. Papa est nerveux avec moi depuis que Simon a disparu. J'ai besoin de te les emprunter.

Lexi fourre les lettres dans son sac et me regarde.

– Si j'étais toi, Charlie, je préparerais des affaires pour un jour ou deux. La police sera bientôt là et je suis à peu près certaine que tu es leur suspect numéro un.

Elle regagne la porte toute seule. Je vais à la fenêtre du palier et je la regarde s'éloigner en courant dans l'allée du jardin et dans la rue. Je suis vachement content qu'elle soit venue me prévenir, mais je ne sais pas quoi faire, maintenant. Je ne veux pas attendre que les flics arrivent. Et s'ils décidaient que je suis vraiment le coupable ? Je pourrais être remis en détention préventive. Et renvoyé à Bevanport. Ça me tuerait.

Je fais les cent pas dans ma chambre en me demandant quoi faire, quand j'entends une sirène au loin. Alors je panique, bien que je sache que c'est une ambulance. Il faut que je parte. Maintenant. Je ne peux pas traîner ici une minute de plus. Pas question d'attendre que la flicaille me rattrape. Si Démon peut disparaître, moi aussi. Je vais devoir rater l'examen de maths, tant pis, tout plutôt qu'être renvoyé en prison. Je farfouille sous le lit à la recherche de mon sac à dos et j'y fourre des T-shirts et des chaussettes. J'ajoute mon portable, une lampe-torche, tout le liquide que je trouve (environ dix £) et ma casquette de base-ball. Je tremble. Je n'arrête pas de repenser à ma cellule de Bevanport, avec les chiottes cassées, le matelas en plastique et les murs en brique peinte que j'ai regardés pendant des heures d'affilée. Je ne retournerai pas là-bas. Au rez-de-chaussée, je fais une razzia dans le placard de la cuisine et je remplis mon sac de biscuits, de gâteaux, de coca et de fruits secs.

– Qu'est-ce que tu fabriques ? demande ma grand-mère en déboulant dans la cuisine.

– À plus tard, mamie.

Je me baisse pour lui faire une bise. Je ne sais pas quand je la reverrai. Peut-être demain, peut-être jamais.

– Ne me brise pas le cœur, Charlie ! lance-t-elle alors que je sors de la maison.

Je m'arrête.

– Tu n'as jamais eu de cœur, de toute façon. Hein, mamie ?

Et je m'en vais, je cours dans l'allée du jardin et je franchis le portail. Je tourne à droite pour éviter la rue principale du lotissement. Je suis presque au bout de ma rue quand je vois quelque chose du coin de l'œil. Je plonge derrière une voiture et je me retourne vers ma maison. Une voiture de police vient juste de s'arrêter devant. Merde ! Je rampe comme un crabe derrière des voitures garées jusqu'à ce que j'atteigne une allée de traverse. Puis je me mets à courir. Je ne pense pas que les flics m'aient vu. Je passe devant quelques jeunes que je connais vaguement, mais je les ignore. Je suis seul. Il fait chaud, ce soir, et mon T-shirt me colle à la peau malgré le vent. Je me sens plein d'énergie. Je peux aller n'importe où, faire n'importe quoi. Ce doit être comme ça que Stephen se sentait quand il est parti en Écosse. Je pourrais y aller en stop et le retrouver. Sinon je pourrais aller au bord de la mer. Je pourrais essayer de me faire prendre en stop dans une voiture qui rejoint le ferry pour l'Irlande, mentir sur mon âge et trouver un boulot quelque part. Mais Lexi dans tout ça ? Au bout de l'allée, j'hésite. Si je tourne d'un côté, je rejoins le centre du lotissement : les boutiques, l'arrêt de bus, la route qui mène en ville. L'autre côté mène à des rues plus résidentielles et au canal.

Je me retrouve aux jardins communaux, dans la cabane de Michael.

22 .

Michael cache la clé de sa cabane sous un pot de fleurs. Je lui ai fait remarquer que c'était une cachette pourrie, mais il dit que personne ne veut entrer dans sa cabane et que de toute façon, il n'y a pas besoin de la clé, c'est tellement facile de forcer la porte.

La cabane est bourrée d'outils, de tuteurs en bambou et de sacs de compost. Michael a aussi une chaise longue, un réchaud, des sachets de thé, du café, une boîte de biscuits et un paquet de sucres d'orge. Il y a un demi-litre de lait posé sur une étagère. Je le renifle un coup, mais il est tourné depuis longtemps, alors je le mets devant la porte, dehors. Je me sens bizarre, comme si j'étais en danger. Je n'arrête pas d'entendre des chuintements et autres bruits bizarres et je ne peux pas m'empêcher de regarder tout le temps par la porte pour vérifier que personne ne rôde dans les parages. Il fait nuit, maintenant, et je suis un peu nerveux. C'est juste de l'autre côté de la palissade que Lenny fait l'agent de sécurité, mais il ne m'inquiète pas trop. C'est la police que j'ai besoin d'éviter. Je ne retournerai pas à Bevanport pour quelque chose que je n'ai pas fait. Je ne sais pas ce que je vais faire demain, ni après-demain. Mais je ne peux pas tout gérer en même temps; tout ce que je veux, c'est m'absenter un moment.

Je me prépare un café noir et je m'installe dans la chaise longue. Je n'arrête pas de penser à mon lit. Je m'agite pour essayer de trouver une position confortable et le machin manque se renverser. Je n'arrive pas à dormir. La cabane ne laisse pas entrer beaucoup d'air et la fenêtre est coincée, mais je n'ai pas trop envie d'ouvrir la porte. Il pourrait y avoir n'importe qui dehors. Maintenant que je ne bouge plus, j'entends tous les bruits de la nuit. Les générateurs du chantier d'à côté vrombissent, mais par-dessus, j'entends les arbres qui bordent le canal, au pied du lotissement, crisser et frémir dans le vent. Il y a un chien qui aboie quelque part, une voiture qui fait gronder son moteur à une certaine distance et, au loin, un léger martèlement. Si j'écoute très attentivement, j'ai l'impression d'entendre des voix apportées par les rafales de vent.

J'ai dû m'assoupir, parce que je manque tomber de la chaise longue quand mon portable sonne. Je farfouille dans mes poches, mais je ne le trouve pas avant qu'il se taise. Je regarde l'écran. C'était Lexi qui m'appelait et, d'après l'heure qu'indique mon téléphone, ça fait deux heures que je suis dans la cabane.

Un bip m'annonce que j'ai reçu un texto.

T OU ? FAUT QUE JE TE VOIE.

Il est aussi de Lexi. Mais si je lui dis où je suis, est-ce qu'elle va m'envoyer son père, ou les flics ?

Un autre message arrive.

CHARLIE IL FAUT QUE JE TE VOIE TOUT DE SUITE !

Il fut un temps où j'aurais donné ma vie pour recevoir un message pareil de Lexi Juby. Mais maintenant, je me méfie.

Je tape... je tape quoi ?

Le téléphone sonne et je réponds aussitôt.

– Charlie, il faut que je te voie. J'ai trouvé quelque chose. Charlie ? T'es là ?

– Oui.

– T'es où, Charlie ?

– Il faut vraiment que tu me voies maintenant ? Il est drôlement tard.

– Je passe la porte. Dis-moi où venir.

Je relâche mon souffle et je prie pour qu'elle ne soit pas avec son vieux.

– Charlie ? Je n'ai presque plus de crédit.

– Je vais te retrouver à l'entrée des jardins communaux, dis-je.

– À tout de suite.

Elle raccroche.

Qu'est-ce qu'il peut y avoir de si important pour qu'elle ait besoin de me voir sur-le-champ ? Je sors de la cabane dans la nuit. Ça souffle sacrément fort ici, maintenant. Les tuteurs et les plantes de Michael s'agitent et l'énorme palissade qui sépare les jardins communaux du chantier grince et grogne dans le vent. Je ne me sers pas de ma torche électrique. Les lampes qui entourent le chantier illuminent toute la zone. Ma torche ne ferait qu'attirer l'attention sur moi. Je rejoins le sentier et je longe les parcelles. J'attends dans l'ombre à côté de l'entrée. Je suis vachement nerveux. Pas étonnant, faut dire. Je suis un mec de (presque) seize ans poursuivi par la police et persécuté par ses potes parce qu'ils croient que j'ai fait du mal à mon meilleur copain. Ça rendrait n'importe qui nerveux. Si seulement mes frères étaient avec moi ! Si seulement Selby et Stephen étaient là, à mes côtés ! On serait invincibles. On n'aurait peur de rien.

Il fait sombre près de la haie, mais j'ai quand même peur que quelqu'un m'observe. J'imagine que les flics sont sur ma piste. Peut-être qu'une dizaine de types en noir rampent de plus en plus près à chaque seconde, avec leurs lunettes infrarouges braquées sur moi. D'une minute à l'autre, je vais être plaqué au sol et traîné par les pieds. Où est Lexi ? Elle devrait être là, maintenant, ça fait une éternité que j'attends. Un craquement dans la verdure me fait retenir mon souffle. Mais il ne se passe rien. Finalement, je relâche mon souffle, qui fait beaucoup trop de bruit.

– Charlie ?

Une voix douce a murmuré mon nom de l'autre côté de la haie. Je me mords la lèvre. Ça fait mal.

– C'est toi ? Qu'est-ce qui te prend de souffler comme un vieux pervers ?

Une silhouette apparaît et triture le loquet de la barrière.

– Bonsoir, Lexi.

Je me passe la langue sur la lèvre pour voir si elle saigne.

– Comment je fais pour entrer ?

Je suis tenté de lui dire qu'elle doit escalader la barrière. Elle porte un jean super serré et ce serait un spectacle qu'aucun mec ne voudrait rater. Mais, comme je l'ai peut-être déjà mentionné, j'ai perdu l'entrain du Charlie d'avant, alors je me contente de lui dire qu'il y a un trou dans le grillage, à quelques mètres de là.

– Non, tant pis, dit-elle. Viens avec moi, j'ai quelque chose à te montrer.

– Lexi, je ne veux pas bouger… La police.

– La police n'est pas là. Je veux juste t'emmener au pont.

Lexi Juby veut m'emmener au bord du canal et me montrer quelque chose. Est-ce qu'elle va essayer de me sauter dessus ? *Maintenant ?* Non. C'est pas possible. C'est trop le délire en ce moment. Mais Lexi est un peu dingue, comme fille. Peut-être qu'elle veut qu'on ait baisé une fois avant que je me fasse embarquer par la poulaille. Je ne sais pas trop quoi penser, mais je me faufile par le trou dans le grillage pour la rejoindre. Même dans le noir, je devine qu'elle a chaud et qu'elle est agitée.

– Lexi, dis-je, un peu plus calme. Qu'est-ce que c'est que cette histoire ?

– Attends, tu vas voir. Ça en vaut la peine.

Elle me tire la main.

– Dépêche-toi.

Je me laisse entraîner. Le pont est connu pour être un endroit où les couples en mal d'affection se retrouvent à la nuit tombée. C'est hyper romantique, le canal qui coule, l'eau qui goutte des briques, le tonnerre des poids lourds qui passent au-dessus.

– Qu'est-ce qui se passe, là-bas ?

Lexi montre du doigt la palissade du chantier.

– C'était pas là avant, ça, si ?

– Ils construisent des appartements de luxe. Les travaux ont commencé au printemps.

Peut-être que les filles ne remarquent pas ces choses-là.

– Michael va perdre sa parcelle des jardins communaux, j'ajoute. Bientôt, il y aura des apparts partout à la place.

– Sympa d'habiter ici, commente Lexi. Au bord du fleuve.

– Mais… et les jardins ?

– Les logements, c'est plus important que les haricots des vieux.

– Et si une famille de petits lapins se fait écraser par les bulldozers… ?

– Chut ! m'interrompt Lexi. Je crois que j'ai entendu quelque chose.

Je me tais. C'est pas ce genre de trucs que dirait une fille en mode séduction, je pense. Mais Lexi n'est pas comme les autres.

– T'es pas censée glousser et être d'accord avec tout ce que je dis ? je lui demande, juste pour voir sa réaction.

– T'es pas censé t'enfoncer la tête dans le cul? réplique Lexi en mettant les mains en cornet autour des oreilles pour mieux entendre.

Je la regarde, avec ses cheveux qui lui volettent autour du visage.

– Le canal, je lui rappelle.

– Tout va bien. J'ai rêvé.

Elle se remet en route.

– Viens.

On descend la rue en hâte, puis on coupe par le sentier pour rejoindre le chemin de halage. Je regrette de ne pas m'être lavé avant de partir. Je me renifle discrètement les aisselles. Je pue. Toute ma trouille et mon stress sont ressortis par là. Et puis je ne me suis pas brossé les dents et je n'ai pas de chewing-gums.

Il n'y a personne près du pont. Ouf. J'avais un peu peur que Lexi y ait posté son père pour m'attendre ou un truc comme ça. Elle s'engage directement dessous. Je la suis. Quand on arrive au milieu, elle s'arrête et lève les yeux vers moi. Est-ce qu'elle va m'embrasser?

– Regarde ça.

Elle allume une lampe-torche et la braque sur le mur du fond. Je n'y comprends plus rien. Est-ce que je dois l'embrasser, ou me retourner et regarder ce qu'elle me montre? Je décide de l'embrasser. Je donne la bonne forme à mes lèvres et je lui tombe dessus.

– Charlie, espèce de patate, regarde! m'ordonne Lexi en me repoussant.

Elle me retourne et je suis des yeux le rayon de lumière.

Je relis les noms que je connais bien:

J. JUBY

NAPPY PARSONS

– Et alors? je dis, un peu déçu, même si je n'étais pas convaincu que Lexi allait essayer quoi que ce soit.

Pas totalement convaincu.

Lexi baisse sa lampe. Il y a d'autres noms griffonnés sous celui de mon père. Des noms que j'ai vus pendant des années, sans jamais y faire attention.

FRANKY JOHN

SCOOPER

BILLY BOY

– Je ne comprends pas, qu'est-ce qu'ils ont de si spécial...?

Ma voix s'étrangle quand Lexi déplace encore la torche. Le rayon de lumière éclaire des lettres que la mousse et le limon rendent presque illisibles.

LENNY SHERRY

Pour une fois, je reste interdit. Je ne sais pas quoi dire.

23 .

– Je savais bien que j'avais déjà entendu ce nom quelque part, dit Lexi, assez contente d'elle.

J'ai du mal à le digérer. J'étais là en train de m'imaginer que j'allais m'envoyer en l'air avec elle et, la minute d'après, je regarde un tag que Lenny a peut-être fait il y a genre un million d'années.

– Donc l'histoire ne vient pas de commencer, continue Lexi. Il a sans doute connu mon père quand il était jeune.

Elle me regarde.

– Et le tien.

À cet instant, j'ai une espèce d'affreux pressentiment. Lenny connaissait Juby et papa ?

– On devrait peut-être parler à ton père... dis-je lentement.

Je ne peux pas aller voir le mien. Il pourrait être n'importe où dans le monde. N'importe où du moment qu'il y a un marchand d'alcool et un banc, en tout cas.

– Oui, dit Lexi. Mais quand j'ai découvert ça, je suis rentrée à la maison et j'ai trouvé un petit mot de papa qui disait : « Sorti. »

Elle tripote le bouton de sa lampe électrique.

– Je n'ai aucun moyen de savoir où il est et il ne répond pas au téléphone.

Le vent souffle plus fort. Je fourre mes mains dans mes poches. Il fait bon, cette nuit, mais j'ai froid. Je n'arrive pas à me débarrasser du sentiment que je suis embarqué dans une sale affaire et que je suis complètement dépassé. Et puis je me sens vraiment con. Lexi n'avait aucune intention de s'envoyer en l'air avec moi. J'ai dû délirer. Je voudrais rentrer à la maison, mais je ne peux pas. J'ai la police au cul. Je ne veux pas de tous ces tracas.

– C'est quand j'ai vu son nom écrit dans les lettres, dit Lexi. Je savais que je l'avais déjà vu quelque part. Et il y a autre chose. J'en suis certaine.

Je ne vois pas quel rapport tout ça peut avoir avec Démon ou moi. Lexi s'assied sur le muret qui longe le sentier de halage et sort des papiers de sa poche. Elle rallume sa lampe. C'est les lettres de Lenny.

– Regarde, dit-elle.

Elle me montre la signature en bas de la page.

– Regarde le « L ».

Je regarde. Il a la même boucle vers le bas que le « L » sur le mur. Lexi reprend la feuille et tient la lampe tout près pour étudier la lettre.

Le vent siffle autour de nous. Je soupire et je cogne les pieds contre le muret. Je ne veux pas rester ici à regarder les graffitis. Ça me fait flipper. Et puis j'en ai marre de traîner sous ce pont.

– Lexi...

– Chut!

Je lève les yeux au ciel et je commence à faire les cent pas. J'ai faim et je suis fatigué. De temps en temps, la lumière de la torche de Lexi se braque sur le mur et je l'aperçois encore.

LENNY SHERRY

Lenny aurait connu papa? J'écoute les voitures rugir au-dessus de nos têtes. Je n'aime pas penser à mon père. Ce doit être le pire père de la planète. C'est un menteur, un voleur et un raté. Et puis il n'est jamais là, mais ça c'est une bonne chose. J'essaie de l'imaginer à mon âge, en train de grimper sur le mur pour taguer son nom dessus. Est-ce que Lenny lui a fait la courte échelle? Est-ce que maman est au courant? Je devrais peut-être l'appeler et lui demander. Mais là, je me rappelle qu'elle a passé les dernières quarante-huit heures au lit à refuser toute nourriture. Non, elle a besoin qu'on la laisse tranquille pour le moment.

– Lexi...

– Tais-toi, Charlie. Je suis en train de trouver quelque chose.

Elle sort un stylo et se met à griffonner.

C'est clair, je ne lui plais pas, sinon elle ne me parlerait pas comme ça. Je m'éloigne un peu du pont, sur le chemin de halage. Je suis tenté de m'en aller pour de bon. Je ne le fais pas, bien sûr. J'y retourne. Elle est toujours en train de griffonner en marmonnant.

Puis elle fait :

– Oh !

– T'as trouvé autre chose, Sherlock ?

Non mais tu m'entends ? J'ai l'air vraiment énervé.

– Non, quelqu'un vient. Filons.

Elle montre le bout allumé d'une cigarette, de l'autre côté du pont, sur le chemin de halage.

Selon toute probabilité, c'est quelqu'un que je ne connais pas, en train de promener un chien, mais je ne vais pas traîner dans le coin assez longtemps pour le vérifier.

– Et si tu venais chez moi ? propose Lexi en fourrant les lettres dans sa poche. La police ne te cherchera pas là-bas.

Je la regarde d'un air incrédule.

– Tu peux dormir dans le lit de Simon.

Pas question d'aller chez Juby. Si cet homme me voit dans son univers, ça pourrait réveiller des souvenirs de moi caché dans son lit. Je convaincs Lexi de revenir avec moi aux jardins communaux jusqu'à ce qu'on ait décidé quoi faire. À mon grand soulagement, elle accepte. Je pense qu'elle n'a pas envie de rentrer chez elle, de toute façon. On longe le canal discrètement et on remonte le sentier. On marche vite, en guettant la moindre sirène, voiture de police ou autre. Le chemin aboutit dans l'allée privée et on rejoint le trou dans le grillage des jardins communaux en moins de dix minutes.

Lexi me suit de l'autre côté.

– Tu ne vas pas me faire asseoir dans un carré de choux-fleurs, j'espère?

– Viens.

Je lui prends le bras et je la conduis vers la parcelle de Michael, le long du sentier. Je l'aide à descendre les marches.

– La cabane, c'est ça?

Je hoche la tête. Elle s'attendait à quoi? Au Ritz?

J'ouvre la porte et j'accroche ma lampe électrique au clou du toit. Je lui propose la chaise longue et elle s'affale dedans.

Je décide de nous préparer du café pendant qu'on cherche quoi faire. J'ouvre la porte de la cabane, je descends le réchaud de l'étagère et je tourne la mollette. Je tiens mon briquet devant le filament, et il s'allume. Je pose le tout dans l'herbe, à l'extérieur. Je ne veux pas ajouter « incendie criminel » à la liste de mes conneries. Pendant une minute, je crois que le vent va l'éteindre. Je mets une casserole sur le feu après l'avoir remplie d'eau au robinet qui est au bord du sentier.

Le vent est chaud contre ma peau. Ça sent les légumes et la terre, ici, et je crois entendre un bourdonnement venant des ruches de Michael. Je trouve une vieille couverture dans son jardin et je l'étale dans l'herbe humide, à côté de la cabane.

– Asseyons-nous dehors, dis-je.

Lexi me rejoint sur la couverture.

Elle a ressorti les lettres de Lenny. Son bras touche le mien, mais elle ne s'écarte pas. La lumière de sa torche vacille sur les pages.

Je me sens un peu mieux, maintenant qu'on n'est plus sous le pont. Je suis plus en sécurité, ici. Michael est le seul à exploiter sa parcelle des jardins communaux, maintenant, et je crois qu'il n'est pas là. De toute façon, personne ne fait du jardinage à minuit.

L'eau bout. Je prépare deux tasses de café et je tends la sienne à Lexi, mais elle la pose aussitôt dans l'herbe en inspirant vivement. Je crois que je l'ai brûlée jusqu'à ce qu'elle me souffle :

– Regarde ça.

Elle me tend une des lettres de Lenny.

– C'est une lettre, dis-je fort utilement.

Est-ce que je devrais lui dire d'éteindre sa lampe ? Lenny est peut-être juste à côté, en train de surveiller le chantier. Il me balancerait dans la seconde. Il serait ravi si je me faisais choper.

– Non, regarde.

Dans la lumière de la torche, je vois qu'elle a entouré la première lettre de chaque phrase au stylo-bille.

– Il est fou, marmonne-t-elle.

C'est horrible de se sentir bête, surtout devant la femme qu'on aime. Malheureusement, je m'y habitue.

Je lui avoue que je ne comprends pas.

– Regarde celle-là.

Elle a marqué la lettre suivante de la même façon.

– Charlie, tête de nœud, regarde !

Elle me tend le stylo.

– Note la première lettre de chaque phrase, m'ordonne-t-elle.

Je ne vois pas l'intérêt, mais je ne sais pas quoi faire d'autre. J'ai fini par apprendre qu'il ne faut pas désobéir à Lexi. Alors je recopie les lettres sur le dos de ma main.

– Regarde, exige-t-elle. Et moi qui croyais que c'était Simon, le plus bête des deux, et pas toi…

Docilement, je tends la main à la lumière.

CTUMEPRENDSPOURUNCONJETEVOISS

– Ignore la première et la dernière lettre, dit Lexi, qui commence visiblement à perdre patience.

– OH LA VACHE!

Je lâche la lettre comme si elle était brûlante.

– Lexi, ça dit…

– Je sais ce que ça dit, me coupe-t-elle en posant le pied sur la lettre avant qu'elle s'envole. Ça ne me plaît pas.

– Ça ne peut pas être une coïncidence, dis-je, toujours incrédule.

Comment Lenny peut-il être aussi… aussi… je ne sais pas, sournois?

– Oublie le CAP tourisme, Charlie, raille Lexi, tu as le QI pour entrer à Oxford, mon pote.

– Quoi?

– Rien. Tu veux voir les autres lettres?

– Il l'a fait avec les autres?

– On va bien voir.

Je prends la deuxième lettre et Lexi planche sur la troisième.

– Merde, dis-je quand j'ai décodé la lettre suivante.

LAISSEMOITRANQUILLE

Je montre ma main à Lexi et je la regarde avec hébétude.

– Comment t'as eu l'idée de faire ça ?

Lexi se gratte la tête avec ses longs ongles.

– Les tournures ont quelque chose de pas naturel.

– Tu es maligne, comme fille.

Je regarde encore les lettres. C'est là, clair comme tout. Des messages codés.

– Faut que tu voies celle-ci, dit Lexi en me tendant la troisième lettre. C'est bien flippant.

Le message de la deuxième lettre était déjà assez flippant comme ça. *Laisse-moi tranquille.* Tout d'un coup, je me sens mal. Mais je n'ai menti que sur mon identité, parce que l'association de correspondants n'autorise pas les jeunes à écrire des lettres. Je ne cherchais pas à me foutre de sa gueule ni quoi que ce soit. Si ? Peut-être que Lenny a pensé que je me moquais de lui pendant tout ce temps et que je trouvais sa situation comique. Je prends la troisième lettre.

JETAITROUVEJAIPASPEUR

Pas peur de quoi ?

– Alors ? On va voir les flics avec ça ? demande Lexi. Ça ne t'innocente pas ; tu n'as pas encore expliqué les empreintes digitales sur le portable de Démon…

Elle me jette un regard interrogateur, mais je ne dis rien parce que je n'y comprends rien de plus qu'elle.

– Mais qu'est-ce que ça a à voir avec Démon ?

– C'est une autre piste.

C'est contraire à ce qui est inscrit dans mes gènes d'entrer volontairement dans un commissariat. J'ai la tremblote dès qu'on arrive dans le parking. Ils vont m'interroger au sujet de Démon et des empreintes digitales.

– Désolé, Lexi, je dis. Je n'irai pas au commissariat. Ils vont m'enfermer d'abord et me poser des questions ensuite.

– Tu serais peut-être mieux dans une cellule qu'ici, réplique Lexi en désignant la cabane d'un geste du menton.

– Non, sûrement pas.

Je la regarde taper un message sur son portable.

– Merde, je n'ai plus de crédit, je peux t'emprunter le tien ?

Elle tend la main.

– Tu appelles qui ?

J'ai le sentiment que j'ai le droit de le savoir, dans les circonstances.

– Je réessaie de joindre papa.

Pendant qu'elle bricole avec mon téléphone, j'essaie de trouver ce que j'ai de mieux à faire. Je ne veux pas me ramener chez les flics avec les lettres comme un petit agneau et me livrer. Je suis le principal suspect. Je pourrais être condamné et me retrouver en taule pendant des années et des années !

Lexi n'obtient pas de réponse.

– Je pense que Lenny est revenu ici pour une raison, dit-elle en me rendant mon portable. Un truc en rapport avec son passé.

Elle me regarde.

– Je pense que Démon est impliqué, mais je ne sais pas comment ni pourquoi.

– On va le trouver, Lexi. Ton frère est invincible.

Je m'apprête à me lever quand je sens deux bras m'enlacer.

– J'ai besoin d'un câlin, dit-elle. Je voudrais tellement pouvoir faire quelque chose...

Je la serre contre moi. Peut-être qu'elle m'aime bien quand même, finalement.

On reste assis dans le noir, comme des vampires. Vivement que ce soit fini, cette affaire avec Démon et Lenny, pour qu'on puisse apprendre à se connaître comme il faut. J'ai du mal à croire que Démon est apparenté à cette fille. Le vent fait onduler ses cheveux sur ses épaules. Oh, non, elle s'écarte. Peut-être que j'ai mauvaise haleine ou... ?

– Dis-moi tout ce que tu sais sur Lenny, demande Lexi.

Je commence à lui dire tout ce que je sais sur son passé, mais elle m'interrompt d'un geste.

– Tout ça, je le sais. Dis-moi comment il est maintenant.

Je décris sa façon de me parler de haut comme s'il me prenait pour un imbécile. Je raconte que ma mère y tenait vachement, mais que lui, à mon avis, il s'en fichait.

– Peut-être qu'il se servait d'elle pour t'atteindre, suggère Lexi.

Je n'aime pas cette idée, alors je ne m'arrête pas. Je lui dis ce qu'il fait comme boulot.

– Il est agent de sécurité ? À côté ?

Lexi se retourne pour regarder la palissade.

– Tu plaisantes ! Pourquoi tu ne me l'as pas dit plus tôt ?

Je secoue la tête. Pourquoi elle est tellement excitée ? Elle se lève d'un bond, renversant le café partout sur la couverture de Michael.

– Il faut qu'on aille jeter un coup d'œil !

– Pourquoi ?

Je suis très bien où je suis. J'ajoute :

– Lenny pourrait y être, en ce moment.

J'espère que ça va la dissuader, mais elle écarquille les yeux.

– Alors il faut absolument qu'on y aille.

Elle court dans la parcelle de Michael jusqu'au sentier. Elle traverse un carré d'herbe et de ronces qui lui arrivent à la taille pour rejoindre la palissade du chantier, faite d'immenses panneaux de métal boulonnés ensemble. Elle tape dessus avec les mains, mais ça n'a aucun effet.

– Comment on va faire pour entrer ?

Elle me regarde.

– Allez, c'est toi le cambrioleur.

– Pas vraiment. Plus, je marmonne.

C'est ça qu'elle pense de moi ? C'est affreux. Peut-être que c'est comme ça que tout le monde me voit. Un voleur. Un salaud de la dernière espèce. Je ne me vois pas comme ça du tout, moi. La plupart du temps, je suis un citoyen respectueux des lois. Je vais au lycée et je plaisante avec ma grand-mère. C'est seulement de temps en temps que je fais une grosse bêtise, comme piquer un camion, par exemple. Et après Bevanport, je ne suis pas sûr de recommencer un truc de ce genre. Ou du moins, si je recommence, je veillerai bien à ne pas me faire piquer.

– Lexi, à quoi bon ? je halète en courant derrière elle.

Je ne veux pas me faire choper pour effraction en plus de tout le reste.

– J'aurais cru que c'était évident, dit Lexi.

Elle se détourne et longe vivement la palissade en testant chaque panneau. Mais ils sont tous bien arrimés. Je la suis en traînant les pieds. Qu'est-ce qu'elle va faire quand elle arrivera face à Lenny Sherry ?

Ah, bonjour, vous avez vu mon frère ?

On avance jusqu'au bout des jardins communaux. Ensuite, la palissade oblique, longeant le chemin privé jusqu'à l'entrée du chantier.

– Lexi...

Elle disparaît par le trou dans le grillage pour rejoindre le chemin.

– Je veux juste regarder, dit-elle sèchement. J'irai toute seule s'il le faut.

Je passe de l'autre côté du trou à mon tour et elle s'approche de moi.

– Si c'était ton frère à toi qui avait disparu, est-ce que tu resterais à attendre sans rien faire ?

– D'accord, d'accord.

Je la suis sur le chemin jusqu'à l'entrée du chantier, en regrettant la cabane de Michael.

Deux portes blanches, couvertes d'affiches de sécurité et attachées ensemble par un cadenas, s'élèvent à trois mètres de haut. Deux énormes lampes se dressent au-dessus de l'entrée. Je ne sais pas casser les cadenas. Démon, si. C'est pour ça que je l'emmenais avec moi sur mes coups. Il est doué pour ce genre de choses.

– Prêt ? demande Lexi.

Je mets un doigt sur mes lèvres en repérant une vieille dame qui vient vers nous avec son chien. Lexi me chope la tête et colle sa bouche contre la mienne. Il y a quelques avantages à toute cette affaire. La vieille claque la langue en passant. Quand elle est partie, Lexi s'écarte bien trop vite à mon goût. Ce serait beaucoup mieux si on se contentait de rester là à se rouler des pelles.

Lexi part trafiquer le cadenas et pousse un petit cri. Je suppose qu'elle s'est accroché le doigt sur quelque chose, alors je la rejoins en hâte. Elle tient le cadenas en l'air, avec un immense sourire.

– Comment tu as… ?

– Simple affaire de technique élémentaire, dit Lexi, et elle ouvre la porte.

Elle n'est pas aussi innocente qu'il y paraît.

– Attends, je fais. Il va y avoir des agents de sécurité, peut-être même des chiens.

– Allez, viens.

Lexi pousse la porte et se glisse à l'intérieur. Je ne peux pas la laisser entrer là-dedans toute seule.

La première chose que je vois de l'autre côté des portes, c'est une baraque de chantier préfabriquée avec une lumière allumée. Je fais signe à Lexi d'attendre et je me faufile jusqu'à la fenêtre pour regarder à l'intérieur.

Il y a une tasse sur la table et un biscuit à demi mangé. Un économiseur d'écran ondule sur le moniteur de l'ordinateur. Six télés fixées au mur montrent toutes des endroits différents du chantier. Je suis horrifié de voir une silhouette passer en trombe sur l'un des écrans.

– Lexi, je murmure. Où tu vas ?

– Je suis là.

Elle me fait signe derrière un tas de tuyaux en plastique.

Je voudrais bien qu'elle baisse le ton. Même si c'est pas Lenny qui est de garde cette nuit, quelqu'un d'autre est là. Et il ne doit pas être loin. Je suis Lexi à travers le chantier, en essayant de garder la tête baissée. Un énorme générateur ronronne. J'espère que le bruit va étouffer celui qu'on fait. Il y a des trucs partout : des cordons de sécurité secoués par le vent, des rangées de câbles électriques, des piles de blocs de béton et des tas de pierres. Il y a d'énormes excavations dans le sol et des tas de terre gigantesques. Le moindre brin d'herbe a été annihilé.

Je remarque un petit drapeau de l'Angleterre qui claque contre le pare-brise d'un bulldozer abandonné, et un petit éclair de l'ancien Charlie me revient. T'imagines, une virée à bord de cet engin ? Lexi fonce, alors je m'élance à sa suite. Je la rattrape au moment où elle se faufile dans la boue entre un tombereau et une pelleteuse et je pose une main sur son bras.

– Où est-ce qu'on va ?

– Partout.

Elle a l'air complètement folle. Peut-être que ça l'éclate de se balader sur un chantier en pleine nuit, alors que le vent souffle.

– Lexi, il faut qu'on garde la tête baissée, je dis. Bon, continuons un peu, puis allons-nous-en.

Mais il n'y a pas moyen d'arrêter une Juby. La voilà repartie, elle regarde derrière des machines, soulève des plaques de métal et furète partout.

En poussant des jurons entre mes dents, je la suis et je trébuche. Je tombe sur les mains, manquant de peu un piquet métallique qui a l'air méchant. Quand on arrive devant la palissade de l'autre côté, Lexi s'arrête. Elle pose la main sur le métal.

Le vent souffle plus fort et une goutte de pluie froide me coule dans la nuque.

– Allons-nous-en, Lexi.

Elle tape sur la palissade. Je me mords la lèvre. Elle veut qu'on se fasse prendre, ou quoi ? Pour elle, c'est pas grave. Il suffit qu'elle batte des cils et le pire qui lui arrivera, c'est encore un samedi en vieux vêtements avec ce brave Tony qui lit *The Guardian**. Et moi ? Je serai embarqué direct à Bevanport.

Je marche sur un truc dégueu. Une chaussette mouillée est collée à ma pompe. Je la détache. On y a fait un nœud et il y a quelque chose dedans. Je l'approche de mon nez et je hoquette. C'est de la merde ! Putain, c'est immonde ! Ça doit être un pro-

---

* Journal de gauche.

priétaire de chien qui a jeté une crotte par-dessus la palissade. Je lâche la chaussette et je m'essuie les mains sur mon pantalon. Je me sens sale.

Il pleut de plus en plus fort et je suis en jean et T-shirt. J'ai laissé mon pull dans la cabane de Michael.

– Je m'en vais, dis-je à Lexi.

Je suis sérieux. J'en ai marre.

– Attends, dit-elle.

Les gouttes de pluie font flic floc sur les machines.

– Lexi...

– J'entends quelque chose, dit-elle en penchant la tête d'un côté.

Moi je n'entends rien, à part les générateurs, le vent et la pluie.

– Lexi...

Soudain, je l'entends aussi – un léger tap-tap. Il paraît à la fois proche et lointain. Mais je m'en fous. Tout ce que je veux faire, c'est sortir d'ici.

Lexi fait quelques pas devant moi, puis lève la tête. Je suis son regard. Elle a les yeux tournés vers le haut d'une grue télescopique.

– Démon ! crie-t-elle.

Tout là-haut dans les airs, une silhouette se découpe devant la vitre de la cabine.

24.

La silhouette nous fait signe et le vent souffle tellement fort qu'on voit la cabine se balancer d'un côté et de l'autre.

– C'est lui ! hurle Lexi.

Elle n'arrive pas à en détacher les yeux. La pluie coule sur son visage, colle ses cheveux par paquets et les rend encore plus noirs que d'habitude. Ça pourrait être n'importe qui, là-haut. Je me tourne vers Lexi pour lui parler, mais elle se précipite déjà sur le sol inégal vers la base barricadée de la grue.

– Pourquoi il n'est pas descendu de lui-même ? je demande, d'une voix qui paraît un peu dure.

J'ai des petits problèmes de vertige. Je n'ai jamais été comme ces jeunes qui peuvent marcher en équilibre sur un pont ou faire du saut à l'élastique. Alors je ne suis pas exactement fou de joie de voir Lexi Juby faire des bonds sur une dalle en béton pour essayer d'escalader la palissade d'une grue télescopique.

– Lexi, regarde, la tour vacille. Ça n'a pas l'air très sûr.

Lexi arrête de bondir et me fusille du regard.

– C'est pour ça qu'il faut qu'on l'aide à descendre.

Elle saute et parvient à saisir le haut des planches, mais le bois est mouillé et elle ne peut pas porter son poids d'une seule main. Elle glisse, en lâchant un petit miaulement, et s'écroule par terre. Je me précipite auprès d'elle.

– Merde, dit-elle en se léchant la main.

Elle saigne. La coupure a l'air assez profonde. C'est difficile à dire, il fait trop sombre.

Je me demande si je ferais pareil pour mon frère. Et si Stephen savait que j'ai des problèmes en ce moment, par exemple, est-ce qu'il reviendrait m'aider?

Virez de bord, capitaine, et dirigez le bateau vers l'Angleterre. Mon petit frère est sur le point de tomber d'une grue télescopique, à Bexton. Tant pis pour cette expédition de pêche à la crevette en haute mer qui pourrait rapporter de l'or, il faut qu'on aille le sauver.

On trouve une grande porte en bois de trois mètres de haut avec des affiches:

DANGER – ENTRÉE INTERDITE.

Elle est grande ouverte, une vraie invitation. J'hésite, puis je suis Lexi à l'intérieur. Je suis entouré sur les quatre côtés de hauts murs en bois. De monumentales poutrelles d'acier sont boulonnées dans le sol. Un garde-fou cylindrique en lamelles de métal entoure l'échelle, qui s'élève à peut-être quatre mètres avant d'atteindre une plate-forme. Après ça, il y a une autre échelle, puis une autre. Il y a tellement de plates-formes que je ne les vois pas toutes. Rien que lever les yeux me donne le tournis.

– C'est loin pour monter tout en haut, Lexi, dis-je en essayant de cacher mon angoisse.

Mais elle est déjà partie, elle monte les barreaux avec ses tennis blanches. J'inspire profondément et je la suis.

Dans des circonstances normales, j'aurais apprécié cette vue imprenable sur le cul de Lexi. Et pendant que je grimpe la première échelle, je l'avoue, je me dis que toute cette affaire a ses avantages. On atteint la première plate-forme et on ressort au-dessus de la palissade, dans la pluie et le vent. J'envisage un peu de repos, et peut-être une petite réunion stratégique, mais Lexi grimpe déjà la deuxième échelle à toute vitesse. Je regarde vers le bas à travers le sol en métal grillagé. La dalle en béton dans laquelle la grue est boulonnée n'est qu'à environ quatre mètres sous mes pieds. Pour le moment, je me sens bien.

Je plaque mes cheveux mouillés en arrière et je grimpe la deuxième échelle. Lexi ne s'arrête même pas à la plate-forme suivante, ni à celle d'après. J'attends d'être sérieusement fatigué, trempé et gelé pour lui crier:

– On peut s'arrêter une minute?

Elle est déjà sur l'échelle suivante. Ses pieds font résonner les barreaux métalliques. C'est trop dangereux pour la laisser y aller toute seule. Je suis obligé de la suivre.

– Je ne veux pas m'arrêter, moi ! lance Lexi. Tu n'auras qu'à me rattraper.

Je me hisse jusqu'au barreau suivant. Les échelons sont froids et mouillés. J'ai eu deux fois un pied qui a glissé.

C'est du suicide de regarder en bas, pour quelqu'un qui a le vertige, mais je ne peux pas m'en empêcher. C'est un besoin irrépressible. Et puis c'est intéressant. Le tombereau et la pelleteuse ont déjà l'air d'être des jouets. Je vois le chantier tout entier, entouré de lampadaires et fouetté par la pluie. Je cherche le moindre signe de la présence d'un vigile, mais il n'y a personne, pas de chien, rien. Mes bras me font mal quand je me hisse sur la plate-forme suivante. Je m'effondre sur la grille. Dans les rafales, je m'agrippe sur les côtés et je sens tout le machin bouger. Je grogne. Je ne veux pas mourir tout de suite. J'ai trop de projets. Et puis il faut que je règle cette histoire avec Lenny et que j'empêche mamie et maman de s'entre-tuer. Devant moi, Lexi fonce toujours. Oh là là, elle a une de ces formes, cette fille ! Je pense qu'on doit être à mi-chemin, à peu près. J'ai l'impression qu'on grimpe depuis des heures, mais ça ne fait probablement que cinq minutes. Le cadre métallique de la grue ne me protège pas de la pluie. Mon T-shirt me colle à la peau et mon jean est froid et lourd. Mes baskets n'ont plus aucune adhérence et crissent chaque fois que je pose le pied. La vache, tout ce que je suis prêt à faire pour une fille... Et elle ne l'apprécie même pas. Une fois que j'ai retrouvé mon souffle, je soupire et je pose le pied sur le premier échelon. Une bourrasque de vent refait trembler la grue. Je me cramponne de toutes mes forces sur les côtés.

– Lexi, attends ! je hurle.

Elle ne répond pas. Les Juby sont célèbres pour leur insubordination.

Je pousse un juron et je reprends l'ascension. Mes mains sont tellement glacées qu'elles me font mal. J'en prends note : *si jamais je remonte dans une grue, mettre des gants.* Mes paumes et mes doigts se font écorcher vifs, alors c'est difficile de bien s'accrocher. « Détends-toi », je me dis. Si je tombe, je n'irai que jusqu'à la plate-forme d'en dessous. Je n'aurai rien, même pas une jambe cassée.

J'entends un bruit sourd.

– Merde.

– Lexi ! Ça va ?

Il y a un silence. J'essuie les gouttes de pluie de mes yeux et je me dépêche de monter l'échelle, oubliant pendant un instant la hauteur, l'humidité et mes mains douloureuses.

Quand j'atteins la plate-forme d'après, je lève les yeux. Lexi est à mi-chemin de l'échelle suivante, les bras passés autour d'un des barreaux, et elle se tient la tête. Mais elle est debout, elle est en un seul morceau et Lenny Sherry n'est pas là à la tabasser.

– Lexi ?

– Laisse-moi me remettre, dit-elle sèchement.

Je reste planté là. Je voudrais caresser sa chaussure, mais elle me mettrait sans doute un coup de pied.

Au bout de plusieurs secondes, elle lâche sa tête

et me regarde. Il fait noir, ici, alors je n'y vois pas très bien. Mais je crois pouvoir distinguer une trace noire sur son front.

– J'ai glissé, dit-elle. Je me suis cogné la tête contre l'échelle.

– Descends te reposer, juste quelques minutes.

J'ai peur qu'elle se mette à avoir la tête qui tourne et qu'elle tombe dans les pommes.

À ma grande surprise, elle accepte.

– Mais je ne descendrai pas, dit-elle. Je vais me reposer au niveau supérieur.

Et elle se hisse tant bien que mal sur les barreaux. J'attends qu'elle ait dégagé l'échelle pour monter. Je ne veux pas qu'elle me tombe dessus de tout son poids si elle s'évanouit.

Quand elle est arrivée, je me hisse à sa suite et je m'assieds sur la plate-forme. On est très, très haut, on voit le dessous de la cabine du grutier. Elle n'est pas immobile, elle oscille lentement d'avant en arrière dans les rafales. Ça me donne mal au cœur. Je ne regarde pas en bas, je me rapproche de Lexi. (À cette hauteur, je dois tout faire par petits mouvements contenus.)

– T'as un mouchoir? demande-t-elle. J'ai la tête qui saigne.

Je fais signe que non. Je n'ai rien sur moi, à part mes fringues, mon portefeuille et mon téléphone.

Mon téléphone.

– Lexi.

Je m'aperçois que je parle tout bas. C'est parce que, malgré le vent et la pluie, j'ai peur que celui qui est dans la cabine nous entende. Il faut que ce soit nous qui le surprenions, et pas l'inverse.

– Lexi, et si on appelait la police ?

Non mais t'entends ça ? Je dois avoir le mal des hauteurs.

– Si Démon est piégé là-haut, on aura besoin d'aide pour le faire sortir. À tous les coups, la cabine sera fermée à clé. Et si c'est Lenny...

Ma voix s'étrangle. J'ai une soudaine vision : deux petits corps qui tombent dans les airs. Je m'éclaircis la gorge.

– Si c'est Lenny, on est dans la merde.

J'ai une autre crainte encore plus terrible que j'ose à peine m'avouer. Démon et moi, on ne s'est pas exactement quittés en bons termes. Faudrait être fou pour vouloir être en haut d'une grue de je ne sais quelle hauteur avec Simon Juby quand il a une dent contre toi.

Je ne lui fais pas confiance. Si Lenny ne m'assassine pas, Démon pourrait le faire.

Je m'assieds tout près de Lexi.

– Appelons quelqu'un.

À cet instant, il y a un énorme crépitement, et un éclair cisaille le ciel. Il est suivi d'un gros coup de tonnerre.

– Et merde, dis-je.

Je n'ai peut-être pas le circuit électronique le plus vif de la planète, mais même moi, je sais que ce n'est pas très intelligent d'être en haut d'une grande tour métallique en plein orage.

– Aaah ! fait Lexi.

Puis :

– Donne-moi ton téléphone.

Je le repêche dans ma poche et je le lui tends. Je pensais appeler la police en premier, mais Lexi a une autre idée.

– Je vais essayer de joindre papa, dit-elle.

– Où est ton téléphone à toi ? je demande en mettant le mien hors de sa portée.

Pas question qu'elle foute tout en l'air.

– J'ai plus de crédit, tu te rappelles ?

– J'appelle la police, Lexi.

Je n'aurais jamais imaginé m'entendre dire ça un jour.

– Charlie...

À cet instant, un nouvel éclair illumine tout le chantier et, dans cette fraction de seconde, il se passe trois choses.

1. Lexi, dans un geste qui me fait penser à son frère, essaie de m'arracher mon téléphone.

2. Surpris par Lexi et par l'éclair, je lâche le téléphone, qui glisse entre mes doigts, tombe à travers la plate-forme grillagée et dégringole d'un niveau à l'autre, en résonnant sur le métal.

3. Je vois une silhouette, au sol, courir vers nous.

– Merde, je fais. Merde, merde, merde.

– Retour au plan A, dit Lexi en se remettant debout.

– On pourrait aller le chercher, dis-je sans beaucoup d'espoir. Je l'ai entendu atterrir. Je parie qu'il n'est qu'à quelques échelles en dessous de nous.

– Vas-y, dit Lexi. Mais je ne t'attendrai pas.

Je lui parle de la silhouette que j'ai vue.

– Je ne vois rien, dit-elle en regardant le chantier, en bas.

J'essaie de rester calme.

– C'est parce que je l'ai vue quand l'éclair a illuminé le sol.

– Dans ce cas, plus d'hésitation, je monte, déclare Lexi. Tu penses que c'était Lenny, c'est ça ?

Je secoue la tête. Je ne sais pas. Ça pourrait être n'importe qui.

– C'est Simon qui est là-haut, dit-elle en se rattachant les cheveux. Je le sais.

Elle traverse prudemment la plate-forme, en se tenant sur les côtés à cause du vent, et commence à grimper la portion suivante.

Je ne sais pas quoi faire. Mon portable serait très utile. Il pourrait nous sauver la vie. Mais d'un autre côté, il y a Lexi qui disparaît au-dessus de moi pour retrouver je ne sais quoi toute seule. S'il lui arrive quelque chose, comment je ferai pour vivre ? Comment dire à tout le monde que je l'ai laissée partir toute seule, avec la tête qui saignait, pendant que j'allais chercher mon téléphone ?

Un frisson me parcourt le dos quand, tout en bas, loin en dessous de moi, j'entends le cliquetis assourdi de grosses chaussures sur des barreaux de métal.

. 25

Je suis pétrifié dans mon coin de la grue. De gros paquets de fils électriques courent verticalement le long de la colonne et la pluie martèle le métal. Au-dessus de ma tête, le bras de la grue se tend au-dessus du chantier, avec une chaîne et un énorme crochet qui oscille dans le vent.

Bouge-toi.

Je me jette sur l'échelle à la suite de Lexi. De temps en temps, je m'arrête pour tendre l'oreille. Il y a deux paires de pieds ; ceux de Lexi, qui se déplace plus lentement, à présent ; et ceux de l'autre, qui se rapproche de plus en plus et semble voler sur les échelles, tap tap tap tap, comme si le type était un champion olympique. Ça me rassure un peu. Lenny a été enfermé pendant neuf ans. Il ne peut pas être aussi sportif. Non, ce doit être quelqu'un qui a l'habitude de monter dans une grue télescopique. Dans une minute, on va se faire engueuler par un grutier. Mais pourquoi est-ce qu'un grutier serait dehors par un temps pareil ? Je monte encore quelques échelons, puis j'entends quelque chose.

Quelqu'un hurle, pas loin au-dessus de ma tête. Et on dirait la voix de Simon Juby.

– FAITES-MOI SORTIR D'ICI !

Il est vivant !

Je vole en haut de l'échelle, je me faufile par une sorte de trappe en haut de la tour et... oh là là !

Il fait noir, mais j'arrive à distinguer la margelle sur laquelle on se tient. Elle dépasse du corps de la grue et il n'y a rien entre le sol et moi, à part la margelle en métal grillagé et une vingtaine de mètres d'air. La flèche s'étend devant nous et, au-dessus, il y a encore une partie de la tour et des machines. Derrière, un bras un peu court est chargé d'énormes poids en métal et de poulies. À moins de deux mètres, il y a un tambour sur lequel un épais câble en acier est enroulé. On est drôlement haut. La pluie me fouette le visage. Je repense à ces silhouettes qui dégringolent dans le ciel. J'entends le tap-tap-tap-tap des chaussures en dessous de nous.

– Écoute, dis-je à Lexi.

Mais elle avance d'un pas chancelant vers la porte de la cabine. Une forte odeur d'urine s'en dégage.

– Simon, c'est toi ? appelle-t-elle en s'appuyant sur la barrière pour se redresser quand le vent la déséquilibre.

– Lex ?

La voix se brise de stupeur.

– On est venus te sortir de là.

– Dépêchez-vous, il y a des éclairs !

Démon n'a jamais aimé les orages. Il n'y a pas beaucoup de place sur notre margelle et la barrière pour nous empêcher de tomber dans le vide ne m'arrive qu'à la taille. Je m'accroche tellement fort aux barres que mes doigts s'engourdissent. Je ne regarde pas en bas.

– Faites-moi sortir ! crie Démon d'une voix stridente.

Les pas se rapprochent de plus en plus. Je regarde en bas et je vois, à peine à quelques mètres, deux mains blanches qui grimpent habilement l'échelle, un barreau après l'autre.

– Il y a une serrure, dit Lexi en triturant la porte avec les doigts. Oh là là, la clé est dedans !

– Faites-moi sortir ! rugit Démon.

Lexi tourne la clé à l'instant où une tête coiffée d'une casquette surgit par la trappe.

– Ouvre, qu'on entre ! je crie à Lexi alors qu'un agent de sécurité se hisse à côté de nous.

Il roule sur la margelle.

– Lenny ! je hoquette.

Pendant une minute, je ne l'avais pas reconnu. Mais c'est vraiment lui.

Lenny cherche tant bien que mal un truc auquel se tenir et ma mâchoire se décroche quand je vois un pistolet dans sa main. Un pistolet !

– Lenny, qu'est-ce que c'est que tout... je commence, mais Lexi ouvre la porte à la volée et me tire à l'intérieur.

On tombe lourdement contre Démon, qui nous pousse pour sortir. Avec difficulté, on parvient à refermer la porte. Ça manque de place, ici. Il y a juste un fauteuil, des boutons et une lumière allumée au plafond. Lexi se recroqueville dans le fauteuil; Démon et moi, on est serrés l'un contre l'autre à côté de la porte. C'est comme si on essayait tous de tenir dans une cabine téléphonique.

– Laissez-moi sortir! hurle Démon en se jetant sur la poignée.

– Arrête, il a un pistolet! je gueule.

Et là, je me rends compte qu'on a laissé la clé dans la porte, à l'extérieur.

– Ça va, Simon? demande Lexi.

Il porte un maillot crasseux aux couleurs de l'Angleterre, rouge et blanc, et un pantalon de survêtement noir. Il a tellement de poil au menton que c'est presque une barbe. Il est pâle, il a l'air affamé et très énervé. Et puis il pue. Son odeur de transpiration remplit la minuscule cabine et on a du mal à respirer. Ma hanche est écrasée contre l'arrière du siège et mon cou est tordu d'un côté, parce qu'il n'y a pas la place de se tenir tout à fait debout, mais je n'ai nulle part d'autre où aller. Je suis sévèrement secoué. C'est Lenny qui est là, dehors... Lenny! Et d'après ce que j'ai vu, il nous veut vraiment du mal.

– Qu'est-ce qui t'est arrivé à la tête? demande Démon en regardant sa sœur. Ça saigne.

– Rien, dit Lexi.

Je sens la poignée de la porte tourner, alors je la saisis et je la tiens vers le haut. Démon voit ce qui se passe et appuie sa main sous la mienne. À nous deux, on arrive à empêcher Lenny d'entrer, et après quelques tentatives seulement, il abandonne et la poignée se relâche. On garde quand même nos mains dessus.

– Pourquoi vous faites ça ? crie Lexi.

C'est le silence partout, à part le martèlement de la pluie sur le toit de la cabine. Une rafale de vent fait danser et tanguer la grue, et je dois m'agripper au maillot de foot puant de Démon pour ne pas tomber. Puis il y a encore une énorme bourrasque et je vole par-dessus le siège, vers l'avant de la cabine. Mon nez s'écrase contre la vitre et je vois une fois de plus la quantité d'espace vide entre le sol et moi. La moitié du plancher de ce truc est faite en verre, alors on a l'impression que la cabine ne repose sur rien.

Démon et Lexi sont retournés s'occuper de la poignée de la porte. Il n'y a pas de place derrière le fauteuil, alors je suis obligé de me recroqueviller devant, sur le sol en verre.

BANG BANG !

Les coups sur la porte nous font tous sursauter.

– Les en-fants, laissez-moi entrer. Le pistolet, c'est juste une p-p-partie de mon uniforme.

Lenny bégaye et s'embrouille, comme s'il avait bu.

Je ne rêve pas, tout ça arrive vraiment. Peut-être qu'il a obtenu ce pistolet grâce à ses contacts dans la sécurité.

– On ne vous laissera pas entrer, espèce de malade !

Lexi frappe sur la porte avec le plat de la main.

– Qu'est-ce que tu lui as fait ? je demande à Démon.

Il hausse les épaules.

– Aucune idée. Il m'a attiré ici sous un faux prétexte.

Lexi est moins bavarde que d'habitude. J'espère qu'elle n'a pas une commotion cérébrale ou je ne sais quoi. On a besoin de son cerveau.

– Les en-fants!

La voix de Lenny est atrocement proche.

– S-S-Sortez de là. C'est fini, maintenant.

Il nous prend pour des imbéciles? Peut-être que si j'essaie de lui parler, je pourrai lui faire entendre raison.

– Lenny! j'appelle en faisant un clin d'œil aux autres. C'est moi, Charlie. Qu'est-ce qui se passe?

Je suis sérieux. Malgré tout, le tag sous le pont, les lettres et tout ce que je vois de mes propres yeux, j'ai du mal à croire à ce qui nous arrive.

– Charlie. Parle à tes c-c-copains. Fais-les sortir.

Il a l'air de me supplier.

Il y a un crépitement phénoménal, le ciel tout entier s'illumine et la grue tremble de toute sa hauteur. Je vais sûrement mourir d'une seconde à l'autre. Je suis aussi paniqué qu'un rat dans un robot ménager.

– On a été touchés? demande Démon.

– C'était tout près, chuchote Lexi. Je sors voir ce qu'il veut. On ne peut pas rester ici.

– Non! je siffle.

Je me tourne vers Démon dans l'espoir qu'il me soutienne, mais il ne dit rien.

– Qu'est-ce qu'on a comme autre solution? Mourir de faim ici? Je sors. Personne ne va nous tirer dessus.

– Non, je répète, conscient que rien n'arrêtera Lexi si elle est vraiment décidée.

– Oui, oui, sors donc. Tout ça n'est qu'un... un... malentendu.

– Vous êtes toujours là ? je lâche rageusement. J'espérais que vous aviez été frappé par la foudre.

– Je ne suis pas bien, répond Lenny. Les grosses charges électriques me rendent un peu n-n-nerveux.

– N'y va pas, Lexi, dit Démon, contre toute attente. Il est fou.

Lexi retombe dans son fauteuil. Je suis soulagé, mais aussi un peu contrarié. Pourquoi elle écoute Démon et pas moi ?

On entend la clé tourner dans la serrure, de l'autre côté de la porte.

– Écoutez ça, dit Lenny.

On se tait mais on n'entend rien, à part le vent et la pluie.

– C'était la clé qui tombait dans la cage des échelles, reprend Lenny. Sales gosses.

On entend ses pieds sur les barreaux quand il descend. Le bruit s'estompe.

– Bien, dis-je en me frottant les mains. Quelqu'un a un plan ?

Il pleut toujours, mais le tonnerre s'est éloigné. La pluie dégouline sur la vitre. Je frotte un espace sur le verre embué et je vois un éclair au-dessus des collines, de l'autre côté de la ville. Démon s'est calé par terre, derrière le fauteuil du conducteur, et il a l'air assez confortablement installé, mais moi j'ai mal et j'ai des crampes et je ne sais pas combien de temps je peux encore supporter d'être ici.

– Papa sait où je suis ? demande Démon.

– Nan, dit Lexi en appuyant un mouchoir contre son front.

Elle a la tête posée sur les genoux, les pieds blottis sur le siège. Elle paraît minuscule. Elle ouvre son sac et en sort une cannette de coca.

– Donne-moi ça, dit Démon.

– Depuis combien de temps tu es là ? je lui demande pendant que Lexi lui passe la cannette.

Il la renverse et avale à grandes gorgées. Il finit la cannette, l'écrase entre ses doigts et la pousse dehors par une petite fenêtre à lamelles près du toit de la cabine.

– Trois nuits, sans compter ce soir, il répond.

Je fouille dans mon sac à dos, j'en sors une autre cannette et je la lui tends.

– J'ai eu un peu mal à la tête, vendredi soir, ajoute Démon en vidant la deuxième cannette.

Lexi me jette un regard méchant. Je lève les yeux au ciel. Démon rote. Je ne vois pas très bien, dans cette lumière, mais il paraît plus maigre que d'habitude. Et est-ce quc j'ai mentionné l'odeur qu'il dégage ? C'est pire qu'un vestiaire rempli de footballeurs affligés d'une gastro.

– Tu pues, je lui fais remarquer gentiment.

– Je sais, dit Démon. Ça devient bouillant, ici, pendant la journée. C'est comme d'être enfermé dans une serre, putain, sauf qu'on peut pas casser le verre. Il est renforcé, tu vois ?

Il se tourne vers Lexi.

– T'as quelque chose à manger ?

– Nan, dit Lexi.

Elle est tellement relax. On pourrait croire qu'elle fait ça tous les jours. Et Démon est plutôt en forme pour un mec enfermé dans une petite boîte en haut d'un échafaudage branlant depuis trois jours. Peut-être qu'ils sont habitués à ce genre de choses. Peut-être que la vie avec Juby est pleine d'expériences terrifiantes. Moi, je transpire et je tremble. C'est moi qui ai le plus de chances de tomber dans les pommes à cause du manque d'oxygène et de la peur. Je donne deux gâteaux tirés de mon sac à Démon. Mais je ne lui donne pas tout ce que j'ai à manger. Je ne sais pas combien de temps on va rester ici. J'essaie de régler mon cerveau sur la bonne station pour saisir ce que Démon est en train de dire.

– Vendredi soir, j'étais de mauvaise humeur, tu sais, à cause de monsieur, là, qui se prend pour un dur.

Il me désigne d'un geste du menton. Je me recroqueville contre la vitre en espérant qu'il ne va pas lancer une attaque revanche.

– Je suis tombé sur Farrow le clone.

Il parle d'un des jumeaux Farrow.

– Je lui ai demandé de me prêter de l'argent, mais il n'a pas voulu. On a eu des mots.

– Simon... grogne Lexi.

– Il m'a toujours énervé, ce mec, continue Démon. Je voulais juste de quoi m'acheter un sandwich grec.

– C'était lequel ? je demande.

– Jamie, répond Démon. Petit con.

Pauvre Jamie. J'imagine bien la scène. Je me demande pourquoi il n'a rien dit quand on a signalé la disparition de Démon. Est-ce que je l'ai vu au lycée, ce matin ?

– Bref, après mon embrouille avec Jamie, j'ai rencontré un type dans le parc qui m'a dit : « Tu es Juby, c'est ça ? » J'ai répondu oui, et qu'est-ce que ça pouvait lui faire ? Et là, il me dit qu'il est un vieil ami de papa et il me propose un sandwich grec. J'avais pas peur que ce soit un pervers ou quoi, parce que j'aurais pu lui éclater la tête si je voulais. Et puis j'avais faim. Il m'a parlé de tout ce qu'il avait fait en me disant que ça me choquerait sûrement, parce que j'étais sans doute un garçon qui reste du bon côté de la loi. Je lui ai dit de ne pas s'en faire, ça m'aidait à passer le temps pendant que je mangeais mon sandwich. Et là, il m'a parlé d'un hold-up de train, je déconne pas. Et de la fois où il a infiltré la Bank of England en s'y faisant embaucher pour faire le ménage.

J'écoute Démon blablater, incapable de s'arrêter. Ce n'est pas à moi qu'il parle, c'est à Lexi, qui semble avoir oublié que je suis là, bien que mon entrejambe ne soit qu'à quelques centimètres de son visage. Je regarde les boutons de la machine et je repère un talkie-walkie. Je le chope et je bricole avec, mais il ne marche pas.

– Il me dit qu'il a les clés d'un nouveau chantier et qu'il est déserté à cause d'un désaccord entre les entrepreneurs et les promoteurs, ou je ne sais quoi, et est-ce que j'aimerais aller le voir ? Il fait des grosses allusions au fait qu'il a les clés et tout. Et, comme je le disais, j'avais pas peur de lui. Il est hyper malingre. Et il parle comme les gens de la haute. J'arrêtais pas de me dire : « Je pourrais pas plaire à un pédophile, de toute façon. J'ai une allure de mec. Et s'il est pédé, j'aurai qu'à lui en foutre une, pas de problème. »

Je n'ai jamais entendu Démon parler autant. Il faudrait l'enfermer plus souvent. Peut-être que ça lui fait l'effet d'une thérapie. En fait, je vais peut-être changer d'avis là-dessus. Il a été enfermé avec moi et ça a failli nous tuer tous les deux.

– Alors on se retrouve dans ce préfabriqué, là, en bas, et il me montre les moniteurs de sécurité, les talkies-walkies et tout. J'allais me choper un talkie quand il m'a dit : « Tu veux monter dedans ? » Il me montrait la grue. J'avoue que j'étais un peu méfiant. Alors je fais : « Pourquoi ? Vous êtes pas pédé au moins ? » Il fait : « Non, j'aime les femmes » et il me dit qu'il sort avec la mère de monsieur le bouffon, là, Charlie ne m'aurait donc pas encore parlé de Lenny Sherry, l'ancien taulard ? Je dis que non. Mais je me sens plus en sécurité, sachant qu'il est comme nous. Et il me dit qu'il se fait chier comme un rat à faire le vigile ici et qu'il ne voit pas pourquoi un copain de Charlie ne pourrait pas jeter un œil.

– Mais comment il savait qui tu es ? l'interrompt Lexi.

Démon hausse les épaules.

– Je dois être célèbre.

– Ça te fait toujours mal ? je demande à Lexi en regardant la coupure sur sa tête.

– J'étais en train de parler, me rappelle Démon d'une voix menaçante. On grimpait l'échelle, j'étais passé le premier et c'était génial. On peut voir à des kilomètres, d'ici.

« On le sait bien, on est ici avec toi ! » je lui réponds dans ma tête.

– C'est long, de monter jusqu'ici, ajoute Démon.

Je me retiens de ricaner. J'ai envie de dire : « Démon, on vient de le faire ! On le sait ! » Ce qu'il est bête !

– Et quand on arrive en haut, il fait : « Tu veux la conduire ? »

Alors ça, je peux le comprendre. Tu imagines, manœuvrer une de ces merveilles ? Mais par quoi commencer ? Je crois voir quatre longues chaînes qui pendent du bras, attachées à un truc métallique et à un gros crochet. J'aimerais le faire bouger.

– Tu l'as démarrée ? je demande.

– Il a ouvert la porte et je suis entré. Il avait déjà refermé à clé derrière moi quand je m'en suis rendu compte, explique Démon.

– Il t'a fait du mal ? demande Lexi.

– Il m'a laissé crever de faim et il m'a dévalisé, dit Démon. Quand je sortirai d'ici, je vais lui casser la gueule.

Oh là là ! c'est ça que Lenny va nous faire ? Peut-être qu'il va tous nous laisser enfermés ici jusqu'à ce qu'on se bouffe entre nous, comme des rats affamés.

– Comment ça, dévalisé ? demande Lexi nerveusement.

– Il m'a piqué mon portable dans ma poche, dit Démon. Il a dû faire ça dans le café.

Il me jette un regard bizarre.

– Et il a pris autre chose aussi.

– Quoi ? je demande.

Mais Lexi semble savoir ce qu'il va dire.

– Le doigt de Charlie, souffle-t-elle.

Démon fait la moue.

– J'allais le lui rendre. Il m'emmerdait, ce truc. Mais ensuite, j'ai surpris ce con en train de te peloter.

Il me fusille des yeux.

– Oh, lâche-nous avec ça ! s'énerve Lexi. C'est moi qui le pelotais.

– Qu'est-ce que mon doigt a à voir avec tout ça ? je demande, totalement perdu.

Lexi me tapote l'épaule.

– Il faut suivre, le génie. On t'a fait un coup monté.

Je dois avoir l'air aussi paumé que je le suis, parce qu'elle continue son explication :

– Lenny a pris le portable de Démon et ton doigt. Ensuite, le portable a été retrouvé dans le parc avec tes empreintes dessus.

– Quoi ?

– Tes empreintes. Charlie, heureusement que tu as une belle gueule. Je ne sais pas jusqu'où tu irais si tu n'avais que ton cerveau.

Je commence enfin à entrevoir la vérité. Est-ce que Lenny… ? Est-ce que Lenny s'est servi de mon empreinte digitale décapitée pour me piéger ?

– Le… Le sale…

– Oui, dit Lexi. Ça explique tout.

Elle me sourit et tapote le dessous de son menton. Je me dépêche de refermer la bouche.

Je n'arrive pas à le croire. Mon doigt aurait sans doute été trop déglingué pour laisser une empreinte, non ? Visiblement non. Mais qu'est-ce que je lui ai fait ? J'arrive finalement à dire :

– C'est bas.

– Aussi bas que d'écrire pour rigoler à quelqu'un qui est dans le couloir de la mort ? demande Lexi.

Tout le monde se tait après ça. Je remue les jambes pour essayer de trouver une position plus confortable dans cet espace minuscule, en essayant de digérer tout ça. Je coule un regard oblique vers Lexi, en me demandant ce qui se passe dans sa tête.

Elle vient de dire que j'ai une belle gueule, non, ou est-ce que c'est mon imagination ?

La cabine fait environ un mètre vingt sur un mètre quatre-vingts. Tout l'avant est en verre, même le sol et la moitié du plafond. Je suppose que le conducteur a besoin de pouvoir voir ce qu'il fait dans un machin pareil. Le verre s'arrête à peu près au milieu des murs latéraux et cède la place à un métal jaunâtre, mais il a des fenêtres à lamelles sur tout le long, en haut. Le mur du fond est fait de métal, avec la porte et une petite fenêtre percées dedans. Il y a une loupiote au-dessus des manettes, comme au plafond d'une voiture et, par miracle, elle marche. Le plafond est d'un métal crème et je vois chaque rivet. On se croirait dans une boîte de sardines. Il y a une minuscule trappe carrée au milieu du plafond. Je ne vois pas comment on peut l'ouvrir. En la regardant, je sens la pression monter au creux de mon ventre. Tu imagines, passer par là pour aller sur le toit ? Ce serait l'angoisse absolue.

– Tu as essayé d'ouvrir ça ? je demande à Démon en désignant la trappe.

Il acquiesce.

– J'ai tout essayé, mon pote, éclater le verre, enfoncer la porte. Mais je suis toujours là, non ?

Les murs et la porte sont couverts d'éraflures et de bosses là où Démon y a mis des coups de pompe.

– N'utilisez pas cette bouteille, dit-il en sortant une bouteille d'eau en plastique de l'espace ménagé sous le siège du conducteur. Je m'en sers pour jeter ma pisse par la fenêtre.

J'échange un regard avec Lexi. Je sais à quoi elle pense. Ça fait trois jours qu'il est coincé ici.

– J'ai dû chier dans ma chaussette, ajoute-t-il avec un sourire soudain. J'y ai fait un nœud et je l'ai poussée dehors par la fenêtre.

– Je ne peux pas faire ça, gémit Lexi d'une petite voix. Je porte des socquettes.

Je jette un coup d'œil à ma chaussure et j'ai envie de vomir. Quand je sortirai d'ici, je vais la jeter.

On fait tous un bond quand une sonnerie électronique résonne dans la cabine.

Lexi plonge la main dans sa poche et se mord la lèvre en portant son téléphone à son oreille.

– Allô ?

– FAITES-MOI SORTIR D'ICI ! rugit Démon en essayant de lui piquer le téléphone, mais Lexi se détourne vivement.

– Allô ? fait-elle d'une drôle de petite voix qui me serre le cœur.

Elle pose la main sur son front et s'affale dans son fauteuil. Elle se tourne vers moi et articule :

– C'est Lenny. Il appelle de ton téléphone.

En essayant encore de lui arracher son portable des mains, Démon le fait tomber par terre. Il se précipite pour le ramasser et le tient contre son oreille.

– Laissez-nous sortir, espèce de…

Sa voix s'éteint.

– Ça a coupé, nous dit-il en tapant un numéro sur le clavier.

– Plus de crédit, Simon, lui rappelle Lexi d'une voix agaçante, comme si elle parlait à un gamin. Tu ne crois pas que j'aurais appelé quelqu'un s'il y en avait ? De toute façon, la batterie est presque vide.

Je me demande ce que pense Lenny, maintenant qu'il sait qu'on a un téléphone. Il ne sait pas qu'on n'a pas de crédit. Il pense peut-être que les forces de police de tout le Sud-Ouest se précipitent ici au pas de charge. Est-ce que ça veut dire qu'il va nous abandonner et disparaître ? On ne pourrait pas rester ne serait-ce qu'une nuit ici à trois. Il n'y a pas de place pour s'allonger et on est tellement serrés que, pour m'asseoir, je dois mettre une fesse sur l'autre.

– C'est la merde, hein ?

C'est la première chose presque sympa que me dit Démon depuis un mois, alors je hoche la tête en me disant que je n'ai pas intérêt à l'énerver pendant qu'on est coincés dans cette machine.

Lexi commence à me poser d'autres questions sur Lenny.

– Je croyais qu'il était en colère contre toi, tu sais, à cause de tes lettres. Mais pourquoi Démon ?

Elle frissonne. Je voudrais lui passer un bras autour des épaules, mais Démon me rend nerveux. La dernière fois qu'il m'a vu câliner sa sœur, il a essayé de me tuer.

– Qu'est-ce qui va nous arriver ? murmure Lexi.

C'est tellement pas son genre d'avoir peur. J'oublie Démon et je me hisse sur une jambe pour la serrer dans mes bras. Je jette un rapide coup d'œil à Démon. *Ne tente rien.* Mais il regarde fixement par la fenêtre.

– Qu'est-ce qu'il dit quand il t'apporte à manger ? demande Lexi, une fois que je l'ai relâchée et je me suis de nouveau tassé dans mon coin.

Je l'interromps :

– Comment il fait pour introduire de la bouffe ici ?

– Pareil que quand elle ressort, dit Démon. Il la pousse par la fenêtre du haut, là.

– Mais pourquoi nous ? fait Lexi.

Je la regarde, assise là à réfléchir. Je ne m'inquiète pas de savoir pourquoi on est là, moi, je veux juste trouver comment on va s'échapper. Mais ça, c'est Lexi tout craché. Elle a besoin de connaître la raison de tout.

– C'est juste un malade, je lui dis. C'est le genre de choses qui l'éclatent. Regarde les messages dans ses lettres.

– Quels messages ?

Démon se penche vers nous et me regarde avec avidité.

– T'es sûr que t'as rien d'autre à manger ?

– Les lettres qu'il m'a écrites.

Je lui passe une poignée de biscuits tirés de mon sac.

– Tu les as vues quand on était à Bevanport. Il écrivait des messages cachés dedans. Lexi les a déchiffrés.

– J'en ai une ici, dit Démon, la bouche pleine de biscuit.

Il retourne ses poches et des tas de trucs en sortent : reçus, emballages de chocolat, papier à rouler, allumettes, pièces. Et ma lettre de Lenny qui manquait.

Je ne sais pas quoi penser.

– Où est-ce que tu as trouvé ça ?

– À Bevanport. Je voulais savoir ce que tu mijotais, seulement tu es revenu pendant que je la regardais. Alors je l'ai fourrée dans ma poche. Sais pas pourquoi je l'ai encore.

– Donne-la-moi, dit Lexi, et elle la lui arrache des mains. L'un de vous a un stylo ?

On secoue tous les deux la tête. Elle aplatit les feuilles et les tient devant la petite lumière du plafond.

– C'est quoi, l'histoire ? demande Démon.

– Des messages codés, dis-je.

– Je me gardais ce papier pour m'essuyer le cul la prochaine fois, râle Démon en désignant la lettre d'un geste du menton.

Lexi tend le bras et trace chaque lettre dans la buée, sur la fenêtre.

On la regarde faire en silence.

– Bah, c'est pas grave, dis-je. Je ne connais personne qui s'appelle James.

C'est une bonne nouvelle. Si seulement Lenny pouvait se concentrer sur ce James et pas sur nous !

Lexi et Démon ne disent rien.

– Je ne comprends pas, chuchote enfin Lexi.

Elle a l'air prête à fondre en larmes.

– Qu'est-ce qu'il y a ? je demande.

– James, c'est le prénom de papa, dit-elle.

Puis l'idée qui germait dans ma tête apparaît à la surface. Peut-être qu'on n'est pas si importants que ça pour Lenny, au fond. Voilà pourquoi il ne nous a pas tués ni maltraités. C'est un grand pas à franchir pour mon cerveau, mais je crois que je tiens une piste.

– Peut-être que c'est pas nous qu'il veut… dis-je lentement. Peut-être qu'on est juste l'appât.

26 .

On est enfermés ici depuis au moins une heure. Mais le plus gros de l'orage est passé et ne nous a pas envoyés valser dans le ciel. C'est drôlement flippant la façon dont la cabine se balance quand le vent souffle. Je n'arrête pas d'imaginer que la grue se renverse. Un signal lumineux clignote tout en haut de la tour. Je suppose qu'il sert à empêcher les avions de nous rentrer dedans. Lexi est assise dans le fauteuil du conducteur, la tête entre les genoux, et réfléchit. Démon est tassé sur le rebord à côté du fauteuil. Toutes les trente secondes environ, il pousse un juron et cogne la vitre avec le poing. Je suis accroupi sur le sol en verre, à l'avant, près des jambes de Lexi. Il y a tellement peu d'espace que je suis obligé d'avoir un bras au-dessus de la tête. Je me demande si ça vaudrait la peine d'essayer de me mettre derrière le siège de Lexi, près de la porte, mais je ne vois pas comment je pourrais arriver là-bas sans marcher sur la tête de quelqu'un.

Lexi et Démon attendent que j'explique pourquoi

on est un appât, mais je ne peux pas. C'est juste une intuition.

Je suis étonné que Démon n'ait pas réussi à s'évader. Il est ici depuis trois jours. Je ne pourrai pas rester là aussi longtemps. Je me souviens de ce que j'éprouvais, il y a toutes ces années, enfermé dans le grenier. Quand je suis passé à travers le plafond et que j'ai atterri sur le lit de mes parents d'adoption. Si j'étais capable de m'évader d'un grenier à huit ans, je peux sûrement trouver le moyen de sortir d'une boîte de verre et de métal à presque seize ans...

– Laisse-moi m'asseoir dans le fauteuil, grogne Démon.

Lexi lève la tête de ses genoux.

Elle cherche des yeux un endroit où aller et décide que la meilleure place est derrière le fauteuil. J'ai raté ma chance. C'est une vraie galère de déplacer des gens dans un espace prévu pour une personne. À un moment, la jambe de Lexi s'appuie contre la mienne. Non mais regarde-moi : je ne dois pas avoir si peur que ça, puisque je suis toujours aussi fou de Lexi. Je ne peux pas laisser Lenny l'assassiner. Il faut qu'on sorte. La solution évidente, c'est de casser la fenêtre, mais elle est en verre renforcé, très solide. Ça va demander beaucoup d'efforts et on n'a pas d'outils. J'ai peur de passer à travers et de dégringoler, une fois que je l'aurai cassée, sans rien entre le sol et moi à part deux longues secondes de chute libre. La cabine est perchée sur une espèce de margelle et, si on réussit à casser la vitre, on va devoir essayer de la longer sur le côté pour rejoindre la plate-forme. Ce serait dur, surtout dans le noir. Je regarde la porte. Démon dit qu'il a passé presque tout son temps à essayer de forcer la serrure. Si lui n'y est pas arrivé, je le pourrai encore moins. Et Lexi l'aurait déjà fait, si elle pouvait. On va devoir l'enfoncer en joignant nos forces. Ça ne peut pas être si dur que ça… C'est pas comme si elle avait été conçue pour empêcher les gens d'entrer ou, en l'occurrence, de sortir. Ça devrait être facile.

J'examine la cabine de mon mieux dans l'espace réduit pour chercher des placards ou des tiroirs cachés dans lesquels on pourrait trouver quelque chose d'utile. Je tâte l'arrière du siège, en bas (Démon m'engueule parce que je lui mets mon épaule dans la figure), quand mes doigts trouvent une poche à mi-chemin. J'en sors un journal, un relevé de banque chiffonné qui appartient à un certain Andrew Heard et un petit tournevis.

Je remets en place le journal et le relevé de banque en espérant qu'on sera sortis d'ici avant que je sois obligé de m'essuyer le cul avec, et je me faufile jusqu'à la porte. J'adresse un sourire d'excuse à Lexi quand mon corps la plaque contre le mur. Je glisse la pointe du tournevis entre la porte et l'encadrement, et je pousse. Le tournevis dérape. J'essaie encore. Et encore. La porte ne bouge pas d'un poil.

– Laisse-moi essayer, dit Démon en m'écartant du chemin.

Je m'assieds dans le fauteuil et je le regarde faire. J'imagine soudain Démon péter un plomb et jeter l'outil par la fenêtre, mais je le laisse essayer. Ah, le confort d'être assis dans un vrai siège, quand on a été calé entre du verre froid et un tableau de bord en métal pendant plus d'une heure!

Les vingt minutes suivantes me rappellent le bon vieux temps. Avec notre nouvel outil, Démon et moi, on essaie de forcer la serrure de la porte, la vitre; et on monte même sur le fauteuil pour essayer avec la trappe dans le toit. C'est agréable de faire quelque chose et, comme Démon a mangé tous mes biscuits (enfin presque, il en a donné un demi à Lexi), il paraît plein d'entrain.

Lexi nous jette des coups d'œil tout en tripotant obstinément son téléphone pour essayer d'envoyer des textos.

– Et si vous dévissiez la porte? suggère-t-elle.

Démon et moi, on se regarde, puis on regarde la porte. Les charnières sont à l'intérieur. On a un tournevis cruciforme et les vis de la porte ont une rainure droite. Mais c'est peut-être faisable.

– Ce que tu es intelligente, comme fille! dis-je, et je l'embrasse.

Démon s'est déjà mis au boulot. Il s'acharne tellement sur la première vis que j'ai peur qu'il casse le pas. Sa main dérape et se cogne contre la charnière. Il pousse un juron et se suce le poignet, alors je lui arrache le tournevis et j'attaque la charnière du bas de la porte. L'outil n'arrête pas de glisser des rainures des vis. Mais quand je le tiens pile dans le bon angle, j'obtiens un peu de force de traction.

Au bout d'une éternité, semble-t-il, la vis bouge enfin. Maintenant, Démon veut réessayer, mais je ne le laisse pas faire. Je ne veux pas qu'il foute tout en l'air.

Quelques minutes plus tard, je finis de la dévisser à la main.

Je la donne à Lexi.

– Souvenir, dis-je.

J'ai envie de lui demander si elle veut que je la dévisse, elle aussi, mais il vaut mieux ne pas provoquer de friction, au point où on en est. Il reste cinq vis et celle-ci m'a pris environ dix minutes. J'attaque la suivante. Lexi me regarde m'agiter, avec le tournevis qui dérape et heurte le mur. Elle fouille dans son sac, en sort une trousse à maquillage et m'ordonne de m'écarter de son chemin.

– Lexi, on a besoin de sortir d'ici avant que Lenny revienne.

– Laisse-moi juste essayer, dit-elle.

Je me rassieds dans le fauteuil et Démon plie son long corps dégingandé sur la margelle à côté de moi, pendant que Lexi travaille sur la charnière. On échange un regard fraternel. Elle essaie sans doute avec son rouge à lèvres.

Mais soudain, voilà qu'elle tient une vis dans la paume de sa main. Je regarde la charnière, incrédule. Lexi a réussi à la dévisser en trois minutes.

– Souvenir ?

Elle me fait un sourire mielleux et agite une lime à ongles métallique devant moi.

– Je ne sais pas ce que vous en pensez, mais moi, j'aimerais sortir d'ici avant Noël.

On a retiré trois vis et on commence à travailler sur la quatrième quand je remarque le rayon d'une torche électrique qui éclaire le sol, loin en dessous de nous.

– Il se passe quelque chose, dis-je.

La silhouette qui tient la torche entre dans la flaque de lumière projetée par les lampadaires, au-dessus de sa tête.

C'est Lenny.

Il marche vite, et on le voit monter dans la cabine d'un bulldozer.

Un grondement monte du sol quand le moteur s'allume et je m'approche comme je peux pour regarder. Sous nos yeux, la pelle du bulldozer se lève, puis s'abaisse et se relève, et enfin s'étire droit devant. Puis elle se rétracte. La machine s'approche lourdement de la grue. Je pense que c'est Lenny qui conduit, parce que j'aperçois sa casquette. Qu'est-ce qu'il mijote, maintenant ?

– C'est lui ? murmure Lexi.

La pelle percute violemment le sol et je sens les tremblements dans mes jambes. Je ne sais pas comment la grue a pu rester debout. Je me rappelle avoir marché sur du béton avant qu'on monte les échelles. Tout le machin paraissait boulonné dans cette dalle de béton. Il ne pourrait tout de même pas nous desceller, si ? Le bras du bulldozer se lève haut dans les airs et la machine s'approche encore plus près. Ça vibre sous nos pieds.

On regarde en silence Lenny arracher la palissade en bois qui entoure la base de notre grue. Cette tâche lui prend seulement quelques minutes. Ça fait peur de voir les énormes planches se plier comme du carton sous le poids de la pelle.

– Presque fini, dit Lexi. La dernière vis est une...

AAAAAAARRRHHH ! La cabine tremble violemment. On est jetés sur le côté et on se cogne contre le mur.

– Ne me dites pas que c'était le vent, ça ! dit Lexi en se relevant.

Lenny rétracte la pelle qui vient de percuter la grue et la ramène en position pour frapper de nouveau.

– Il essaie de nous renverser ! crie Démon.

Le choc d'un nouveau coup nous envoie valser.

J'atterris le nez contre la vitre et la tête sous l'aisselle de Démon.

– Ça va, mon pote ? me demande Démon quand je me redresse en me frottant le nez.

Ça picote douloureusement et c'est tout collant ; j'ai du sang partout sur les mains. Lenny a fait couler le sang. Il essaie vraiment de nous tuer.

– Ça va, merci, dis-je calmement.

On voit arriver le coup suivant ; Lenny a dû mal choisir son moment ou je ne sais quoi, parce que la cabine n'a qu'un petit frémissement, comme quand le vent soufflait, il y a quelques heures. Dire que je trouvais ça inquiétant !

Lexi profite de l'accalmie pour se remettre à travailler sur la vis.

– Ça y est ! s'écrie-t-elle, quand le coup suivant la projette dans mes bras.

On se cogne contre le mur et l'impact me coupe le souffle.

– Merci, dit Lexi. Tu es un bon oreiller.

Dans n'importe quelle autre situation, j'aurais été

ravi de l'entendre dire ça, mais là, haletant, incapable de respirer, je me sens impuissant et nul.

Puis des grésillements retentissent dans la cabine : la radio s'est animée en crépitant. Peut-être que le bulldozer l'a reconnectée en la secouant. J'attrape le récepteur et j'appuie sur le bouton.

– Allô, allô ? Est-ce que quelqu'un m'entend ? Nous sommes piégés ici. Aidez-nous.

Je lâche le bouton. Pas de réponse. J'essaie encore.

– Nous sommes piégés dans la grue, à côté des jardins communaux de Bexton. Si quelqu'un m'entend, il faut nous aider. Allô ?

J'attends quelques secondes en me mordant la lèvre, puis le bruit change quand quelqu'un souffle dans l'émetteur :

– Bien reçu.

La voix est déformée.

– Aidez-nous ! je bredouille.

– Je ne voulais pas que ça aille aussi l-l-loin.

C'est une voix d'homme. Il est tout chamboulé.

– Quoi ?

Ma voix monte dans les aigus, comme celle d'un enfant de chœur qui atteint la puberté.

Démon m'arrache le micro.

– Laissez-nous sortir, espèce de malade ! Je vais vous tuer quand je sortirai d'ici.

La voix change. Le bégaiement a disparu.

– Tu m'as déjà assassiné il y a des années, Juby… sale racaille.

On se regarde avec de grands yeux ahuris.

La radio se coupe.

– Chopez la porte ! hurle Démon.

Je reste pantelant contre l'avant vitré de la cabine, en me demandant si je vais tenir le coup, pendant que Démon et Lexi prennent leur élan contre le dossier du fauteuil et commencent à flanquer des coups de pied dans la porte.

Elle émet un bruit sourd et s'effondre avec fracas sur la plate-forme, dehors.

Ils ont réussi.

– Je sors d'ici, dit Démon, mais je me penche vers lui pour lui empoigner le bras.

– Attends ! Qu'est-ce qui va se passer si tu es dehors quand la pelle du bulldozer percute la grue ? Tu partirais valser dans les airs.

– On ne peut pas rester ici, intervient Lexi.

– Prends ça, espèce de connard ! crie Démon.

Il est dehors, sur la plate-forme, et brandit la porte au-dessus de sa tête. Sans ralentir le mouvement, il la jette par-dessus la barrière. Je dois avouer que c'est joli. La porte percute le toit du bulldozer et glisse par terre.

– Touché ! dis-je.

– Génial, commente Lexi. Maintenant, il sait qu'on a retiré la porte et qu'il n'y a rien entre nous et son pistolet.

Aïe. Je n'avais pas pensé à ça. Et Démon non plus, parce qu'il est déjà en train de descendre. Il a des couilles, je dois lui reconnaître ça. Si Lenny frappe la grue, est-ce que Démon sera capable de rester accroché à l'échelle ? Je ne peux pas bouger de la cabine tant que je sais que j'ai une chance de tomber de la plate-forme. On est très loin du sol. Je l'ai peut-être déjà dit ? C'est bizarre, mais je n'ai pas encore eu vraiment peur jusqu'ici. Je n'ai pas eu le temps. Mais maintenant qu'on a arraché la porte et que je peux sortir, je me chie dessus.

– Respire, dit Lexi en me tapotant l'épaule. C'est utile pour vivre.

Je suis son conseil et j'inspire profondément. OK, ça va. Je m'éloigne de la fenêtre pour me rapprocher doucement de la porte et je vois Lenny descendre de la cabine et sauter par terre. Il donne un coup de pied dans la porte qui traîne dans la boue à ses pieds et lève la tête.

Qu'est-ce qu'il a voulu dire ? *Tu m'as déjà assassiné il y a des années, Juby... sale racaille.*

Je me mange les joues quand Lenny court vers notre grue.

– Il monte ! je crie.

Lexi sort, se couche sur la plate-forme et glisse la tête dans l'ouverture de l'échelle.

– SIMON, IL MONTE ! RAPPELLE-TOI QU'IL A UN PISTOLET !

PAN !

Loin en contrebas, quelque chose de dur ricoche sur l'ossature de la grue. Ping !

Je m'attarde dans l'encadrement de la porte. À l'intérieur de la cabine, je risque moins de me faire tirer dessus, mais si Lenny vient jusqu'ici, je deviens une cible facile.

J'entends le bruit de quelqu'un qui monte l'échelle à toute vitesse.

– Merde, fait Démon en réapparaissant sur la plate-forme.

La panique m'envahit la tête. Ça ne va pas. J'ai besoin d'avoir les idées claires. Mes yeux tombent sur le tournevis, abandonné sur le sol de la cabine. Je regarde la deuxième grue, qui se dresse à quelque distance au milieu du chantier. L'arrière de son bras, avec les énormes contrepoids, semble flotter dans les airs.

Je regarde le bras de notre grue, sur le côté, avec ses poulies, ses chariots et ses câbles. J'ai une idée.

Est-ce que je peux le faire ?

J'ai ramassé le tournevis et je suis en train d'enlever la coque en plastique derrière le contact en faisant levier. Elle se retire assez facilement. Ça devrait être plus facile qu'une voiture ; il n'y a pas d'antivol, déjà, ni de dispositif antidémarrage. Je regarde les paquets de fils électriques tous scotchés ensemble. Les principes sont sans doute les mêmes, non ?

Je pourrais faire ça comme une brute, par la force, avec le tournevis. Si j'éclate le mécanisme de la serrure, je peux me servir du tournevis pour mettre le contact. Mais je ne veux pas tout éclater parce que, quand on commence à casser les choses, il n'y a pas moyen de faire machine arrière si ça ne marche pas. Non, ce que je dois faire, c'est trouver les fils d'allumage. Je me demande s'ils ont la même couleur que dans une voiture (ils sont différents sur les modèles plus récents, mais dans la plupart des vieilles voitures, les fils d'allumage sont rouges). Je trouve ce que j'espère être les fils d'allumage ; ils sont rouges et reliés au contact. Je les arrache. Ça me soulage de faire un truc dans lequel je m'y connais. Maintenant, il faut que je trouve le circuit du démarreur. Pour ce boulot-là, il faut être deux. Je dois mettre en contact les fils d'allumage à la seconde où l'autre s'occupe du circuit du démarreur. J'ai besoin d'un expert en vol de bagnoles.

Démon apparaît, haletant, dans l'encadrement de la porte.

– Il a essayé de me tirer dessus, dit-il, indigné.

– Ah, Démon. Précisément l'homme qu'il me faut.

Il voit ce que je suis en train de faire et un rictus s'étire lentement sur son visage.

– Cool !

Il se faufile à côté de moi pour farfouiller parmi les fils électriques.

On est tassés là-dedans en train de se disputer pour savoir quels sont les fils qui vont ensemble et qui va faire quoi, quand une voix glaciale lance depuis l'encadrement de la porte :

– Et à quoi ça sert de faire ça ? C'est pas comme si vous pouviez partir au volant de ce machin, si ?

Lexi n'est pas impressionnée. Elle ressort et se met à appeler au secours.

Démon me regarde.

– Elle a pas tort, Charlie. Qu'est-ce qu'on va faire, essayer de lui donner le tournis ?

– On va s'en servir pour s'échapper, dis-je.

Je lui fais un signe de tête et, quand il met ses fils en contact, j'appuie l'un contre l'autre les bouts dénudés des fils d'allumage. Il y a un grondement et un tressautement et, derrière nous, un moteur s'allume.

– Ouaiiiiis! je fais en tortillant mes fils pour qu'ils restent attachés. Allons-y.

J'écarte Démon et je me précipite vers les leviers, à côté de moi. Je ne sais pas du tout à quoi ils servent. J'essaie de suivre le schéma imprimé sur la coque, mais c'est drôlement compliqué. Et les cris de Lexi me déconcentrent. Je tire le levier de gauche vers l'arrière en espérant que le bras articulé va tourner. Mais au lieu de ça, le chariot qui roule le long du bras, en dessous, fonce vers nous. Il arrive tellement vite que les chaînes volent derrière et, quand je lâche le levier, elles percutent la tour.

– Ouille! dis-je. Au moins on sait à quoi sert celui-là, maintenant.

Lexi entre et s'éclaircit la gorge.

– Dépêchez-vous! Je l'entends!

– Vous feriez mieux de commencer à avancer le long du bras, tous les deux, dis-je calmement. Je vais le déplacer pour qu'il surplombe l'arrière de l'autre grue. Ensuite, vous n'aurez qu'à sauter dessus et descendre, et vous serez en sécurité.

Ça m'avait l'air d'un bon plan, seulement je ne sais pas si le bras sera assez long, ni même si je peux le déplacer, pour commencer. Mais c'est mieux que ne rien faire. Pendant que je parle, je tripote les leviers et les manettes en essayant de comprendre ce que je suis en train de faire. J'appuie sur un bouton jaune pour voir et, aussitôt, une rangée de lumières se met à scintiller tout le long du bras.

– Je veux la conduire, dit Démon en me jetant un regard menaçant.

– Je vous rattraperai. Allez-y !

Démon hésite sur le seuil. S'il n'avait pas déjà été enfermé ici pendant trois jours, je crois qu'il m'aurait embêté davantage. Mais là, on sait tous les deux qu'il a terriblement besoin de sortir d'ici.

– Je n'aime pas l'idée de te laisser ici, dit Lexi. Il a un pistolet, tu sais. Si on reste tous, on arrivera peut-être à le maîtriser...

Sa voix s'étrangle. J'insiste :

– Allez-y.

Elle se penche vers moi et m'embrasse.

– Mais accrochez-vous bien ! je lance derrière eux. Ça risque de secouer un peu.

Je regarde Lexi et Démon grimper encore plus haut au-dessus de moi pendant que je tripote les boutons. Ils ont atteint le haut de l'échelle et se mettent debout, à environ deux mètres au-dessus de ma tête. C'est là que le bras est fixé à la tour. Démon s'avance le premier. Il a du cran, ce garçon, je dois l'admettre. Une étroite bande grillagée court le long du bras, à l'intérieur. Je ne sais pas si on est censé marcher dessus. Le bras est construit comme la tour ; avec des triangles d'acier formant une colonne creuse. Je regarde Lexi s'avancer sur le filet. Je suis content qu'ils soient à l'intérieur du bras. Au moins il y a une petite barrière entre eux et le vide.

– Ne t'appuie pas de tout ton poids là-dessus ! je hurle. C'est peut-être pas assez solide. Accroche-toi sur les côtés.

Lexi lève le pouce. Rien que la regarder, ça me donne le vertige.

Il y a une autre raison pour laquelle je suis toujours ici, dans la cabine, pendant que les autres s'avancent le long de la grue. Je ne sais pas si j'ai plus peur de Lenny et de son pistolet que de risquer une chute pareille.

Je tourne le levier de droite. La cabine sursaute. Sous mes yeux, le bras tourne avec moi.

– Ouaouh !

Tout le machin bouge. Lexi et Démon s'y cramponnent comme des insectes. Dément. Je le fais tourner dans l'autre sens, maintenant, en m'efforçant de le maintenir stable. Je ne veux pas faire tomber mes copains. Démon et Lexi progressent bien le long du bras. Ils restent à proximité l'un de l'autre. Je me demande si je pourrai les rattraper un jour. Je manœuvre le bras de sorte que, de là où je suis assis, il semble arriver pile au-dessus du contrepoids de la deuxième grue télescopique. Puis je l'immobilise. C'est tout ce que je peux faire. Je sépare les fils d'allumage, je saute du fauteuil et je sors de la cabine. Je m'arrête pour tendre l'oreille. Et bien sûr, j'entends des pieds claquer sur les barreaux. Je pense qu'il lui reste, quoi, encore trois autres échelles à grimper. Il ralentit. Il commence à fatiguer. Et où est l'urgence ? Il pense qu'on est piégés. J'espère qu'il n'a pas encore repéré les autres. J'espère que je n'en ai pas fait des cibles faciles.

Il faut que je les rejoigne. Il faut que je monte l'échelle suivante et que je m'avance sur le bras. Je suis obligé. Le vent souffle et un frisson me court dans le dos. Je ne peux pas faire ça. Il fait froid, ici, en plein air. Les lumières de la ville projettent une lueur orangée. Je vois le contour indistinct des collines derrière la ville. Il y a des milliers de gens, là-bas, qui sont tous endormis dans leur lit sans savoir que Charlie Parsons est coincé dans les airs et les regarde depuis le ciel.

Je ne peux pas bouger tout de suite. Encore une minute, rien qu'une minute. Ce serait idiot de tenter quoi que ce soit alors que je tremble autant. Je pourrais peut-être me cacher dans la cabine, d'une manière ou d'une autre ? Dès le moment où l'idée se forme dans ma tête, je sais déjà que c'est impossible. Il faut que je monte. Lenny est tout près. Je regarde la trappe en me mordant la lèvre et en m'exhortant à filer, mais je suis vissé à la barrière. Je ne peux pas bouger. Je regarde avec horreur deux doigts pâles tâtonner le sol, puis Lenny Sherry se hisse sur la plate-forme devant la cabine.

Il braque son pistolet sur moi. Je me fige.

Je dois avoir des hallucinations. Il a des larmes qui lui coulent sur la figure. De temps en temps, il les essuie avec le bras. Et malgré le vent et la pluie, je sens d'ici les vapeurs d'alcool qui émanent de lui.

J'ai tellement peur que je reste pétrifié. Il lui suffit de replier le doigt et je serai mort.

Enfin, je réussis à parler, et je ne reconnais pas ma voix. Elle semble venir de l'extérieur de ma tête.

– Lenny… Qu'est-ce qui se passe ?

– D-D-Désolé, dit-il.

Et, à ma grande surprise, il lâche un sanglot.

– J'ai rêvé de ce moment. Pendant des années et des années. M-M-Mais c'est affreux.

Il s'essuie le nez et le geste fait tomber sa casquette. Puis il pousse des sortes de gémissements qui me font penser à ma mère quand elle va mal.

Il réussit quand même à garder son pistolet braqué sur moi, malgré tout.

Comment j'ai fait pour atterrir ici ? Quand on me découvrira, avec une balle dans la tête, j'aurai l'air hyper étonné. Je me sens tellement bizarre. Comme si je m'observais moi-même.

– Tu m'as retrouvé, Nappy. Comme dans mes cauchemars. Tu m'as tendu la main et tu m'as proposé de la viande empoisonnée.

La voix de Lenny se transforme en un petit cri étranglé.

Je parviens à dire :

– Je ne suis pas Nappy. Je suis Charlie. Nappy, c'était le surnom de mon père.

– D-D-Désolé, dit-il, et il ferme les yeux. Je ne peux pas retourner là-bas. Tu me ferais envoyer là-bas si tu restais en vie.

Il pleure tellement fort que je suis étonné qu'il y voie clair.

Est-ce que ma vie devrait défiler devant mes yeux ? Je vois mon corps tomber dans le vide.

– Oh putain.

– Je n'aurais pas dû r-r-revenir, dit Lenny.

Et il se remet à sangloter de plus belle.

– Trop de souvenirs. Mais je ne pouvais pas m'en

empêcher. Les lettres m'ont appelé. Je n'avais aucun autre endroit où aller.

Il renifle dans les manches de son manteau. Je devrais dire quelque chose pour le calmer, mais je ne sais pas quoi. Je n'arrive pas à détacher les yeux du doigt qui tient la détente.

– Ils me t-t-terrorisaient. C'est eux qui ont fait de moi ce que je suis. J'ai été leur victime pendant des années. Ils m'ont cassé et ils m'ont volé ma vie.

Je me rapproche furtivement de l'échelle.

– Qui vous terrorisait? je murmure, mais je crois connaître la réponse.

Tout à coup, Lenny arrête de pleurer. Il caresse le canon du pistolet.

– Toi, Nappy, dit-il d'une voix dure. Toi et Juby. Vous m'avez brisé jusqu'à ce que je ne sois plus en état d'aller au lycée. Vous m'avez rongé jusqu'à ce qu'il ne reste plus rien. Rien qu'un fantôme. Regarde-moi.

Il fronce les sourcils.

– REGARDE-MOI!

J'obéis. La pluie coule sur son crâne dégarni et sur son visage, mélangeant les larmes et la morve. Il est tellement maigre qu'on a du mal à voir comment il peut être vivant.

– J'ai l'air d'être un fantôme, non?

Ne voulant pas le contrarier, je hoche la tête.

– Mais je ne suis pas Nappy, je répète dans un murmure. Je suis Charlie.

– Ton père respire à travers toi, réplique Lenny. Tu m'as trouvé quand j'étais au plus bas et tu m'as écrit des lettres cruelles, mensongères. Tu m'as encore agressé après toutes ces années.

– Pardon.

– Et J-J-Juby. Je l'ai trouvé agenouillé sur la poitrine d'un garçon, en train de lui enfoncer ça de force dans la bouche.

Lenny fait un mouvement brusque et je ferme les yeux, m'attendant au pire, mais il me lance quelque chose. C'est un petit truc léger, qui sent le vinaigre. Je le vois rouler sur le métal mouillé et s'arrêter devant la barrière.

Mon doigt.

Démon a essayé de l'enfoncer dans la bouche de Jamie ? Beurk. Il ne nous avait pas parlé de ça.

– Chaque génération perpétue le mal. Mais c'est fini.

Lenny se mord la lèvre si fort que je vois ses dents du haut.

– Je suis désolé, dit-il encore en fermant les yeux. Je ne voulais pas que ça se passe comme ça. Mais je ne peux pas laisser de témoins. Je ne peux pas y retourner.

J'arrête de respirer quand son doigt se referme sur la détente.

Il tire.

. 27

La balle se plante dans l'échelle, à côté de ma tête. Je ne m'attarde pas. Je grimpe avant qu'il ait eu le temps de se ressaisir. Ça devient plus froid et plus venteux à chaque pas. À chaque minute, je m'attends à sentir une balle se loger en moi.

Oh là là, je suis drôlement haut! Je suis presque au sommet, dans le nid-de-pie. Je vois le monde entier, d'ici. Je m'engage sur le premier barreau du bras. J'ai trop peur pour marcher sur le filet. Il paraît trop mince. Les lumières d'en dessous m'aident un peu, mais j'ai quand même du mal à voir mes pieds. J'essaie de me convaincre que je suis en train de marcher sur une de ces échelles fixées entre deux poteaux, dans les terrains de jeux pour enfants. Le problème, c'est que j'ai besoin de regarder en bas pour voir où je pose les pieds. Mais si je regarde en bas, je vois le sol. Les barreaux sont très espacés. Je pourrais tomber entre deux. Facilement.

– Nappy! sanglote Lenny, quelque part en contrebas. Je dois mettre fin à tout ça!

– Casse-toi ! hurle Lexi depuis quelque part sur le bras. Laisse-le tranquille !

Je ferme mon esprit à Lenny Sherry. Il faut que j'avance lentement. Très lentement. Je me force à détacher les bras de la poutrelle à laquelle je me cramponne pour attraper la suivante. Je lève le pied délicatement et je l'avance au-dessus du vide avant de le poser sur le barreau d'après. Maintenant, il suffit que je recommence une centaine de fois sans glisser ou paniquer, ni regarder en bas.

J'y arrive, je progresse bien, jusqu'au moment où j'atteins une énorme bobine de câble qui me barre le passage. Pour passer de l'autre côté, je dois grimper dessus. Je grogne en l'imaginant se dérouler pendant que je suis dessus. Je me vois tomber, tomber. Je ferme les yeux et je m'agrippe aux barres de toutes mes forces. Je ne peux pas aller plus loin. Mon cœur bat la chamade. Oh là là. Pitié, mon Dieu, faites que je ne tombe pas dans les pommes. Je vais vomir. Il fait noir. Oh merde. J'ai un haut-le-cœur et un jet de vomi vole de ma bouche et éclabousse les étais. Ça ne me soulage pas. Je referme les yeux. Mes bras se détachent des barres. Ils ne tiennent plus.

Je craque.

– Charlie, murmure une voix près de mon oreille. À quoi tu joues, mec ?

– Peux pas continuer, je parviens à chuchoter. Je suis sérieux.

– Viens, patate, on va y arriver.

Je me force à ouvrir un œil. Le visage hideux de

Démon se dresse au-dessus de moi depuis l'autre côté de la bobine de câble.

– Putain, t'as une gueule de déterré.

Il fronce les sourcils.

– On ferait mieux de bouger fissa. L'autre psychopathe vient vers nous.

Je ne prends pas la peine de regarder derrière moi. Je serre les dents et je m'adjure de tenir bon.

– Craque pas, Charlie, dit Démon. Lexi ne me le pardonnera jamais si tu tombes.

Il se hisse au-dessus des câbles et fait la moitié du chemin jusqu'à moi.

– Viens, chochotte.

Il me tend la main. Quels choix ! Ou bien je reste ici et je me fais trucider par Lenny, ou bien je tombe de terreur, ou bien je remets ma vie entre les mains de Simon Juby. Comment j'ai pu en arriver là ? Il y a quatre ou cinq heures, je somnolais dans la cabane de Michael en rêvant de faire des cochonneries avec Lexi Juby. Et maintenant, regarde-moi : je suis trempé, gelé et terrifié. Je ne devrais plus traîner avec la famille Juby.

Je serre les dents et j'attrape la main de Démon. Il me guide au-dessus de la bobine. Elle est humide et glissante. Mon genou dérape sous moi et je m'apprête à tomber la tête la première sur les câbles, quand Démon me redresse en me tirant dessus brutalement.

J'ai réussi. Je suis de l'autre côté de la bobine.

– Dépêche-toi, dit Démon, et il repart le long du bras.

On dirait Spiderman.

Maintenant que je suis de l'autre côté et toujours en

vie, je me sens mieux. Je me force à lâcher le montant auquel je m'agrippe et je pose le pied sur le barreau suivant. Puis le suivant. Je me sens complètement détaché, maintenant. Comme une machine. Au bout de quelques minutes, je me suis suffisamment ressaisi pour lever les yeux et voir ce que font les autres. Lexi est arrivée au bout. Depuis la cabine, on avait l'impression que le bras se terminait pile au-dessus de l'arrière de la deuxième grue, mais maintenant, je m'aperçois qu'il est trop court. Je ne vois pas de combien. Ça ne nous empêche pas d'avancer, tous autant qu'on est, pour nous éloigner de Lenny et de son pistolet.

Quelqu'un crie depuis le sol et, malgré mon instinct, je regarde vers le bas. Mais au lieu d'attraper le tournis et de devenir tout hébété, j'ai un hoquet d'horreur. Je reconnais cette silhouette à son crâne chauve. Juby le Tueur se tient dans la lumière des lampadaires.

– Vous êtes où ? tonne-t-il.

– PAPA ! s'égosille Lexi. On est là-haut !

Juby lève les yeux, mais il ne nous voit pas.

– Ça va ? hurle-t-il.

– Ouais !

On se baisse tous en entendant une détonation. Juby se plaque par terre.

– Laisse-les partir ! rugit-il. Je sais qui tu es.

– Je te hais ! crie Lenny.

Il a l'air terrifié.

J'entends des claquements ; le bruit des chaussures de quelqu'un sur l'échelle. Lenny descend lentement, très lentement.

– Tu m'as tué, James Juby.

Lenny a une voix épouvantable. On dirait qu'il est en train de se faire torturer.

– Ne fais pas de mal à mes gosses ! hurle Juby.

« Ni à leurs amis ! » j'ajoute dans ma tête.

Je regarde Juby passer précipitamment derrière le bulldozer. Comment il a su qu'il fallait venir ici ? Est-ce qu'il a apporté un pistolet, lui aussi ? J'espère que je ne vais pas prendre une balle perdue, entre les feux croisés. Je suis recroquevillé là, à frissonner, quand je remarque deux silhouettes qui reviennent vers moi.

– C'est trop loin pour sauter, dit Lexi.

– Viens, descendons de ce truc, dit Démon.

Oh, merde. Ils veulent que je repasse sur cette bobine de câble et que je reprenne le bras de la grue dans l'autre sens.

– Je suis très bien ici, merci, je dis.

– Viens.

Lexi passe le bras sous le mien.

– On va y aller ensemble.

Je me sens franchement chancelant et encore moins sûr de mon équilibre, maintenant que Lexi me tient si solidement. J'ai besoin de faire ça à ma façon. Puis Démon m'empoigne l'autre bras.

– C'est plus facile si tu marches là-dessus, dit-il en me guidant vers la bande grillagée. Vas-y, ça ne risque rien.

Coincé entre eux deux, je n'ai pas le choix, alors je pose un pied tremblant sur la passerelle grillagée, puis l'autre. Aïe, aïe, aïe. Il n'y a que quelques millimètres entre moi et le néant. Lexi passe par-dessus la bobine en premier, puis me prend la main pendant que

Démon me pousse de l'autre côté. À un moment, je suis assis à califourchon sur le machin, avec le vent qui me souffle dans la figure mais, avant que j'aie trop le tournis, Démon me pousse dans les bras de Lexi. Puis il grimpe par-dessus comme s'il enjambait une simple poubelle renversée. J'avance doucement, en souhaitant qu'ils me lâchent pour pouvoir me tenir sur les côtés, mais c'est plus rapide comme ça qu'en contournant chaque poteau vertical. On atteint la plate-forme de la grue beaucoup plus vite qu'à l'aller. Lexi lâche mon bras et la rejoint en rampant. On la suit; d'abord moi, puis Démon. Je me cramponne à la tour. Je n'en reviens pas de voir à quel point elle paraît solide et sûre quand on s'est aventuré sur le bras. Rappelle-moi de ne jamais devenir grutier.

– Je vais mettre fin à tout ça.

Lenny est à mi-chemin vers le pied de la grue, maintenant.

– Papa, il est fou ! Il va te tirer dessus ! hurle Démon.

Il y a un nouveau coup de feu et je te jure que je vois une étincelle quand la balle rebondit sur l'aile du bulldozer.

Je décide de rester où je suis. Juby a peut-être un pistolet aussi. Mais Lexi commence déjà à descendre.

– Lexi ! je siffle. Reste ici.

– Sûrement pas, dit-elle, et elle disparaît en bas de l'échelle.

Je ne veux pas rester ici tout seul, alors je la suis, en espérant que mes jambes tremblantes ne vont pas me lâcher. On a atteint la cabine quand Lexi me prend le bras.

– Regarde ! dit-elle. Regarde, regarde !

Au loin, on voit une série de gyrophares bleus qui foncent vers nous dans les rues sombres.

– Je n'aurais jamais cru que je serais content de voir ça, dis-je.

Du mouvement au sol m'attire l'œil. Je regarde et je vois Lenny qui rampe vers le bulldozer.

– Papa ! crie Lexi. Papa, il s'approche !

C'est là que j'ai encore une de mes idées. Je n'y ai pas réfléchi ni rien, je ne réfléchis jamais avant d'agir. Elle me plaît, c'est tout, je pense que ça peut marcher. J'entre dans la cabine et je rallume le contact. Je fais signe à Lexi de me rejoindre pour m'aider, et je lui montre comment connecter le circuit du démarreur. Je me sens mieux. La cabine me paraît l'endroit le plus sûr de la planète, comparée à ce bras articulé où j'étais coincé.

– Mais je descends, proteste Lexi.

– Ça ne prendra qu'une seconde. Je pourrai peut-être faire quelque chose.

Elle se penche et connecte les fils. En quelques secondes, la grue redémarre. Lexi me fait un signe de tête et descend l'échelle. Je ne la retiens pas. On ne peut pas arrêter une Juby. Lentement, très lentement, je fais tourner la flèche et je regarde les chaînes en métal se balancer dans les airs. Je manœuvre le bras pour qu'il soit pile au-dessus du bulldozer. Les chaînes sont fixées à un truc métallique en forme d'ancre qui, à son tour, est attaché à un énorme crochet en métal. Je tripote les boutons et les manettes. Enfin, avec un grognement et un crissement, le chariot se met à rouler le long du bras et, soudain, le crochet descend. Il va de plus en plus bas. Enfin, il touche le sol. C'est là que mon plan s'arrête. Je pensais que Juby pourrait attraper le crochet et que je le remonterais en sécurité dans les airs, comme James Bond. Mais ça n'arrive pas. Maintenant que j'y pense, je ne suis même pas sûr de savoir comment remonter le crochet. Mais alors que j'essaie de trouver comment faire, deux silhouettes jaillissent de l'obscurité et se foncent dessus. Lenny pousse un cri épouvantable et, pendant une fraction de seconde, j'aurais presque pitié de lui. Je ne voudrais pas me battre avec Juby, même si j'avais un pistolet chargé. Je regarde les silhouettes rouler dans la boue. Ils luttent pendant une éternité mais, d'ici, on ne voit pas clairement ce qui se passe. PAN! Un deuxième coup de feu rebondit sur la palissade. Soudain, Lenny se libère et retourne en courant derrière le bulldozer. Il n'a pas l'air d'avoir de plan. Peut-être qu'il a perdu son pistolet. Mais Juby traîne toujours dans la boue. J'arrête de respirer. Est-ce qu'il a été touché? Non, il se redresse. Maintenant, il rampe derrière un bidon d'huile. Il doit être blessé. Je me mords la lèvre quand Lenny sort furtivement de l'autre côté du bulldozer, le bras tendu. Oh non! Il a toujours son pistolet et il va tirer. Je sors en trombe de la cabine pour rejoindre la plate-forme. Je me penche par-dessus la barrière, sans me soucier de tomber.

– Attention! je crie. Il revient vous attaquer!

Quand Lenny et Juby lèvent les yeux dans ma direction, une troisième silhouette jaillit de nulle part et saute sur Lenny par-derrière. C'est Démon. J'entends un coup sourd quand il frappe sur la tête de Lenny avec quelque chose. Lenny s'écroule et Démon pousse un cri de victoire en s'emparant du pistolet. Je ne vois pas très bien, mais on dirait qu'il ne l'a que pendant quelques secondes avant que son vieux le lui arrache. Juby n'a pas dit son dernier mot. Il me fait signe, soulève Lenny et attrape le crochet, qui pend à proximité, pour l'y pendre par la ceinture.

– Remonte-le ! hurle-t-il.

Je retourne dans le fauteuil et je tripote le levier qui, d'après ce que je crois, manœuvre les poulies. Pour mon plus grand plaisir, le câble se tend, puis soulève lentement Lenny dans les airs. Quand, d'après mes estimations, il est à une dizaine de mètres au-dessus du sol, j'arrête le mécanisme et je coupe le moteur. Puis j'inspire profondément et je descends de la grue. Je prends mon temps, parce que j'ai les jambes tremblantes. En descendant, je vois Lexi courir vers Démon et lui sauter au cou. Je vois aussi cinq voitures-panda se garer devant l'entrée et des tas de policiers qui franchissent le portail en braquant des torches et en criant.

Quand je rejoins la terre ferme, ils sont partout, une vraie infestation. Je n'ai pas vu autant de flics depuis que ma mère m'a traîné dans une manif pacifiste quand j'avais quatre ans.

Je m'assieds sur un tas de pierres, la tête entre les mains. Je suis épuisé et mes jambes ne veulent plus marcher. Je regarde Juby donner une tape dans le dos de son fils et Lexi qui reste à côté, à parler parler parler. Polly le Poulet essaie de leur demander quelque chose, mais elle n'arrive pas à en placer une. Juby serre rapidement sa fille dans ses bras et passe la main dans les cheveux de

Démon. C'est presque le truc le plus choquant que j'aie vu de toute la nuit. Je tape des pieds par terre pour essayer d'y refaire circuler le sang. Un petit cri vient de la grue quand Lenny reprend connaissance. Il se met à gigoter dans les airs.

– RESTEZ TRANQUILLE, SINON VOUS ALLEZ TOMBER! tonne un policier.

Il se sert d'un porte-voix, mais il n'y en a pas vraiment besoin. Les flics sautent sur la moindre excuse pour utiliser leur matériel.

– Ah, te voilà, toi.

Je lève les yeux. C'est mon vieux copain, le Furtif. Il me demande si ça va puis, d'un mouvement du menton, désigne Lenny qui se balance dans la brise.

– Tu peux le redescendre? On a besoin de l'arrêter.

Je secoue la tête et je lui adresse un sourire charmeur – j'essaie de me comporter normalement, même si je me sens tout liquéfié à l'intérieur.

– Désolé, monsieur l'agent, je ne peux pas.

Le Furtif fronce les sourcils.

– Pourquoi pas?

– Je n'ai pas de permis pour conduire ces trucs-là, dis-je, et je lui refais un sourire. Vous ne m'engagez pas à enfreindre la loi, n'est-ce pas, monsieur l'agent?

Le Furtif soupire. Je souris encore. Je lui demande l'heure et il me dit qu'il est trois heures trente-trois du matin.

– Eh bien, si ça ne vous dérange pas, monsieur l'agent, j'aimerais qu'on me raccompagne chez moi, dis-je. J'ai un examen, demain.

. 28

On marche sur le pont, Lexi et moi. Elle a un pot de fleurs jaunes qui ressemblent à des marguerites extraterrestres dans une main et, de l'autre, elle me tient la main. Ça fait trois jours qu'on est montés dans cette grue et qu'on a retrouvé Démon enfermé dans la cabine. Trois jours que Lenny Sherry a essayé de nous assassiner.

Lexi me raconte que son père les a fait asseoir, Démon et elle, et leur a parlé de ses rapports avec Lenny Sherry. Apparemment, Juby avait un air grave en leur racontant qu'il l'avait harcelé, au lycée. Lenny était un gamin grand et maigre, et timide, qui parlait bizarrement. Juby a dit qu'il pouvait être un peu cruel, à l'époque, et qu'il ne laissait jamais ce gamin tranquille, même quand il était évident qu'il souffrait vraiment.

Lexi ne veut pas m'en dire plus, mais je la force.

Juby et sa bande (dont mon père faisait partie) attendaient Lenny tous les jours après les cours. Ils lui piquaient ses fringues, le frappaient, l'insultaient et le tourmentaient de toutes les façons possibles. Ils ridiculisaient quiconque essayait d'être gentil avec lui. Puis ils se sont mis à le harceler au lycée, pendant l'heure du déjeuner, les récréations, chaque fois qu'ils le voyaient. C'était un peu leur cobaye, leur petite expérimentation à eux. Ça leur donnait quelque chose à faire. Ils l'ont harcelé pendant deux ans. Et chaque jour, Lenny devenait plus distant, parlait moins et évitait davantage les autres. Ensuite, Lexi a ajouté que son père lui avait dit qu'il avait fait quelque chose de vraiment terrible à Lenny, quelque chose dont il ne voulait pas parler. Quoi qu'il en soit, Lenny a été retrouvé pratiquement noyé dans le canal et n'est jamais retourné au lycée.

Puis tout le monde a oublié Lenny Sherry.

Des années plus tard, il s'est retrouvé dans le couloir de la mort, condamné pour avoir noyé un garçon de quinze ans. Et c'est là que je lui ai écrit, moi, le petit Charlie, fasciné par le fait qu'il était du coin, et que j'ai lâché mon nom de famille et celui de Juby dans la lettre. Ça a dû le rendre complètement dingue.

Juby a dit qu'il était sorti, lundi soir, mais qu'il a fini par recevoir un message disant que s'il voulait revoir son fils vivant, il devait venir au chantier, sans arme et sans prévenir qui que ce soit. Le message disait que s'il alertait la police, Démon mourrait. (Ça, ça me fait vraiment flipper.) Mais les flics étaient déjà en route. Un type qui promenait son chien avait vu les lumières sur la grue et entendu Lexi crier.

– Mais je ne comprends pas, dis-je. S'il voulait buter ton père, pourquoi il n'est pas simplement allé chez vous avec son flingue, pourquoi se fatiguer à kidnapper Démon, avec tous les problèmes que ça représente ?

– Trop risqué, répond Lexi. Dans notre lotissement, on ne peut pas péter sans que tout le monde le sache. Le chantier est l'endroit idéal pour buter quelqu'un. D'autre part, Polly le Poulet dit qu'il n'avait pas l'intention de tuer qui que ce soit, pas au début, mais qu'ensuite il a vu Démon avec Jamie et que ç'a été le déclic. Ça lui a fait péter les plombs. Mais une fois qu'il a enfermé Démon dans la grue, il ne savait plus quoi en faire. Il avait laissé le message à Juby plus tôt et il l'attendait : il allait le buter. Mais papa n'a trouvé le message que beaucoup plus tard. Entretemps, on a débarqué et Lenny a paniqué.

On marche sur la route qui passe près du chantier. Le conflit a été résolu et, derrière la palissade, les machines cliquettent et grondent. La grue déplace un énorme tuyau en béton dans les airs. J'arrive tout juste à distinguer la minuscule silhouette du conducteur à l'intérieur de la cabine. Je regarde la grue descendre le tuyau hors de mon champ de vision.

– Mais pourquoi les flics n'ont pas pigé le coup quand ils l'ont interrogé ? je demande.

– Ils ne l'ont jamais interrogé. C'était un mensonge, ça, explique Lexi. Charlie, si tu parlais correctement à Polly le Poulet, elle te raconterait peut-être des trucs, à toi aussi.

– Bof, peu importe.

Je ne suis pas encore tout à fait prêt à papoter gentiment avec les flics. Même si je vais y être obligé pendant les quelques semaines à venir.

– Des tas de gens ne voulaient pas que Lenny soit libéré, tu sais, reprend Lexi. Mais ils ont dû le laisser partir parce que ç'aurait été illégal de le retenir en prison plus longtemps. Sa peine avait été réduite à la lumière des nouvelles preuves et il avait déjà purgé la durée fixée. Il y avait toutes ces lettres de psychiatres et autres qui demandaient qu'on le garde en prison, mais ils ne pouvaient pas, alors ils l'ont déporté ici en vitesse, ravis d'être débarrassés de lui.

On passe dans plusieurs autres rues résidentielles, puis on coupe par l'arrière du parc pour arriver à l'église. Le cimetière est désert. Je guide Lexi dans l'herbe haute parmi les tombes jusqu'à celle de Selby.

– Tiens.

Lexi ouvre la fermeture Éclair de mon sac à dos et me donne une petite pelle de jardinage rouge.

Elle pose les fleurs près de la pierre tombale et recule pour regarder. Je commence à racler le gravier, très délicatement au début, puis, après avoir vérifié que personne ne nous observe, j'enlève une grande pelletée de terre et de gravier de la tombe de mon frère.

– Pas la peine de te presser, dit Lexi. Il n'y a personne.

Une fois que j'ai creusé un trou de taille suffisante, je me redresse pour l'examiner.

– Il est assez profond?

– Creuse encore, dit Lexi. Autant éviter de se faire du souci à cause des chiens.

Alors je continue à creuser la terre molle et je fais un tas à côté. Finalement, Lexi admet que ça suffit et je cherche ma trousse dans mon sac à dos. Je l'ouvre et j'en sors une boule de coton.

– Fais voir, dit Lexi.

J'hésite. Je ne veux pas la dégoûter. Mais elle tend la main, alors je déballe le coton et je pose mon doigt coupé dans sa main ouverte.

– Hmmmm, elle fait.

Je ne lui laisse pas l'occasion de dire autre chose. Je reprends mon doigt et je le plante au fond du trou. Lexi me passe les marguerites. Je les sors de leur pot et j'enfonce les racines dans le sol. Je tasse la terre autour comme j'ai vu Michael le faire avec ses plants de choux dans son potager, aux jardins communaux.

– Cool, dit Lexi.

Ça me plaît bien. Une part de moi est avec mon frère, en train de pourrir dans la terre, comme lui. Ça me paraît juste. On reste assis là pendant une éternité à regarder la plante. Je me demande si c'est mal de rouler une pelle à sa copine devant la tombe de son frère. Je pense que ça ne gênerait pas Selby. Moi, ça ne me gênerait pas. Tiens, en parlant de frères...

– Comment va Démon ? je demande. Il s'est remis ?

– Il est toujours chez maman, répond Lexi. Mais l'attrait de la nouveauté va passer, j'imagine. Elle n'a pas la résistance nécessaire pour le supporter, contrairement à papa.

– Alors il va revenir ?

Lexi hoche la tête.

– Oh oui !

Je lui presse la main et elle presse la mienne en retour. Puis elle se met à passer les doigts sur ma main. Elle trouve mon demi-doigt et le caresse. Au début, je me sens bizarre. J'ai toujours essayé de cacher mon moignon. Et il vient à peine de guérir. Mais au bout de quelques minutes, je m'aperçois que ça me plaît. Beaucoup. J'espère que son frère ne va pas surgir.

Puis elle m'embrasse et j'oublie Démon.

C'est mon premier jour à la fac. Je dois passer prendre Lexi à huit heures et demie du matin, et ensuite on va prendre le bus. Elle commence sa dernière année au lycée et moi mon diplôme de tourisme à la fac. Je porte exclusivement des nouvelles fringues, jusqu'au caleçon. J'ai un T-shirt super cool et un nouveau pantalon classe. Mes baskets sont flambant neuves. Mamie m'a donné 120 £ et j'ai tout claqué. Mais je suis superbe.

Je suis trop stressé pour prendre un petit déjeuner. Je dis au revoir à mamie et à maman et je m'apprête à passer la porte, quand je vois le courrier sur le paillasson. Il y a une carte postale, sur le dessus de la pile, avec une photo de vache poilue. Je la retourne et je lis :

Chers tous,

Épuisé les réserves de crevettes. Je rentre à la maison. Pas la peine que mamie me prépare un plat spécial.

Stephen

Enfin. Je m'apprête à appeler mamie pour qu'elle vienne voir ça, quand je repère la lettre suivante, une petite enveloppe marron avec une écriture familière. Je regarde par-dessus mon épaule pour voir si mamie m'observe, mais elle est occupée à la cuisine. Je sors, je ferme la porte derrière moi et je m'assieds sur le pas de la porte.

Mes mains tremblent quand je déchire l'enveloppe.

Prison de Dartmoor
Princetown

Cher Charlie,

J'imagine que tu pensais que tu n'entendrais plus jamais parler de moi. Et pourtant, tu as de la chance, je suis toujours là, même si je suis incarcéré dans des conditions auxquelles un prisonnier du couloir de la mort n'aurait rien à envier. Mon vieux, tu as de la chance de pouvoir te promener dehors et respirer l'air frais. Exeter sera la ville qui décidera de mon sort : libéré, renvoyé aux États-Unis pour la révision de mon procès ou mis en prison ici. Viens au tribunal le 6 novembre, c'est là que l'affaire sera jugée. Et sache que je te pardonne tes écarts dans le voyeurisme. Non pas que tu aies jamais éprouvé la moindre compassion pour ma triste situation ; malheureusement, c'était juste une fascination puérile pour le macabre, je le sais bien. Grand, tu ne l'es pas encore, alors tu n'es pas responsable de tes actes. En dépit de tout, Charlie, je te pardonne du fond du cœur, sincèrement. Rien n'est plus énervant que les enfants malpolis et désobéissants, cela dit, alors surveille ton comportement ; rien n'est plus satisfaisant qu'un enfant silencieux.

Apprends un peu les bonnes manières et trouve-toi de nouveaux amis, et tu iras loin.

Il faut profiter de la vie, Charlie, car elle est toujours plus courte qu'on ne l'imaginait.

Sincères salutations

Lenny Sherry

Après avoir lu ça, je me dis : « Bon, tout va bien alors. »